长篇小说

零下十度

徐焱 ⊙ 著

中国文联出版社

图书在版编目（CIP）数据

零下十度 / 徐焱著. --北京：中国文联出版社，2023.7
ISBN 978-7-5190-5234-8

Ⅰ.①零… Ⅱ.①徐… Ⅲ.①长篇小说－中国－当代
Ⅳ.①I247.5

中国版本图书馆 CIP 数据核字（2023）第 116008 号

书　　名	零下十度
著　　者	徐　焱
责任编辑	曹艺凡
责任校对	胡世勋
装帧设计	宇　声

出版发行	中国文联出版社有限公司
社　　址	北京市朝阳区农展馆南里 10 号　　邮编　100125
电　　话	010-85923025（发行部）　010-85923091（总编室）
经　　销	全国新华书店等

印　　刷	廊坊佰利得印刷有限公司
开　　本	710 毫米×1000 毫米　　1/16
印　　张	15.25
字　　数	209 千字
版　　次	2023 年 7 月第 1 版第 1 次印刷
定　　价	58.00 元

版权所有.侵权必究
如有印装质量问题，请与本社发行部联系调换

序　言

徐忠友

　　我已经很多年没有读过长篇小说了,一是由于平时采编工作太忙,已无法花太多的时间去读一本20多万字的作品。二是当下手机阅读给人提供了方便,有些短文还是写得颇有内涵,甚至是蛮搞笑的;但也有些让人读又不是、不读也不是的碎片化文章,占去了我的一些时间。家里有几本赠阅的文学刊物,里面就有长篇小说,我也想拿起来读一读。不知什么原因,每次打开看一下目录,翻阅一下就没有读下去。可是,当上海青年女作家徐焱给我发来这篇《零下十度》的书稿,我读着读着就读进去了,而且连读了两遍,还打算读第三遍。

　　为什么会出现这样的情况呢?首先是徐焱的语言好。都说文学是语言的艺术,那长篇小说就是语言艺术的艺术。读她的小说,不但文学语言顺溜,而且很清纯,有点像冬天里喝上一杯龙井茶般的清香,夏日里喝上一杯啤酒般爽口,给人一种美的享受。当然,这与她书香门第的家庭与教育背景、个人爱好有着密切关系。因为对一个作家来说,这就是个人成长与文学耕耘深厚肥沃的土壤。

　　徐焱的祖籍在"上有天堂,下有苏杭"的江苏苏州张家港。她爷爷是语文老师,家族自然是个书香门第。她父亲是家里的老三,在江苏南通如皋市邮电局工作,所以她就出生在如皋市。而她也成为离爷爷、奶奶最远的孙女。只有寒暑假才会去张家港爷爷、奶奶家里度个假，与堂姐堂妹一年两次相聚。而每次最吸引她的就是爷爷房间里琳琅满目的书籍，她可以一个人看一整天。堂姐妹都知道，唯一能诱惑她的只有爷爷的书。

20世纪90年代，学生的试卷不再用蜡纸、油墨、白光纸印刷，已全改成铅印的了。徐焱每每看到课本上和试卷里工工整整印刷体的字，便心生一个梦想：如果自己写的文章也能变成铅字并被成批印刷，让更多的人看到，那是怎样的一种体验和感受呢？她从小对此有着莫名的激动。

从小学三年级上第一堂作文课开始，便是徐焱写作的缘起。她被语文课本中的好词好句所吸引，年幼的她开始又一个梦的启蒙，并产生一个信念：就是想写出精彩优美的文章。受到当语文老师的爷爷影响，无论何时她看到爷爷总是手持一本书、一支烟，那种沉浸在书籍中的快乐便溢于言表，她甚是羡慕。于是，在父亲一次出差时，当被问她想要什么礼物时，她坚定地回答："我要作文书。"父亲出差回来，果然送给她一套《小学生获奖作文集》，里面有小学生写人、写事、写景、写物的精彩作文。她便欣喜若狂、一口气读完全套书，边读边思考这些获奖同学的写作方法，并把优美词句认真记牢，正是这套书籍打开了她的文学之路。再后来，小学五年级时，她的阅读兴趣已经不仅仅停留在《小学生获奖作文集》里，而是浸润在父亲单位邮电局各种文学期刊里，包括《人民文学》《收获》《小说月报》《小说选刊》《读者》《青年文摘》等。

上初中时，徐焱开始读余秋雨的散文《文化苦旅》《霜冷长河》《千年一叹》。她被余秋雨散文中沁人心脾的语言之美而深深吸引，从而开始尝试诗歌的创作。一个课间的空当，诗歌处女作《小草》跃然纸上，她从此一鼓作气在整个学生时代，创作了近百首诗歌。

诗歌是精神的寄托，写满整个青春的情绪，一种无声的较量和快速的成长，让徐焱体会到文学带给自己的精神力量。生活的压力，需要抒发的突破口，于她而言就是文学。用正念的感悟去所思所写，也是一种精神的蜕变、成长和传承。

初三中考的那个暑假，徐焱的亲姨不幸离世，一夜间因为过度悲伤而哭哑了嗓子,她就用写作来表达对亲姨的思念。读高一时,她一篇一气呵成的课内作文,惊艳了她的语文老师。作文中的情感写得真实又细腻,确认其文章叙述事件的真实性后,老师被深深感动,在课堂上朗读给全班同学听,静静地、默默地,她的文字抵过千言万语、抵过嘶声裂肺,这是文字带给她自己的震撼,更是对亲情的一种无声缅怀。高中时期她有幸被推选参加作文竞赛的经历,也激发了她对文学的执着和热爱,并做起了"作家梦"。

在文学路上,徐焱的母亲蔡和平、父亲徐忠良、丈夫曹雷给予她很大的支持,每当她完成一篇作文,"第一读者"母亲总会拿起来读一读,一边读一边夸,自己夸还不够,还要分享给她的小姐妹听;常常看到她一脸得意的表情,加上一句关爱有加的赞美:"我女儿的文笔,那是相当地好啊,我来读给你听听。"每次她都会偷偷地得意地笑,享受着母亲的赞美。越被肯定的孩子会越优秀,写作也越来越自信。从小雷打不动的习惯,下笔成文,这个词也是母亲逢人就夸的。

徐焱没让父母失望,语文始终是她的强项。后来她考进南京航空航天大学,虽然学的是英语专业,但她仍没有停止文学创作,还选修了文学课程,并获得文学学士学位。大学毕业走进社会,写作的优势给了她很多职场的机会。不久,她的作品变成铅字的梦想实现了,在国家级、省级比赛中,她的诗歌作品脱颖而出,多次获奖。此时,又一个念头一闪而过,她要去尝试小说创作,全面发展。

在2009年网络文学成为新宠儿,网络小说风靡一时,徐焱在小说领域跃跃欲试,结合现代诗歌的优势,她把小说与诗歌有机融合,创作了第一部长篇小说,并与两大网文巨头"红袖添香""天涯文学"签约,正式进军网络小说。与"天涯"合作的作品《游走在世界之外》,点击率一度荣登"天涯"前三。

2010年,徐焱有幸遇见了命运中的第一个贵人。那年她刚从南京来到上海,在人生地不熟的国际大都市遇见了一位领导,有幸在他身边工作。他亦师亦友又如灯塔指引着她前行的方向。当工作遇到迷茫时,他推荐徐焱读稻盛和夫的《活法》;当生活遇到挫折时,又教她多读名人传记，始终用正念影响着她，从一个容易被情绪所左右的人变成了能驾驭情绪的人。在他的鞭策和期待下，徐焱始终怀揣着美好和信心向着他描述的那个优秀的她的模样而全力以赴。

2020年疫情让徐焱从忙碌的工作中暂时解脱，她有了更多的时间思考其文学之路。于是整理了所有作品，顺利通过评委会审核，加入了南京市作家协会。文艺的女生，变成了女作家，这一身份的蝶变，不仅实现了心中的"作家梦"，而且更加坚定了她对文学的信心。

徐焱说："写作是辛苦的，唯有享受才是持之以恒的动力。"加入到作协这个圈子后，前辈的勤奋和努力，成了徐焱的学习榜样，并带给她更多的思考和感悟。她想要创作更多的作品，而不是停滞不前。于是她会去请教作家前辈，向他们学习、取经。由于长期定居在上海，加上疫情几年，在文学界长辈的鼓励下，她开始对标省级作协，坚持每天创作，不仅是做一名作家，而是要让自己成长为顺应时代的好作家而坚持不懈。

徐焱创作的《零下十度》，描写的是21世纪初大学生恋爱的故事。爱情是个永恒的主题，大学生的恋爱更是人们关注的一个题材。小说中的漂亮的女主人公筱璨与男主角崔奚本是一对相爱的恋人。由于女主人公筱璨出奇地美，让崔奚的同学唐睿有了想法。他利用当时手机并不普及、微信还没有出现的盲点，在崔奚"老封建"的崔奶奶那里动了很多歪脑筋，促使"老封建"一直紧盯筱璨不放，千方百计拆散这对恋人。与唐睿手段不同的是，筱璨的同学柯灿家境条件比崔奚好，人也长得帅，虽然他很爱筱璨，面对班上的富家女娇妮不择手段地追他（并莫名其妙地写匿名信让筱璨远离柯灿），但他仍深爱着筱璨，并在许多方面照顾她，可筱璨只念崔奚的恋情。结果在偶然发现筱璨与崔奚有同母异父之嫌疑，多年后才让筱璨放弃了崔奚，最后与从国外回来找她的柯灿相爱。

应该说这部作品是非常不错的，当今人们都关注的社会问题，她在作品中把人们不同的观点都呈现出来了，而且作者还表达了有新意思考：由于人们生活和教育条件的改善，现在小孩子无论是从生理上还是心智上，都比以前早熟，如现在的高中生甚至是初中生就长得如以前大学生那么高大，学生恋爱虽然不值得提倡，但如何引导却非常重要，粗暴地阻止大学生谈恋爱更不是好的办法，相反正确引导才是根本。让大学生顺其自然地谈恋爱，有时对其学习还是有帮助的。

　　值得一提的是，这部小说虽然运用了网络小说的手法，但本质上还是一部纯真的传统小说。在小说的情节设计中，开头、结尾都是很有特色的。徐焱在小说的一开始，就写小说的女主角筱璨晚上乘上一辆夜车，去看她的男朋友崔奚，可以说难题不断。从被"倒卖"（换）到另一辆夜车上，到下车后乘上三轮车又丢包，整个情节一环紧扣着一环，虽谈不上惊心动魄，却是生活中很难应付的一种磨难，引人入胜地屏住呼吸看下去。小说的结尾是筱璨与崔奚分手多年并成为职场的一个白领后，到当年她与崔奚约会的地方，算是对那段感情的告别，其中有些情节催人泪下。此时峰回路转，却与从国外回来的柯灿相遇，开始了他俩的恋爱。崔奚虽放弃了对筱璨爱的追求，但也表达了自己的祝福。可以说构思巧妙，开始出人意外，结果又在情理之中，还是比较温暖圆满。

　　小说是讲故事的，更是塑造人物的，通过不同的情景来塑造不同性格的人物。徐焱平时喜爱心理学，也学习过这方面的知识，并已成为高级心理咨询师。她除了用文学语言和故事情节来塑造人物外，还从心理学角度来塑造角色，更显得合乎情理。同时，作者采用了电影蒙太奇的手法，将人物出场、故事发展用两条主线甚至还有一条辅线交替呈现，使作品中的人物栩栩如生，筱璨的美丽善良、崔奚的忧柔寡断、柯灿的忠厚坚持、唐睿的思想转化与娇妮的工于算计、崔奶奶的顽固不化、筱璨与崔奚父母的忍耐与宽容大度，其主要人物性格也就一个个自然地呈现出来了。

　　徐焱在作品中偶尔插一段自创诗或一段歌词进去，不仅丰富了作品的形式与表现手法，而且使文字更灵动活跃。有时，作者会用一个段落来对某一个事件或人物抒发感情，而这段文字不但感情真挚横溢，且是诗化的语言或者就是优美的散文诗。更绝的是，作者在某些篇章或段落结尾处冒出一句颇有哲理的总结性语言，可以说是点睛之笔，恰到好处。

  最后一点我要肯定的是：金陵的文学界前辈、《红楼梦》作者曹雪芹老先生，在几百年前创作的作品中描写了很多精彩绝伦的梦，使《红楼梦》成为一部经典的传世之作。而当今南京的文学晚辈徐焱在《零下十度》中，也写了多个梦。我写这句话不是也不可能把两位南京老新作家与作品的影响相提并论，但我认为这是一种可贵传承。且徐焱在作品中描写的梦，确有令人惊心动魄、荡气回肠、浮想联翩之感，其真实效果如何，不妨请专家和读者朋友读一读这本书，从中会找到答案的。这里面也跟她较好运用世界著名心理学家弗洛伊德有关梦的演变理论有关。作为有梦想的青年作家，在当今"唯物质主义"者居多的情况下，她还在奋力实现精神和艺术上的"文学梦"，每天仍利用业余时间坚持文学创作。

  聊以自豪的是：我们徐氏家族曾出过明代写成天文、历法、数学、农业领域诸多著作的文渊阁大学士徐光启，明代大旅行家、著名游记作家徐霞客，民国著名诗人徐志摩、著名画家徐悲鸿，当代红学家徐中玉和著名作家徐怀忠等文化艺术界杰出人士。而作为晚辈的徐焱正带着自己的梦想，沿着他们的足迹前行，我充满信心地期待着她的更大成功！

  是为序。

2023 年 3 月 28 日写于钱塘江畔勤耘书房

  作序者为中国报告文学学会会员、中国散文学会会员、著名作家、资深报人、文学评论家，徐忠友线上新闻出版、文学艺术馆馆长。

目 录

序　言……………………………………………………… 01

第一章　乘夜班车出行的女大学生………………………… 001
第二章　校园内外一通匿名的告密电话…………………… 018
第三章　那些意外消失的恋爱书简………………………… 038
第四章　知青父母谜一样的爱情…………………………… 052
第五章　求爱路上的曲曲折折……………………………… 064
第六章　除夕有一丝淡淡的忧伤…………………………… 097
第七章　母爱是苦涩青春的蜜糖…………………………… 130
第八章　摁不下爱情快进键的新学期……………………… 147
第九章　与你和解已然零下十度…………………………… 171
第十章　回归故地有情人终成眷属………………………… 216

爱的宣言（代后记）………………………………………… 228

第一章　乘夜班车出行的女大学生

001

　　一辆长途客车摇摇晃晃地向前移动着，拥挤的车厢里弥漫着一股难闻的味道，里面七倒八歪地坐着一群不是很讲卫生的人。

　　让人窒息，甚至有些犯恶心。车子的过道里都挤满了人，地上凌乱地放着蛇皮袋、扁担、塑料桶、磨得发毛的旅行包，车座底下乱七八糟地堆着方便面盒子、矿泉水瓶子、橘子皮甚至有人晕车吐的脏物，惨不忍睹。

　　一看就知道是一些外出打工艰辛的人们，他们在车上已经奔波了好几个日夜了吧。

　　一个穿着粉红色小西装、白色修身牛仔裤、黑色圆头小皮鞋的美丽女孩，梳着高高的马尾辫，长长的睫毛，白皙的皮肤，那么动人，沉睡在这黑压压的车厢内，格外显眼，让人不忍心把她从睡梦中叫醒。

　　她叫筱璨，迷倒一帮子男生的漂亮女孩，这么美丽的女孩竟然出现在这样破旧不堪的车子上，让人不免为她担忧，她到底是要去做什么呢？

　　这时车子猛地颠簸了一下，惊醒了睡梦中的女孩，筱璨迷迷糊糊地睁开眼，望了望窗外，距离目的地应该还有一点距离。

　　漫不经心的她还是想继续她刚才的那个梦吧，慢慢地又垂下眼帘。不知道她的梦里到底发生了什么，让她如此不愿醒来，还是她真的已经很累了呢。

　　"到滨城的几个就在这里下车，后面有一辆直达的车，你们几个都上那辆车，我跟那个车司机都说好了，不会再收你们钱了。"司机吆喝着，赶鸭子似的催促着。

筱璨挎着她那卡通的黑色漆皮单肩包，无奈地随着人群走下车，站到了公路边上。深秋的寒风包裹着她娇小的身躯，筱璨下意识地裹紧了那件粉红色上衣，茫然地看着缓缓停在公路边的长途巴士。

天知道她被司机"倒卖"了，幸好有这几个同伴，应该是合法地"倒卖"吧。"上天保佑吧。"筱璨默默地在心里祈祷。

"滨城的几个上来，快，快，快！"又是一个赶鸭子似的司机。

"1、2、3、4、5、少一个！"司机自言自语道。

"那个小姑娘是不是也到滨城的啊？"司机一眼就看到了正朝远方发呆的筱璨。

"啊，对，带我上车，我要去滨城！"筱璨望着即将起动前行的车子，显然是吓了一跳，不是司机喊她，很可能就被丢在了这个荒无人烟的地方了。

上车后，筱璨紧紧地抓着扶手不敢松开。是啊，第一次深夜跑长途，不被吓死也会被吓个半死，还冒着逃课的危险。下午5点还在教室上课的她，现在居然在这个陌生城市的长途车上了。唉，这到底是何苦呢？！

筱璨再也不敢睡觉，看似精神饱满地睁大了双眼。那是一双水灵灵的大眼睛，扑闪着长长的睫毛。不知道是惊吓后的泪水还是天生的水灵，让人有种怜惜的感觉，也许她身上隐藏了让人心碎的秘密吧！

她下意识地挪了挪位置，看得出她已经渐渐平复刚才的惊吓，靠在了椅背上，歪着头眼光没有聚焦地看着公路边的草木急速后退。

筱璨的眼睛总是湿答答的，没有人知道她此刻的内心世界，一切只有天知道……

002

颠簸了近4个小时的她，已经疲惫不堪，几乎每隔几十分钟就会做一个梦。每次要么是在头被窗户玻璃撞痛后惊醒，要么就是被噩梦吓醒。筱璨揉了揉有些发红的眼睛，努力睁大眼，有气无力地靠在椅背上，似乎又在想着什么。她的眼神不再那么清澈，有些涣散，又有些迷离。

崔奚、柯灿，筱璨浑身抽搐了一下，猛地又从梦中惊醒。越是不能睡越是想睡，不知不觉地她又睡着了。隐隐约约中脑海里闪过了这两个名字，这才再次醒来。筱璨拉开那只漆皮的包包，拿出一个不起眼的小小的玩偶，仔细地端详了半天，叹了口气又收了起来。

再次望着窗外，这一草一木似乎有些熟悉，她已经不记得这是第几次经过这条路了。每次都带着相同的记忆，带着那颗迷茫等待的心，再回故里。想着想着筱璨的眼睛又一次模糊了，记忆把她带回到那个有他的日子里。第 N 次回忆起那段往事。

"啊吆！"筱璨尖叫一声蹲在了地上。在那条田间小路上，筱璨望着走在她前面老远老远的他，假装扭伤了脚，等他过来搀扶。

"筱璨，哪里疼？扭到哪里了？厉害吗？怎么这么不小心啊！"不出意外，他从前面匆匆折回来，拉着筱璨不停地询问。

"我的左脚踝关节那边疼呀！好疼啊，不要动我，让我歇一会儿！"筱璨嗲嗲地呻吟着。

看到崔奚那焦急的眼神，还有责备的话语。她乐了，在心里偷偷地乐。她知道崔奚是爱她的，一点都不比她爱得少。就这样，崔奚一只手轻轻按摩着她的左脚，另一只手紧紧地搂着她的肩膀，静静地坐在长满了小草的田间小路上。

"以后走路不许这么急了，知道吗？如果是你一个人在外面，你怎么办呢？！"崔奚心痛地责备着。

"我知道，今天我看你走那么快，我就是想追上你，才会扭伤脚。你都没有等一等我，只顾自己一个劲地向前走，我不知道你心里在想什么。过几天我就要离开这里了，难道你不想多陪陪我，多跟我说说话吗？"筱璨忽闪着那双水汪汪的眼睛，还没等他说完，便发泄了心中的不满。

"对不起，筱璨，那是因为我害怕。我害怕今天待得太久了，我会舍不得你离开。还有看到他们都要念大学了，我心里很失落，不知道说什么好。我们的未来，我也觉得很渺茫，我不希望你对我太执着了，因为我不知道能不能给你幸福。现在的我还是未知数，有太多的不确定。你懂吗？"崔奚的眼神里充满了绝望，语无伦次地说着心里的顾虑。

"我会一直在你背后支持你的，我也会等你的！让我陪你一起走过这段坎坷！好吗？"筱璨的眼神还是那么的坚定，又是那样的清澈，直直地望着崔奚，充满了期待。

她的眼神似乎有一种杀伤力，崔奚感到一阵窒息。他相信她是一个专情的好女孩。他们没有再说话，只是紧紧地把手握在一起，彼此望着对方眼睛里那个自己的影子。

一切尽在不言中。

003

这辆破旧的长途客车仍然穿梭在漆黑的暮色里。筱璨想起了那年的夏天，他们分别之前的这个场景，他们一群同学相约去校外野餐。他俩就顺便到田埂走了走，一路上都是沉默，就这样一前一后地走着。

筱璨不知道他这个木头人，是不是打算一直等到返回都不准备说话了。同时也想考验一下，崔奚是不是爱她，所以她才想到那么一招。

真是一个有点小心思的可爱女孩，让人不得不爱。而现在，她对崔奚的爱，还是那么的执着，没有任何改变，尽管她的身边已经出现了太多的变数。柯灿的出现让她很头疼，也很感动，更是为难。可是在这个关键时候，筱璨的心里非常冷静和理智。这一年里她会孑然一身，默默地等待！

只要他想她了，她都会想尽一切可能飞到他的身边，安慰他、鼓励他。每次他的心情也都会因为筱璨的远道而来而变得平息，都会找回当初的信心继续奋战拼搏。那种力量是除了筱璨以外任何人都不能给予的。

筱璨对崔奚充满了怜爱与眷恋。去年她顺利地考上了名牌大学，而崔奚却发挥失常，留在滨城进了一家职业技术学院！不能与她一起去同一个城市了，崔奚的心里充满了无限遗憾。一年的时间对于相爱的恋人来说是怎样的煎熬？对于像筱璨这样美丽优秀的女孩来说又会是什么变数呢！

外面的世界太美好、太诱惑了！崔奚的心里变得十分迷茫与不安。而筱璨心里明白，她在做什么，她要做什么？这个时候，她仍然还是一个很好的女孩，无论多难多苦，这段路筱璨一定要陪着崔奚一起走过。因为她爱他，那种爱是无法用言语来表达的。

"滨城车站到了，这里下车的人，赶紧拿好行李，马上下车。抓紧时间，快点快点！"司机不停地催促唠叨吆喝着。

车子在车站外面的马路上下客了，一下车一群三轮车夫就挤了过来，筱璨被几个车夫拉着问东问西。已经是深夜了，她只想早点见到他，坐上了离她最近的三轮车。

"师傅，我到滨城职业技术学院。"筱璨有些迫不及待。

5个小时的长途颠簸，筱璨已经累得睁不开眼了。没有提前买票，临时决定去滨城，晚上到车站的时候已经买不到直达的车，只好在车站外面搭坐这种车。当时也是没办法才冒险坐上那辆车。如果不是因为太想见他，哪会有这样的勇气，又那么晚了坐上那样的车呢？不管怎么样总算是有惊无险，一路上筱璨手心里全是紧张的汗。

"小姑娘，滨城职业技术学院到了。"

筱璨依稀听到车夫的声音，原来她又睡着了。筱璨揉了揉迷糊的双眼望了望外面，没错就是这里。于是，她迅速从口袋里掏出零钱，"嗖"地跳下车，便奔向学校大门口。

"小姑娘，找你钱！"

"不用啦，大叔，嘿嘿，谢谢！"筱璨回头微笑着摆摆手。

004

筱璨非常激动地站在崔奚学校的大门口，向学校深处张望。教室里灯火明亮，黑压压地坐满了夜读的学生。她松了口气，欣慰地笑了，终于可以见到他了。不知道是兴奋还是惊吓后的后怕，一行泪珠沿着她那白皙稚嫩的脸颊滑落了。也许是这一路上她太委屈受罪了。擦干了委屈的泪水，筱璨走到路边的大排档，还是老一套给他买点吃的，补补身体。

"阿姨，给我来两个烤鸡腿、两个牛排、两根烤肠，呃，再来几个鸡翅吧。"筱璨笑嘻嘻地说。

她细细地打量着青色的炭火，尽情享受着炭火中扑鼻而来的阵阵香味，馋得她直咽口水。总是喜欢想象的她，放肆地想象着崔奚看到这些美食后，那如狼似虎和看到她的那种意外且惊喜的表情。想着想着，一堆美食就已经被手脚麻利的阿姨，包装在一次性的餐盒中。

"阿姨，一共多少钱呀？"筱璨的声音甜甜的。

"26块，小姑娘。"烧烤阿姨满脸热情。

"嗯，零钱不够，我给你100块找吧。"筱璨把不够数的零钱又放回了口袋。

"啊！我的包呢？"筱璨的脸色忽然变得惨白，她的包忘记在那个三轮车上了。

一时间她没有了主意，眼泪吧嗒吧嗒地直掉。那个包里有他送的礼物，有他俩的回忆，有她准备给他的书，有她写的信，有给他做的平安符，有她给他折叠的999颗许愿星，还有……筱璨越想越伤心，感觉天塌了一样的无助。

"不要着急，你先把烧烤拿去。"好心的阿姨，满脸同情。

"小姑娘，包里放了多少钱？如果没多少那就算了不要难过。就当破财消灾，这么晚了早点回家吧。"烧烤阿姨继续安慰道。

"一个女孩子家在外面不安全，又长得这么漂亮，太招眼了，不要让家人担心啊！"身边的好心人七嘴八舌不停地给她建议。

"不是钱，是有比钱更重要的东西在里面！"筱璨把头摇得像拨浪鼓似的，不停地抽泣。

这时已经深夜10点多了，家人一定以为筱璨乖乖地待在学校里。而事实上，她却一个人在黑夜里穿梭。筱璨脑海里闪过一丝不安，又觉得非常愧疚和无助。而此时的崔奚却在教室里埋头苦读，他暗自下决心一定要专升本考进筱璨现在上的名牌大学，他并不知道自己心爱的女孩，此刻正在校门外面如此遭罪。

"小姑娘，那你还记得那个车夫是什么模样吗？你到汽车站那边去问问其他车夫，他们应该是一起的可能会认识他，你去雇辆车找那个人，现在还来得及。"卖烧烤的阿姨好心地帮忙想着办法。

"嗯，谢谢你，阿姨。"筱璨带着哭腔礼貌地回应道。

筱璨就这样忐忑不安地又上了另一辆三轮车，脑海里想象着无数可能发生的情况，心如死灰般地绝望，世间还有那种雷锋般拾金不昧的好人存在吗？这辆三轮车承载着，带着满肚子疑惑的筱璨，朝着车站的方向驶去……

005

又一次折回了长途汽车站，路上已经没有几个行人了，昏黄的路灯显得格外的落寂。

几辆三轮车一字排在马路边上。筱璨跳下车，这次他们没有围上来，大家都带着疑虑望着她。筱璨怯生生地不知道该向谁开口，眼睛里泪汪汪地眨巴眨巴着寻找着目标。

没有那个熟悉的身影，她失望至极还是找了一位年长的车夫开了口："大叔，您认识一位长得高高胖胖的，剪着板寸头，穿着黑色夹克的大叔吗？我刚才坐他的车忘记拿包了。"

"呃……这个模样的有好几个啊，我刚来这不久还不太认识。"那个矮个大叔非常抱歉地说。

"你们还有谁认识那个人啊？"另一个年长的车夫大声询问着其他同行。

筱璨焦急地望着每个人的神情，紧张得不敢呼吸，心怦怦地跳个不停，眼看就快要蹦出来了。

"小妹妹，你记得他是什么颜色的车吗？"一个长得眉清目秀的大哥哥问着。

"是红色的，认识吗？"筱璨似乎看到了希望。

"哦,我知道谁了,他家住在虹桥新村小区,一楼的就在车库旁边,是另外盖的房子。进了小区大门就可以看见他的车了。要不我带你去吧?"这个大哥哥很确定地说道。

"太好了,谢谢大哥。"筱璨笑得格外灿烂,蹦上了他的车。此时的她,已经感觉不到黑夜的恐怖,和那深秋刺骨的寒冷。

终于找到那个车夫的家了,在小区门口保安一阵询问之后,他们被放进了大门。很遗憾并没有看见那辆期待中的红色三轮车。筱璨失落到极点,不知道怎么迈开脚步,站在原地迷失了方向一样,动弹不得。

"小妹妹,你别急,我进去问问他的家人,可能他还没有回来。"真是一位好心人,说完转身进了他家门。

筱璨头脑里一片空白站在门口,望着小区的大门,期盼着那个最想找的身影。

嘟、嘟……

一束刺眼的灯光从小区大门口射了进来,照在筱璨的脸上。筱璨下意识地用双手挡住了眼睛。

等车子停下来之后,她惊喜地叫了起来:"大叔,是你啊,我终于找到你了。我的包包忘在你车上了。"

"哦,对对对,我还在想会是哪个小姑娘丢下的包呢?着急了吧,没事的。只要还在我这,我一定完璧归赵啊。呵呵!"这个胖大叔边说边从车座底下拎出了一个包,那个她再熟悉不过的包。

"太感谢大叔了,大叔你是个好人,好人一生平安!呵呵。"筱璨的眼睛里湿答答地闪着泪光。

筱璨是一个很感性的女孩,再坚强的毅力也抵挡不了年轻的脆弱。一路上受尽了委屈,一路波折,总算可以去见他了。筱璨平息下来之后,似乎不那么激动了,也许是她太累了。对于一个19岁的女孩来说,这一趟跑得真的是勉为其难了。

可是他这次并不知道她的到来,不然他一定会去车站等她。就像从前一样,看到他在车站进站口,紧盯着每一辆N城来的车,生怕看错了,找不到她。那种期待的紧张深深地刻在他的每个面部细胞里,显得那么的可爱!

006

  那个年代没有普及手机，只能靠那点心有灵犀的默契了。看到他在车窗外的一刹那，她所有的疲乏，所有的委屈都随着他的笑容烟消云散了。

  再次到滨城职业技术学院的时候，已经是深夜 11 点多了。路边的烧烤摊都不见了，到底是小县城，这里的人们最晚也不会超过 11 点收工的。教学楼的灯都灭了，整个校园沉静在黑夜里，静得怕人。本想给他一个惊喜，结果却搞成这样。一阵寒风吹来，筱璨不禁打了个寒战，麻木得都不知道要扣上外套了。

  一片树叶飘落在她的头上，又滑落到地上，静静地躺在了筱璨的视线里。筱璨慢慢地蹲下去，捡起那片枯黄的树叶，辛酸地望着它自言自语："小叶子，你为什么也这么晚一个人在深夜里飘零呢？为什么你要孤零零地离开你的家，你一个人躺在这里不寂寞，不寒冷吗？今晚我跟你做伴吧。"筱璨流着泪抽泣着，把这片叶子硬生生地夹进了随身携带的记事本里。

  她的手已经冻得有些僵硬了，站在校门口不知道是向左还是向右。正在迟疑的时候，一个身影从校园深处急匆匆地跑向这里。筱璨绷紧了神经，紧张地望着那个人会不会就是他？

  近了，那个身影越来越近了，筱璨翘首张望着。

  不是他！筱璨整个人都快瘫掉了，怎么办？该怎么办？她的内心在无助地呐喊着！那个身影似乎感觉到她并没有想离开的意思，便在离她 1 米远的地方停下了，满是好奇地问："同学，这么晚了你在等谁，路上已经不安全了，为什么还不回家？"

  看来是一个热心的同学。

  筱璨猛地提起了精神："请问，你认识信息化专业 2005 届（二）班的宿舍吗？"

  "我就是信息化专业的，正在夜跑。你要找谁？我帮你去喊。"这个同学充满了热情。

"真是太感谢你了，同学，我想找崔奚。"筱璨睁大了那双水灵的大眼睛，抓住了一根救命稻草似的松了口气。

"呃，崔奚呀、崔奚……"这位同学有些语无伦次。

好漂亮的女孩啊！他被她的美貌惊呆了，都不知道她在问什么。

"崔奚怎么了？他出什么事了吗？"筱璨害怕得把眼睛瞪得更大了，不自觉地一颗泪珠悄悄落在她冰凉的手上，有些烫。

她不知道这位同学的欲言又止说明什么，难道是有不为人知的事情吗？筱璨迅速地在脑海里搜寻着每一种可能发生的事情。

"太美了，连哭泣都这么动人，该不会是深夜幽灵吧！她就像天使一样白净、纯洁，我在做梦吗？天呐，这是怎么回事？！"他望着天使般的筱璨，心跳极速加剧，不知道说什么好，内心里惊叹不已。

但是他马上平静下来，毕竟这是崔奚的女朋友，不能乱七八糟地瞎想。"崔奚，他好像搬到校外去了吧，前几天他的家人还在帮他找房子，说是想安静一些。可能现在还没有搬走。这样吧，我帮你去看一下，你在这里等我。"说完"呼"的一下，就消失在校园深处。

007

筱璨的心里七上八下的，看到他一定要痛痛快快地哭一场，太委屈了，太委屈了！筱璨嘟着小嘴掐着手指头默默地在心里盘算着。

眼看着10分钟的时间过去了，校园的深处仍没有出现那个可爱的身影，一种失落的感觉油然而生。一丝淡淡的有些紧张又有些绝望的伤感，扫过她冰凉的脸庞。正当她失望至极时，那个可爱的陌生的身影突然出现在她眼前。

"不好意思，他们宿舍的人说，他昨天刚搬出去住，地址我也问了一下，就在附近。我对这也不是很熟悉，要不我带你一起去找找看吧。"崔奚的同学气喘吁吁地跑了过来。

"那你不着急回家吗？真是太麻烦你了！"筱璨似乎期待着他的帮助。

"没关系,我是一个大男人,没事的,你一个女孩子这么晚了不安全,何况你那么漂亮。呵呵,崔兄他好眼光!我叫唐睿,跟崔奚一样都是信息化专业的同学。可以问一下你的情况吗?"唐睿很大方地介绍了自己。

"我叫筱璨,在N城念大学。跟崔奚以前是同学。这次来我没有告诉他,在路上遇到一些麻烦,所以才这么晚。现在遇上你这么好的同学,我太幸运了。呵呵!"筱璨慢悠悠地介绍了自己,渐渐地心情放松了下来。

"筱……璨……很好听的名字,跟你的人一样漂亮。"唐睿忍不住又夸了一遍。

筱璨对陌生人的夸奖已经不敏感了,她真的是美得让所有女人嫉妒,让所有男人疯狂。他们就这样边走边聊着,好像是长久未见的老朋友一样,很轻松地交谈着。毕竟是同龄人,沟通起来还是很容易的,有太多共同话题。

周围已经是夜深人静了,可以清晰地听到他俩的脚步声,不说话的时候,静得可以听见彼此的呼吸,这种感觉使筱璨有些紧张。这么晚怎么去敲门呢?再说还不确定能否敲对了门。如果找不到他,今晚该怎么办呢?筱璨紧锁了眉头,一只手揪紧了那件粉红色的小西装。低着头看着自己迈着的步伐,内心里充满了担忧!第一次这样麻烦别人心里实在过意不去,但是又别无选择。以后要让崔奚好好报答这位同学了,筱璨这样默默地想着。

"这么安静的夜,能与这样美丽的女孩为伴,守在她身旁做她的护花使者,也是我前世修来的福气吧。就算这样走一夜、冻一夜,那也是上帝对我的恩惠吧。如果她不是要找崔奚,那也许会是一场梦幻般的艳遇也说不定呢。"唐睿做着醒着的梦,不自觉地乐滋滋偷笑着!

他俩走了已经有20多分钟了,按照地址,崔奚应该就在附近。可是这几条巷子以前都没有走过,这里都属于小桥里路320号啊,怎么走呢?唐睿在几条巷子的尽头迟疑了。

筱璨像一只可怜的小鹿仰着头,望着他,静静地等待着他的判决与口令。

这时候,筱璨发现了唐睿那张英俊的轮廓分明的脸庞……

008

  筱璨陷进了自己的思维里,不知道自己在找什么,也不知道他们在什么地方。
  "啊呦!"
  筱璨尖叫一声,她被地上的一颗石子给硌到了,这才回过神来。而这时,唐睿正紧盯着对面而来的一个模糊的黑影,越看越觉得熟悉。
  "崔奚呀,是你吗?"
  筱璨激动地叫起来。
  在这夜深人静的黑漆漆的巷子里,她的声音显得格外清脆、甜美。
  "筱璨,是你吗?"对面的那个黑影一个箭步冲到了筱璨的面前。
  "功夫不负有心人呐!看来老天也被你们给感动了,真是心有灵犀一点通啊。这样就好,这样就好。好了,现在我把筱璨安全地交给你了啊。"唐睿松了一口气。
  "唐睿,好兄弟,兄弟谢谢你了,有情后补啊!"崔奚拍着唐睿的肩膀万分感激地说。
  "……"
  筱璨、崔奚满是感激地目送唐睿消失在巷子的尽头。
  "他是个好人,你有这么好的同学是你的福气。崔奚呀,以后你要好好珍惜这份友情啊,不是他,说不准今天我会怎么样呢!"筱璨嘟着小嘴,喜忧参半地说道。
  当然啦,一路过来的波折不断,受过了那么多的惊吓。最后要不是唐睿,真的不知道,这么漂亮的一个女孩要怎么办,在这个寒冷的深夜也许只能在街头游荡了。
  "对不起,筱璨,我不知道你今天会来,不然我一定会去车站接你的。但是我回家后一直没有办法安静下来复习功课,一颗心总是悬着,有种预感告诉我你会来,越想越感觉不对劲。不管我们是真的心有灵犀,还是我出现了幻觉,我都一定要出来接你。果然让我找到了你!"崔奚把筱璨紧紧地搂在了怀里。

筱璨紧拉着崔奚的手,紧紧的似乎用尽了全身的力气,一直走到崔奚租的那间房子里。

崔奚先进门拉开了灯。

进门靠着右边的墙放着一张矮矮的长条木桌子,桌子上一台老式的煤气灶静静地躺着,桌子旁边的地方还有一个大号的红色塑料桶,盛满了水。煤气灶的后面,是一辆历尽沧桑的自行车,静静地倚在左边的墙上。在视线的尽头,垂直于右边墙的是一个小门,小门的旁边倚着一个红色的塑料洗澡盆。

"筱璨,怎么愣在那儿,赶紧进来呀,到房间里来,过来。"崔奚看着站在门口的筱璨,觉得她这样的表情好生可爱。

"呃!"筱璨的表情似乎有些拘束。

崔奚的生活好艰苦啊,我一定要好好陪在他的身边跟他一起度过这人生中的关键时刻。筱璨默默地在心里念叨着,暗暗下定了决心。

"来,喝杯热茶,热热身子,这是你最爱喝的茉莉花茶,我一直都喝着。每次学习累了,觉得压力大的时候,我就泡杯茉莉花茶,就感觉你在我身边一样。我又会斗志昂扬了。呵呵。"崔奚递过茶杯,高兴得像个小孩子。

筱璨的眼睛又不禁湿润了,这是一个水泡大的女孩子,这么容易就动了情。她坐在崔奚那张有些破旧的写字桌旁边,双手捧着茶杯,心里暖暖的。

写字桌上堆满了复习资料,桌子紧挨着那张老式的高低床。床上堆满了凌乱的衣服和土丘似的被子,歪着脑袋的枕头。

筱璨打量着崔奚房间的每个角落,内心里充满了怜惜。

这时,她发现了写字桌上依旧摆着那个黄色的唐老鸭式小闹钟,那还是刚刚开学的时候筱璨送给他的。卧室里好像就只有这个小闹钟是一尘不染、干干净净,明亮的黄色有些耀眼。

这时闹钟的时针已经指向了凌晨1点钟。

"筱璨,我给你冲个热水袋,暖暖脚,早点上床睡吧。今天你委屈了,明天中午我下课后,带你去饭馆好好补补鸡汤去。"崔奚乐呵呵地冲着热水袋。

"那，那你？"筱璨有些害羞，支支吾吾地不知道说些什么。

其实，崔奚知道筱璨在担心什么。

他的心跳也明显加速了，脸有些发热，一时间不知道该说什么。

两个人就这样不由自主地羞答答地对望着紧紧地拥抱在一起，似乎都要把对方融入自己的身体……

009

在这深秋的深夜里，他们拥抱着、紧贴着彼此的那颗灼热的年轻的心，相依着，甜甜地睡着了……

"筱璨、筱璨……"崔奚凌晨5点就醒了，看着怀抱里睡得很香的筱璨，轻轻喊着她。

也许是昨天太疲惫了，她睡得很沉很沉。

望着嘴角泛着淡淡笑意的可爱乖巧的筱璨，崔奚感到无比的满足与幸福，尽管他的手已经被筱璨枕得发麻动弹不得了。

早上还有一场模拟考试，崔奚给筱璨留下了字条，给她盖上了他那件黑色的风衣，轻轻关了门，去了学校。

"璨，早上还有模拟考的最后一场，抽屉里有吃的，中午回来我带你去吃你最爱的烤鸭。奚，即日。"筱璨看着这张爱意浓浓的字条，美滋滋地笑了。

虽然奔波了一天，但是她仍没有饿意。是啊，她的心里满满地装着他的爱，还会饿吗？筱璨环顾着四周凌乱的墙角，她想为他做些什么。

忙了好半天终于整理出一个样来。只是她那双又白又嫩的小手此时已经变成了黑黑的小鸡爪了。她到门口的水池旁慢悠悠地洗干净那双修长的手。

外面的阳光格外灿烂。

隔壁房东阿姨正在外面晾着衣服。她看到筱璨非常诧异，没有多问，只是对她笑了笑。筱璨礼貌性地也跟她点头示意，看似很正常的一种人与人之间的简单问候。筱璨的心里有些忐忑不安。

好不容易熬到中午崔奚回来。看到崔奚进门，筱璨没有想象中的那么开心，而是有些忧伤。

崔奚云里雾里不知道发生了什么，急切地问道："筱璨，你怎么了，是不是一个人很寂寞？我一考完就跑回来了。"

"崔奚，早上隔壁的那个房东阿姨看到我了。"筱璨的眼神有些飘忽不定。

"她跟你说话了吗？问你什么了吗？"崔奚似乎也有一些紧张。

"没有，只是笑了笑，但是我感觉很不安，有一种很不好的预感。"筱璨的眼眶里泛着泪光。

这个年龄里的恋情就像是隐形眼镜，有的人戴着很适应也很清晰，有的人却极其不适起了反作用。

摘了它之后的世界是模糊的、暗淡的，戴着它又是胀痛的。

"筱璨，别想太多，没事的。"崔奚虽然安慰着筱璨，但是他的心里却也在打鼓。

他知道这个房东阿姨可是个多嘴的婆娘，一个笑面虎而已。总是喜欢无事生非、凑热闹，看人家笑话的那种人。

近日里是崔奚的奶奶在这里照顾他的生活起居。

他的奶奶是那种唯孙独尊的人，她都快把崔奚疼到骨子里去了。她是那种标准的有重男轻女的封建传统的老太婆。

虽然年近 70 了，可是身子骨却很结实，看起来就像 50 多岁的人，是一个比较厉害的老太婆。

她一直垂帘听政，家里所有的大事小事都是她说了算。崔奚的一切事情他的妈妈都不可以插手太多，就怕她教育不好儿子。

010

崔奚的妈妈是那种柔弱女子，一直这样做着委屈的媳妇，她就期盼着崔奚将来有一天有了出息，帮她争口气，可以在这个家有一些地位与自尊，做回一个真正的妈妈。

崔奚很心疼他的妈妈，可是奶奶却很爱他，而对他妈妈很严厉苛刻。虽然妈妈表面上总是给足了奶奶面子，对她唯命是从，从来都不说一个"不"字。其实，私下里妈妈不知道默默地流过多少委屈的泪水，夹在这两个很爱自己的女人中间他一直很为难。

他知道唯一能做的就是用功学习将来有了出息，就可以给妈妈争气了。奶奶也许会重新看待妈妈，会给她一些做母亲的权利。可是，在奶奶的眼里，妈妈是一个听话的好媳妇。

她却不知道这样的和平，牺牲了妈妈多少快乐的时光。

他知道那个多嘴的阿姨一定会告诉奶奶筱璨的存在，这样他的奶奶一定会视她为敌甚至会羞辱她。他想起了妈妈那委屈的表情似乎也看到了筱璨绝望的面孔。此时此刻他不知道该如何是好，觉得自己很没用。

中午时分，他们静静地坐在一间烤鸭馆的落地窗户旁，眼神里都多了一点淡淡的忧伤与不舍。吃完这顿饭，筱璨就要回校了，似乎这是最后一次见面，这顿饭的气氛十分的沉重。

"筱璨，这次来滨城怎么没有告诉我？看你找我找得那么辛苦，你知道我有多心疼吗？以后一定不可以这样了，我会很担心你的。"崔奚深情地望着筱璨没有笑容的凝重的面孔。

"崔奚，我本来是不打算来看你的，可是我实在不放心，我预感到你这里发生了什么，也做了好多噩梦，都是一些不好的梦。我感觉到我们之间出现了一条难以逾越的鸿沟。我也知道你快考试了，不想影响你，所以就自己跑过来找你。昨晚知道你不在学校住了，我就感觉到以后见你很难。早上看到那个房东阿姨，我的心里真的很沉，我感觉一场暴风雨就要来了。"筱璨的眼泪顺着她白皙的脸庞一个劲地往下流。

"筱璨，你别这样，天塌了我都会撑起来。记住我的承诺，我会帮你擦干眼泪，让你做我的无泪天使。现在我就在努力，在为我们幸福的未来而奋斗。我要把落榜的时间追回来，争取考上名牌大学，相信我。也请你等我，我会给你幸福的未来。"崔奚一边擦干了筱璨眼角的泪水，一边动情地表白。

"我相信你，我等你！"筱璨哭得更厉害了，紧紧抓着崔奘的手，心里依旧感觉这一年像一个世纪那么遥不可及。

餐厅里弥漫着Beyond的那首《真的爱你》。他们似乎回到了那一年，这首歌似乎是为他俩而准备的。他俩都没有再说话，静静地听完这首歌默默地离去了。

筱璨坐上了那班赶往N城的末班车。透过窗户玻璃，他们似乎都有千言万语。汽车开动的那一刹那，他俩都挥了挥手，忧伤的酸楚的心痛取代了所有的微笑。

崔奘望着奔驰而去的汽车，不禁流下了一行热泪。不用说，本来就是水泡大的筱璨此时已经是泪流满面……

第二章　校园内外一通匿名的告密电话

011

回到学校以后，筱璨一直都很紧张，不知道这次跟崔奭的分别意味着什么，尽管死都不愿意失去他。日子在筱璨的指甲缝里一天天地流逝，与以前不一样的是，这次分别之后崔奭一直都没有写信过来。

这个时代的通信还不是很发达，除了打长途电话和寄书信以外，手机还只是极少数有钱有地位的人才有，学生自然没有。可是崔奭上的是职业技术学院，想随时都能找到他，那是天方夜谭。他的宿舍没有装电话，学校管理得又十分严格，每次打电话都只能在上次见面约定好的时间。然后一成不变的是筱璨，跑到离宿舍很远的1号教学楼下面的IP电话亭给他打电话。筱璨的宿舍楼是新盖的，据说还要过几个月才能装好电话，那样就方便多了，筱璨期待着……

这段日子是死气沉沉的，尽管天气一天天热了，校园里的同学们一个个打扮得花枝招展，但是在筱璨的眼里一样是暗淡无光的。没课的时候，她总是披头散发地窝在床上，随便吃点零食打发饱受饥饿之苦的小肚腩。饿了就吃，吃了就睡，真是像只小猪的生活，因为爱做梦的她总是会在梦里一次次地见到崔奭。每次梦醒之后，她总是要静静地回味很久很久，一遍一遍，感觉崔奭就在自己的身旁，从未分开。

心里有很多话想对崔奭说的时候，她就会拿出那本可爱的日记本，这本子也有一个可爱的名字叫"可可"。筱璨不亦乐乎地跟可可每天对话。

不好的心情也会因为彼此的对话而转晴。

每天重复着这样的日子，很枯燥也很消沉，但是现在的筱璨却认为，这样的方式是打发时间最好的方式。她几乎已经过上了那种与世隔绝的生活，可惜这样的生活却不是世外桃源。唯一的能做的也许就是等待。

不行，我不能这样等下去了。还是给他写封信，问问情况吧，一个念头在筱璨的脑海里闪过。提笔刚写了几个字，筱璨隐隐地感觉到，封建的老太婆那种锐利的眼光。

没有搞清楚情况之前，不能给他写信，不知道那位封建的奶奶会做出什么事情来。

筱璨脑海里闪过很多种恶婆婆的嘴脸，越想越害怕，越想越不敢写。想了很久，筱璨的头都快裂了。一骨碌爬到上铺躺下来了，还是先睡上一觉吧。可是，躺在床上翻来覆去总是睡不着，筱璨没有办法停下思念崔奚的泪水。

其实，人与人之间如果缺少了沟通和了解，那么是很容易相互误会的。每个人都有坚持的一方面，这样的坚持有些是我们不能明白的，但这并不是说这个人就是坏人了。

也许，崔奚的奶奶是一个很通情达理的强势女人呢。虽然强势但是她讲道理呀。对于从未谋面的崔奶奶此时此刻在筱璨的心里已经是一个古板严厉的老太婆。

这样的第一印象定下了，有时候真的是自己吓自己。可怜的筱璨啊，什么时候能走出这种恐慌的死胡同呢。对了，有唐睿啊，筱璨看到救星似的，砰地从床上跳了起来。

"轰！"

哎呀，忘记自己睡在上铺了。虽然头被撞得很疼，但是筱璨的心情还为这样的新发现兴奋不已。

很快一封信就写好了，筱璨迫不及待地跑到教学楼下的邮筒前，赶在邮递员今天开箱之前投了进去，大约一个星期，唐睿能收到。

在信里筱璨问了崔奚的近况，也旁问了他奶奶的态度。从信的内容看来，筱璨这个单纯的丫头一点都没有把唐睿当外人。在她看来他一定是一位很热心的好同学好兄弟吧。

筱璨认认真真地在日记本上记下这封信寄出的日子，然后就是漫长的等待……

012

在一个下着小雨的上午，唐睿非常意外地收到了筱璨的来信。他是在自己美美的幻想中大概扫描完了这封信。

唐睿读出了筱璨对崔奚浓浓的爱，他似乎不开心起来。面对筱璨的问题，他得好好准备一下了。

崔奚已经请假一周了，他的爷爷心脏病突发去世了，也许筱璨并不知道情况，所以担心是不是他们的感情出现了危机。

崔奚不会想到筱璨会给唐睿写信，当然，唐睿也不想通过他告诉筱璨这件事情。

他对筱璨是一见钟情，没有办法顾及她是同学的女朋友，也没有办法考虑到所谓的先来后到。唐睿，静静地坐在自己的座位上，完全看不见面前英语书上的A、B、C、D。那一个个字母仿佛就是筱璨的一张张笑脸，那么诱人，那么清新自然。

她的脸集合了古代、现代的美，标准的瓜子脸，弯弯的柳叶眉，大大的眼睛，长长的睫毛，高挺的鼻梁，小小的樱桃小嘴，娇艳欲滴，白瓷般的皮肤，披肩长发，魔鬼的身材……可爱极了，美艳极了，让人不得不醉！

唐睿心里想的还是上次见到的那个美丽女孩，他并不知道现在的筱璨做了卷发之后，更加惊艳了！那种美足以让每个正常的男人犯痴呆！只是现实生活中的她是忧郁的，很少有笑脸。这也是因为她的忧郁的爱情吧。然而着迷的唐睿居然都能想象出她的笑脸。看来梦里梦外，他都与筱璨的影子为伴了！

好可怜的男孩！

一个可怜的男孩，往往会博得别人的同情，但是如果是一个可嫌的男孩，那么一定会遭到唾弃。

都说年轻不怕犯错，知错就改也能赢得别人的好感。有句话说"一失足成千古恨"，有些错犯下了，那么是一辈子都无法原谅的！

我会犯错吗？唐睿有些紧张地扪心自问！

是啊，一边是同窗之情，一边是一见钟情，世俗中的先来后到，似乎让这粒可怜的情种不得不掩埋在深深的泥土里。

唐睿陷入了抉择的煎熬里……

其实啊，爱情是不分先来后到的，有的只是合适不合适。只有在适合的时间遇到适合的人，那才能碰撞出爱的火花。

对待爱情可遇不可求，欲速则不达，还是随遇而安，一切靠缘分。可是对待爱情这两个字的理解，很多的年轻人都错译了，从而出现了那一段段曲折、折磨、痛心疾首的情殇。

唐睿在迟疑，是把实际情况告诉筱璨呢，还是编一个不利于崔奚的谎言呢？如果实话实说，那他就是他们爱情的催化剂，那么他永远都没有一点机会。如果编一个故事，那么他不就是他们爱情之路的绊脚石吗，那么至少他们没有这么快就一切顺利地在一起，那其中定会有很多趁虚而入的机会。

说到底就是做好人还是做坏人的矛盾。其实做好人难，做坏人并不难。如果不是对筱璨的一见钟情，那么唐睿一定会毫无保留地帮助他们。因为他深深地知道崔奚是个好男人，一定是这样。

一天……

两天……

三天……

四天过去了，唐睿依然没有决定如何回信。

他知道了筱璨的地址，这无疑是一个意外的惊喜。

可是他却不能寄出他日日夜夜的期盼，甚至他内心的一点点表白都不合适。想到这一点，他也只能无奈地叹息。

几天下来，唐睿颓废了很多。为情所困的人也许都是要经历这个过程。这样的事情只能自我消化，任何人都帮助不了。

经过几天的心理斗争，唐睿终于寄出了那封意味深长的回信。

013

　　这天，阳光明媚，清风拂面，格外滋润。
　　筱璨坐在教学楼侧门的阶梯上，一个人静静地坐着。她似乎很平静，一直握着唐睿的回信，迟迟没有打开。是暴风雨来临前的平静吗？还是失去联系之后的绝望呢？天知道她心里在想什么？
　　这个侧门很少有同学走，是校园里安静的一角之一。
　　这封信会像今天的天气一样，充满阳光吗？筱璨内心在默默地祈祷。打开吧，不管是什么结果，都必须勇敢地面对。
　　"筱璨，收到你的来信已经好几天了。说真的我不知道跟你说些什么好，我能体会到你的心情。作为崔奚的同学，作为你的朋友，我想跟你说，美好的恋爱只有在对的时间遇上对的人。我们还在人生的十字街头。所以我想崔奚的心情也是很复杂的。我不知道他为什么最近没有联系你，爱情的疑问也许还是要靠你自己去找到答案。你是一个很好的女孩子，不要这么早就被爱情的枷锁束缚……"
　　唐睿的信很短，筱璨没有找到她想要的答案，从他的只言片语似乎感觉到有什么她不知道的隐情。也许真的就像唐睿所说，爱情的疑问只能靠自己去找答案。爱一个人，就是不由自主，已经爱上了也许很难再回头。崔奚的省略号是说明了什么呢？劝她分手吗，还是？筱璨不愿意去多想。
　　回到宿舍，筱璨还是决定先写一封信给崔奚，问问他最近的情况，等到他的回信再做决定。
　　3个小时后，筱璨就把这封信投进了信箱，并在信里与崔奚约好时间，通一次电话。由于宿舍里没有电话，只能提前约好时间，老规矩，约定的时间她会去教学楼下的电话亭，打到崔奚校门口的电话亭，如果一方错过了时间，那只能再次通过书信约定时间。
　　在那样的年代，恋人之间联系就是这样的辛苦。

终于熬过了10天，晚上7点就是她约定的时间。筱璨按时拨通了远在滨城的电话……

"喂！"对方很快就接通了电话。

"喂、呃！"筱璨激动的心情很快就冷静了下来,对方是很陌生的声音,难道不是他？

"请问,是崔奚吗？"筱璨试探地问道。

"崔奚？哦,我不是,我也是来等电话的。崔奚是我同学,我没有看到他过来。"很有礼貌的一个同学。

"嗯,能不能麻烦你回头跟他说一声。9点钟,我再打过来,好吗？"筱璨很不好意思地请他帮忙。

"好的,没问题,回头我跟他说。"

"那先这样,谢谢你了同学。"

崔奚没有守约,一股揪心的酸楚一阵阵地刺痛着她的心。寒冬的夜,呼吸的每一口空气都是冰凉,筱璨裹紧大衣,依旧坐到教学楼的侧门。眼看着地上渐渐泛白,长长的头发上也撒下点点白霜,轻轻地摸了摸,不小心触碰到自己的脸颊,像冰块一样冰凉。她又抬起了头,看着光秃秃的树丫,望着摇摇欲坠的月牙儿在树丫不停地摇啊摇……

014

崔奚,你收到我的信了吗？最近你还好吗,你在忙些什么,为什么不给我写信了？你知道我很想你吗？是不是你不想要我了？

可是我现在只想陪伴在你的身边,我知道你需要我的鼓励。只要你有灿烂的明天,我可以将来离开你。所以,请你今天一定要来,我已经等你等得心都凉了也慌了……"

筱璨在等待的1个多小时里,不停地在心里默默地对崔奚说着悄悄话。9点到了,筱璨似乎没有了开始的期待,她害怕电话的那头依然是失望……

"嘟、嘟、嘟、嘟嘟嘟、嘟嘟嘟！"

他没有来，筱璨失望地挂了电话，一行泪珠挂在冰凉的脸上，热乎乎的，很快又像浆糊一样黏在脸上，绷得有点难受。她没有马上离开，而是倚靠在电话亭的玻璃上，麻木的双脚已经不知道，怎样挪动。

"嗨，筱璨，这么晚了怎么还在这里？"筱璨猛地缓过神，原来是同学小美。

"我，我过来给以前的同学打电话，现在他还没有来，所以我再等等。"

"是不是男朋友啊？不然这么冷的天，你会这么等？哈哈！"小美是个大大咧咧的女孩，很随和、直白。筱璨撇了撇嘴，似笑非笑，是苦是甜只有她自己明白。

"我们宿舍电话通了，到我们那去打吧，这里也太冷了。"小美很热情地建议道。

"呵呵，太感谢了。小美！"筱璨完全输给了这个寒冬，似乎抓到了救命稻草。

21：20，他失约……

21：30，失约……

21：40，失约……

21：50，他依然失约……

要不是在同学宿舍，筱璨早就哭成泪人了。再打最后一次，如果依然没有来，那么也许他们的缘分只有这么多了。

22点，筱璨准时拨了最后一通电话……

"喂！"

是他、是他、是他！筱璨的内心一阵激动。

"是我。"筱璨早就没有力气说话，像蚊子叫了一遍。

委屈的泪水已经先声夺人了！小美在旁边不停地给她递纸巾，不停地拍她肩膀安慰她。

"呵呵呵，我打球去了，不小心过了时间……"崔奚像是个没事的人一样还挺乐呵！

"你知道我等你多久了吗？你同学给你带话了吗？已经过了约定的时间这么久了，你为什么还是来了？"筱璨带着哭腔，抛出了一连串的问题。

"对不起筱璨，我错了、我错了……我想你应该还在等我，所以我还是过来等你电话了。"崔奚惭愧得说不出话。

"我会等你,一直等你来,就算我已经冻麻了脚、冻僵了手、冻疼了脸,我也要等你……"筱璨再也说不下去,哭得稀里哗啦……

崔奚是一个不擅长言谈的人,此时此刻的复杂心情只有他自己知道。

"对不起,您的通话还剩一分钟。"一张电话卡很快就结束了,可是这对艰辛的恋人还有很多很多话没有说完。

"筱璨等我考上N城的大学,一定好好补偿你!"

"嗯……"筱璨喘着气,仍不忘点点头。

"嘟嘟嘟!"电话也在这个时候戛然而止。

015

崔奚乐呵呵地走在回去的路上,也许是打球热过身,寒冬的夜他竟然穿着一件薄薄的毛衣,却把棉袄抓在手上。这个时候,他一点都没有感觉到身边已经出现了一个重量级的情敌。爱也许会让一个人失去理智,做出一些不可以被接受的事情。

崔奚还是属于那种傻乎乎的小子,没什么心眼,现在的他还是很单纯,他认为爱上了她的筱璨不可能被任何人抢走的。这么久没有跟筱璨联系,今天的这通电话让他感觉依然那么黏糊,可是他的失约却在筱璨的心里打下了一个结。也许他的粗心是天生的,可是一再的粗心,难免会伤害对方。

深夜了,街道出奇地静,这个傻小子被浓浓的爱晕染得哼起了周蕙的《约定》。这首歌是筱璨上大学之前给他唱的。这个可爱的痴情的小女孩心思还是那么的细腻。

忽然,一个黑影闯到了他的面前。不假思索的崔奚,被这个影子吓得大吼道:"谁!"

没等对方开口,他已经认出了,原来是哥们儿唐睿。

"没吓到你吧?"唐睿淡歪歪地说道。

"你小子,这么晚了不回家睡觉,在大街上像幽灵一样晃,想吓死人啊！"

"你怎么也这么晚，还这么兴奋，说，干什么去了？哈哈哈！"

这时候的两个男人之前，还是保持着一贯的友好，也许是唐睿还没有挑明吧。是的，他在做最后的挣扎。是进是退，只在一念之间。

两个都是很帅气的男孩，在这条有些破旧的街上，说说笑笑一路走远，他们的背影无疑也成了小城黑夜中的星星了，闪闪发光。

筱璨这一夜失眠了，虽然最终联系上了崔奚，但她还是为他的失约感到有些心痛。是啊，这么一个大冷天怎么忍心让这样一个柔弱的女孩，在寒气逼人的夜里苦苦等待呢！可以为他找理由，但是这次的冰凉不仅仅留在了她的肉体，已经侵蚀到她的内心。过几天就是圣诞节了，筱璨在心里默默策划着一个计划。她想再回一趟滨城，去看看崔奚，跟他一起过圣诞节。另外，这一个多月的失踪，她还是要亲自审问，从上次唐睿的那封信，可以看出一定发生了什么筱璨不知道的事情。

筱璨精心准备了一份圣诞节的礼物，包装得很漂亮，另外买了几本复习资料，还为自己准备了一套很漂亮的衣服。她的心思写在了脸上，谁都知道这个执着的女孩，已经被爱折磨得转不过弯了。

……

终于等到了圣诞节，筱璨再一次逃课，长途奔波到滨城。上次的经历她还历历在目，虽然一路上有些不安，但最后她还是很顺利地站在了崔奚的学校大门口，静静地等待他下课。

半个小时过去了……

又是半个小时过去了……

这个讨厌的老师该不会拖课吧！还是在考试呢？算了，还是到教室门口一探究竟吧。筱璨已经有点不耐烦了。

016

筱璨，悄悄站到教室后门的窗户边上，原来真是个拖课的老师，一个人在讲台上津津乐道，殊不知下面的学生都已经屁股发烫，再也坐不住了，干什么的都有。

"呵呵呵……"

筱璨看到这样的景象不由得笑了出来。这倒好，还是被窗口的同学听到了。这个男生歪头一看，哇！是个美女。他的头就已经被卡上了螺丝似的，再也转不回来。

"嘘！"

筱璨很俏皮地伸出她那又细又长的食指，轻轻搭在她那嘟嘟嫩嫩的粉红色的小嘴唇上。让任何一个青春期的男生，看了不得不想入非非。

这个小男生倒也很配合，轻轻问道："你找谁呀？"

"崔奚。"

"哦，哝。"

顺着他手指的方向看去，崔奚正在认真地做笔记。筱璨会心地笑了，他是争气的好孩子。虽然，他们都还是20岁的青年男女，可是筱璨似乎比崔奚的家长还要关心他的学习。因为，她期盼着，在N城名牌大学里跟他团圆。

在20岁人生最美好的青春，一份好的爱情是相互成就，相互鞭策，做最好的自己，与对方共同成长，进同一所大学，沐浴知识的海洋，又收获一份甜蜜的爱情，那是年轻人内心对爱情最美好的向往。

"哦！"

终于下课了，学生们哄成一团，似乎要把教室给掀起来。同学们如潮水般从教室的前后门涌了出来。

崔奚似乎感觉到筱璨的气息，从第一批人流中就跑出了教室，四处张望。这对恋人的目光在教室门口汇聚到一起。相视而笑，并排跑出了校门。出了校门，他们像飞出笼子的鸟儿，迫不及待地把手牵到了一起。

这一切，都被唐睿看得一清二楚。那群神气活现的淘气鬼也看到，在后面不停起哄。

"崔奚，老婆，挺漂亮的嘛，哈哈哈！"

"过来介绍一下嘛。"

"哥们，有福同享啊。"

"哈哈哈！"

身后叽里呱啦吵闹得很。

"你等着我怎么收拾你！"崔奚拉着筱璨，边笑边回头放话。

这个时候，崔奚心里比吃了糖还要甜。这么漂亮的女孩被自己牵在手上，那些哥儿们谁不垂涎三尺呢！

唐睿停住脚步，慢慢看着他们远去的背影，内心里一阵揪心的痛。一见钟情就是这样的无奈。

一个可怕的念头在他的脑海里呈现："筱璨，你等着，你天生就是我的女人！崔奚，今天起你不再是我的哥们儿，我会把筱璨的心一点一点地挖过来！"

天哪，这个唐睿已经为爱疯狂了。他到底要做出什么事情呢？！

……

他们一路狂跑到崔奚租住的小窝，寒冬的夜晚已经是刺骨的冷，崔奚的小窝虽然破旧倒也不失温暖。一个橘黄色的取暖器放在书桌的右下角，书桌面前的那堵墙上挂满许愿星，999颗五颜六色好看极了。

崔奚的床上干净多了，看不见什么乱堆的衣服，原来是墙角多了一只新的简易衣橱。筱璨欣慰地笑了，这个家伙也开始打点生活了。

"呵呵，我刚买的衣橱，上次你过来的时候我衣服乱得没地方放，都堆在床上了，睡觉挺碍事的。现在好了，也不乱了。"崔奚读懂了筱璨的眼神，不等她问就解答了。

"嗯，挺好。这些星星是你挂的？"筱璨把话题转到了满墙的许愿星上。

"嗯。"

"你家人看到了吗？"

"嗯。"

"问你了吗？"

"嗯。"

"知道吗？"

"嗯，啊，知道什么啊？"

"我们啊！"

"我不知道，他们知道多少，我爷爷去世了，他们都在料理后事，这段时间，也没有顾及我。"

"对不起，我不知道你爷爷……我还以为你有其他事情，不再联系我了，所以我很伤心。"

"对不起，筱璨，是我不好，不管怎么样我应该告诉你的，让你担心了。"

崔奚很心疼地抓起筱璨的手，把她冰凉的小手揣进怀里。随手打开取暖器，给她暖暖身子。

"是我误会你了，可是……你也不该这么久不联系我！"说着就趴到崔奚的怀里，委屈的眼泪哗哗直流，不停地掐着他的脸蛋，脖子和手臂。崔奚被她掐得直咬牙。

真是水做的女人呐！

……

"咚咚咚！咚咚咚！咚咚咚……"

一阵急促的敲门声，筱璨、崔奚的脑海里一阵空白，屏住呼吸……

这么晚了，是谁呢？

017

"谁啊？！"情况紧急，在短暂的几十秒思索之后。崔奚的口气显然不太友好。

"我是王阿姨啊，崔奚睡了吗？我们房间的灯跳闸了，我进来看一下电表。"

原来是房东阿姨，房东的电表装在崔奚房间外面的那间小屋。看来不得不开门了。不过还好，不是其他人。

"来了，来了，等一下啊。"

"璨，快来，你先躲到这个衣橱里，被房东阿姨看到不太好。"

崔奚打开衣橱便把筱璨塞了进去，聪明的筱璨不忘把自己的包包也拎了进来。王阿姨进门，便打开了电表。

"咦，没跳啊，那可能是灯坏了。"王阿姨自言自语。

"这么晚还没睡啊。"

"呵呵,是啊,你还在学习呀?"王阿姨边说边伸头朝房间看了看。

"崔奚啊,学习不要太辛苦,早点休息。"王阿姨说罢便出了门。

王阿姨走后,崔奚就感觉到一丝不对劲。向来很早就睡觉的王阿姨不可能这么晚不睡觉,她为什么故意朝房间里看呢?难道她知道什么?筱璨很晚才来的啊,她不可能知道什么,真是奇怪了,崔奚百思不得其解。

"崔奚,快放我出来呀。"这个傻傻的男孩居然忘了关在衣橱里的筱璨,真是想事情想得入神了。

"吓死我了。"筱璨的心里像揣着几只小兔一样,七上八下。

"璨,我觉得很奇怪,这个阿姨好像知道什么。"

"啊!"他们四目相对,看来这个地方已经不安全了。

"那我明早就回学校吧,我在这里也不方便,见你一面就够了。"

"唉,每次都是这么匆忙,你坐长途车一定很辛苦。"崔奚心痛地抚摸着筱璨的头。

"看到你,什么苦都忘记了。"筱璨幸福地依偎在崔奚的怀里。

"以后我会好好补偿你的,一定加倍地对你好。不早了,你躺床上睡觉吧。"

"不,我不睡,明早我6点的车就赶回去了,现在我不能睡,我睡一分钟跟你在一起的时间就少了一分钟。"

"好吧,那么我们就聊天到天亮吧,我有一肚子的话要跟你说呢。"

就这样,筱璨和崔奚聊了一夜,尽管很困也很累,但他们依然还是很开心。

......

一早筱璨便坐上了回N城的长途汽车,筱璨忘不了汽车启动的那一刹那,崔奚在站台深情地挥手。

这次到滨城,筱璨知道了崔奚家里发生的事情,这就是为什么这么久没有联系她的原因。可是唐睿是知道这件事情,为什么在信里面没有跟筱璨说呢?

这一点在筱璨心里是一个谜,她是一个善良的女孩,不愿意多想,更不愿意相信唐睿是一个不好的人吧,毕竟第一次幸亏他的帮忙。

那么，那个王阿姨为什么那么晚去敲崔奚的门呢？为什么要朝房间里望一望呢？带着这些疑问，筱璨回到了学校，继续她的大学生活。

送走筱璨后，崔奚准时回到了教室，坚持每天利用早餐最好的时间，抓紧学习。

"哥们儿，昨晚感觉如何啊？"一些无趣的同学迫不及待地跟崔奚开玩笑。

"去，去，去！没你们的事，别瞎掰啊，不是你们想的那样！"崔奚嘻嘻哈哈地跟同学扯着话题。

……

唐睿在一边目光聚集在崔奚的面部神态，竖着耳朵听他在说什么。听了半天，并没有听到他想知道的内容。他并不知道筱璨已经回校了。他也不知道昨晚崔奚的奶奶接到他的告密电话后发生了什么。

这个唐睿，他已经迈开了第一步，做了一件对不起崔奚和筱璨的事情，从电话里可以感觉到，崔奶奶的着急，专升本考试在即，怎么能谈恋爱分心呢。在那样一个年代换成谁的家长都会这样焦急万分的！

挂了唐睿的电话后，崔奶奶第一时间给房东打了电话，她拜托这个王阿姨，去看一看这个女孩子什么模样。同时也确认一下这个事情的真实性。

这才有了昨晚的那一幕。可惜王阿姨什么都没有看到。她也如实跟崔奶奶汇报了。崔奶奶真是云里雾里，搞不懂谁的话可信，她想来想去觉得无风不起浪，宝贝孙子这里一定是出了什么状况了。眼下有什么比孙子的前途更重要呢。没等多想，崔奶奶便收拾好行囊，乘上去滨城的班车……

018

这个崔奶奶虽然看起来比实际年龄要年轻很多，但她的思想还是跟她的年纪一样老气，骨子里封建得很。不过这也不能怪这个老太婆，他们那一代人有几个没有深受封建思想的毒害呢。

20世纪五六十年代的年轻人,有几个能自由恋爱的呢,很多仍然是父母包办,说一不二,别无选择。崔奚的爸爸当年就是被崔奶奶逼着跟他妈妈结婚的,当年他也有一个很相爱的恋人,最终还是被封建思想逼迫得各奔东西,从此杳无音讯。

可怜的崔爸爸,在日日夜夜的思念里,曾一度精神崩溃。同样可怜的崔妈妈是一个柔弱和大度的女人,她知道她的丈夫心里深深藏着另一个女人,她并没有因为这样而生气,她对崔奶奶的独裁深有体会,对崔爸爸的遭遇非常同情。

这个善良的女人唯一能做的就是好好待他,做他最忠实的听众,在他思念她的时候,她会默默地陪在他的身边。在那个年代的女人们有些是嫁鸡随鸡嫁狗随狗的思想,一旦结婚了就是死心塌地,就算他的心里还有别人也还是那样死脑筋。

最终,崔妈妈用她的善良和宽容,赢得了她丈夫的爱。

"离开的人已经离开,留在身边的人还要过日子,一辈子的路还很长,如果这辈子没有缘分在一起,那么,就向老天爷请求下辈子让我们好好在一起。"这是崔爸爸在日记里的一段话。

从那个时候起他就已经想开了。好好地跟崔妈妈过日子,把崔奚抚养成人,让自己的下一代有一个全新的人生。也是从那个时候起,他不再记恨自己的母亲,毕竟她的出发点是因为爱自己的儿子,尽管她的方式也许错了。

崔奶奶从来都没有意识到自己给儿子带来的痛苦,因此她现在依然不知道,她的干涉会给自己的孙子造成什么样的影响。有些路如果不走一次,那谁也不知道是对还是错。

……

崔奶奶赶到滨城时已经是中午,崔奚没有回来睡午觉,最近他的心思很重睡也睡不着。崔奶奶进门扔下行李,便在屋子里四处搜查起来,书橱的抽屉一个一个地翻,什么也没有找到,除了那只带锁的抽屉打不开。她没有放弃,于是在书桌上,把每本书也都翻了个遍,看看有没有破绽。

依然没有!接着她又把目标转移到床上,一眼就看到床头有几本书。

随手一翻，掉下来一小撮头发扎成的迷你小辫子，还有一条小皮筋扎着，看起来倒是很可爱。

这一看不得了，这个老太婆气不打一处来，决定立刻去学校把崔奚揪出来问问清楚。赶到学校也快上课了，崔奚正好从小卖部买了一瓶汽水出来，快到教室门口的时候，看见奶奶气冲冲地跑了过来。

崔奚眼看着火山要爆发了，便一个箭步上去，拦住了奶奶。

"奶奶，你怎么到学校来啦？"

"小兔崽子，这是什么？！"

崔奶奶把那个小辫子举在了崔奚的眼皮子底下。眼睛不够大的崔奚，看到小辫子眼珠子都快蹦出来了。

他知道奶奶的为人，这下死定了，连话都不敢回。只是觉得脸一阵红一阵白，烫烫的。可能是懵懂滨城职业技术学院的恋情被曝光后的羞涩吧。

"叮铃铃，叮铃铃，叮铃铃！"一阵清脆的上课铃声响起了。崔奚从来没有发觉上课铃声原来可以这么动听。

019

"奶奶我要上课了，我先回教室了。"崔奚趁机逃脱，还不忘一把夺过奶奶手上的小辫子。

"呼"的一下钻进了教室。崔奶奶无奈地摇头叹息，不得不先回家等晚上回来再审判。

回到教室后的崔奚，心里七上八下，忐忑不安，他担心奶奶是不是会像当初对待爸爸的爱人那样对待筱璨。在她这样专制的家庭下，他饱受创伤。这样的压力把他压得气都喘不过来了。

刚才抢奶奶手上的小辫子真的是吃了豹子胆了，下意识的反应，把他内心的情感完全释放出来。崔奚心里乱成一团，如果奶奶可以给他自主权该多好，但这是不可能的事情，就像太阳怎么可能从西边出来一样的绝望。

他无心看书,从抽屉拿出索尼的随身听。忽然很想听周冰倩的那首《真的好想你》:"真的好想你,我在夜里呼唤黎明……"听着听着眼角竟然泛出了泪花。他现在的境况不就是黑夜吗,何时才能盼到他的黎明?

男儿有泪不轻弹,已经是21世纪了,怎么还是不能获得恋爱的自由呢?"筱璨,你是我学习的动力,你是我前方的灯塔。因为有你,我才如此狂爱学习,因为有你,我才信心百倍。我不能失去你,失去了你,就是失去了我自己……"崔奚不由自主地在草稿纸上写下了这首诗。

他想了半天,终于想出了结果,决定跟奶奶抗争到底。他怀着不安的心情,回到了那个临时的家。轻轻地推开了门。

奶奶不在房间,一桌热乎乎的菜,不断散发着扑鼻的香味,馋得他直咽口水……

进门刚坐下,奶奶就从外面回来了,拎了一袋水果。

"宝贝孙子,这几天奶奶不在,你馋了吧,看奶奶给你做的菜,都是你爱吃的。"

奶奶边说话边盛饭:"来、来、来,赶紧趁热吃。"奇怪,奶奶怎么这么正常呢?崔奚边吃边思考着,根本都不知道菜嚼在嘴里的味道。

"奚啊,以后奶奶每天都在这里陪你,每天给你做好吃的,几天不见看你瘦一圈了,奶奶啊心疼哦!"奶奶摸了摸崔奚的头,又夹了一大块红烧肉放在崔奚的碗里。

"嗯。"崔奚只顾吃饭,应付着从嗓子里哼了一声,但是他听出了弦外之音。以后跟筱璨见面也许难了。

"奚啊,听奶奶的,现在要专升本考试了,不能谈恋爱。等你上了大学,什么样的女孩找不到呢!你看见这个年纪谈恋爱的女孩有几个是规规矩矩的?都是小妖精,不正经的货色!"奶奶终于切入正题了,口气里充满了轻蔑。

"奶奶,你不要这样说筱璨!她不是你想的这样!"崔奚显然很生气。

"筱璨?名字听起来就不正经。奶奶不同意,你就死了这心吧。"奶奶的口气很坚决!

"要真是个好东西,那怎么人人都骂呢?上次要不是你那个同学给我打电话，我还不知道有这么个狐狸精呢！"奶奶不小心说漏了嘴。

"什么？我同学给你打电话告密？！"崔奚吃惊得把刚夹的菜都掉在地上了。

"他是谁？谁这么三八？谁这么王八蛋！"

"你看看你这孩子，人家也是为你好嘛，他也没告诉我名字，还是个匿名英雄呢！"奶奶显然很感激这个告密小男孩，可惜没有办法当面道谢。

"难道是他！"崔奚的眼里充满了仇恨和不解！

020

崔奚气喘吁吁地跑到学校，看见在认真看书的小海，不管三七二十一上去挥起来就是一拳，"是不是你干的好事？！"

小海一阵莫名其妙，被崔奚把头摁在桌上动弹不得。

"崔奚，你干什么啊？有什么话好好说，松手、松手！"唐睿掰开崔奚的手，把他摁到座位上。

"你发什么神经啊？莫名其妙！"小海丈二和尚摸不着头脑，抱怨道。

"小海，明人不做暗事，你说是不是你告诉我家人我谈恋爱的事情？"崔奚质问道。

"我？哎呦，我的乖乖，你搞错没有啊，我为什么要给你家人打电话啊！我图什么啊？！没错，我是建议你现在不要谈恋爱！可是我还不至于给你家人打电话嘛！"小海噼里啪啦说了一堆话。

也是啊，好像那天小海并不知道筱璨过来，刚好那天他请了病假不在教室，等他回来上课时已经是第二天中午了，那时候筱璨早就离开了。

"对不住了兄弟，是我太冲动了！"崔奚很惭愧地低下了头。

"你啊，被恋爱冲昏了头脑啦！我还是那句话，目前的第一任务就是冲刺名牌大学！"小海拍拍崔奚的肩膀。

唐睿很意外，他们的冲突竟然是因为自己。然而他们并不知道那个小人就在自己的眼前。唐睿变得有些紧张和尴尬了。

"好了好了，一会儿就要上课了，不要说这些扫兴的话了。"唐睿有些不安。

事情就这样不了了之。

崔奶奶每天依然在观察着崔奚的一言一行，深怕影响到学习。但是她依然没有发现除了那个小辫子以外的可疑之物。

时间就这样在指甲缝一天天地流逝。唐睿暗自为崔奶奶的介入而高兴，但同时也为自己的行为而感到可耻。虽然有些惭愧，但是他并不后悔自己的所作所为，因为他爱筱璨的心是雷打不动的。

……

对于筱璨来说，大学的生活是枯燥乏味的。身边的同学一个比一个精彩，她是那种钻进感情迷宫的人，再也出不来了。对她来说还不知道那种叫作幸福的感觉到底有多甜。虽然说思念一个人也是一种幸福，可是这样的幸福还是早点结束，赶紧进入更高层次的幸福才是最好的。

这个时候QQ这个新鲜的时尚渐渐在校园里红遍了，同学们周末或者没课的时候都泡在网吧里挂QQ，进不同大学的聊天室，认识了很多大学生朋友，这样的大学生活充满了好奇。同学们都喜欢在QQ个人说明里写上当时的心情，筱璨，也傻乎乎地赶着时髦，就写了一句话，我会一直在你身边。

筱璨很少去挂QQ，原因很简单，她不想跟陌生人聊天，她更愿意做的事情就是在宿舍写日记。不停地写，仿佛崔奚每天都在她身边一样，可以尽情地跟他谈心。

这样寄托的思念，筱璨乐此不疲，她准备等崔奚来到她身边的时候，可以把这一年的思念一起送给他，让他十倍甚至百倍地偿还！

原来，筱璨一直记的是一本账本！一笔巨额的情债！真是一个心思细腻又可爱的女孩！

"筱璨，你的信。"班长把信丢在正趴着写日记的筱璨面前，便转到其他宿舍发信去了。

"呀，谢谢哦！"筱璨乐滋滋地拿着信跑到宿舍走廊不忘跟这个称职的好班长道声谢。

筱璨迫不及待地想看看崔奚写来了什么。

啊！筱璨看到寄信的地址一脸的疑惑，这个地址不认识呀，也不是从滨城寄来的，是本市的。会是谁呢！筱璨脑子想歪了都想不起来这个城市里还有谁会知道自己的地址！

干脆先看看这封信，一睹为快吧！

看完这封意外的信件，筱璨惊呆了！

第三章　那些意外消失的恋爱书简

021

让筱璨意外的是柯灿的来信，信的内容很简单，告知了他刚买来手机号码、宿舍排号和学校地址。没有了从前的尴尬，仿佛一切都很正常。

筱璨拿着这封信陷入了深深的沉思与回忆。在崔奚还没有出现的时候，当她还是一个花季少女，她曾经也关注过柯灿，帅帅的身影，酷酷的表情，琢磨不透的心思，真的足以让每个少女动心。

那年在他的生日那天，筱璨为他准备了一个漂亮的音乐盒，呈心形的设计，不需要言语就已经表达了内心的崇拜。打开盖子，一个漂亮的芭蕾女孩在音乐盒里翩翩起舞，伴着抒情的钢琴歌曲，浪漫极了。

当她把音乐盒交到死党小猪手里的时候，她的内心已经怦怦跳个不停，在送出去一个小时，又发疯似的跟小猪追了回来。

很多年过去了，那个音乐盒依旧藏在家里客厅的壁橱里，成了一个漂亮的装饰品。每次回家，她都会拿起音乐盒静静地回味，那份懵懂的心跳！

那年正流行林志颖的《17岁的雨季》，每次听到这首歌她都会想起那个遥远的安静的年代。每次的回忆都是甜甜的可爱的。

也许是没有开始的恋情才是最美的回忆吧，因为每个人的爱情都不可能是一帆风顺，因此很多人因为惧怕而把初恋扼杀在摇篮里。这才有了那一段段美好的回忆。

曾经筱璨也听同学有意无意提起柯灿暗恋她的事情，或许是因为那时候已经有了崔奚，她总是当作玩笑一笑而过。直到有一天下夜自修，柯灿拦在了筱璨回家的半路上，很结巴地表白，筱璨才不得不接受这个事实。虽然她曾为这份迟到的爱而惋惜，但是她并没有因为爱上崔奚而有半点后悔。爱上一个人不需要太多理由，那是上辈子注定的缘分。

柯灿虽是一个很理智的男孩，但他听到筱璨拒绝的理由时，整个人还是深深地体会到那种崩溃的感觉。

虽然他预想到会是这样的结果。自从他表白之后，没有再找筱璨，而是默默地关心她，知道她的一切状况，时刻准备着筱璨需要帮助的时候挺身而出。然而，筱璨并不知道这一切，她只是全心全意地爱着崔奚，不需要任何回报的，傻傻的一根筋到底。

柯灿现在考上了 N 城的大学，原因也可想而知。专升本考试后，转出的同学们都各奔东西，在那个通信不是很发达的年代，同学们大多数都失去了联系，不知道他花了多少心思才打听到筱璨的地址。他恐惧筱璨的抵触，因此在信里写得非常的简短，感觉就是一个再正常不过的老同学的问候而已。

柯灿，有一个很好的家庭背景，身为阔少爷的他，刚上大一就买上了手机，那个时候，手机还没有普及，学校里偶尔极个别家里有钱人买得起的手机，还是最原始的、蓝屏的。他并不是一个喜欢装酷的人，他买手机唯一的理由就是在筱璨需要帮助的时候第一时间找到他。他只是想做一个称职的保镖而已！

这么有心的一个男孩，是很多女孩追逐的白马王子，可是他深爱的那个她会不会读懂他的心思，明白他的用心良苦呢！

022

这封信对筱璨来说有的只是意外，而不是惊喜。她并不知道，苦苦暗恋了她很多年的柯灿现在的想法如何。不管怎么样，她并不想知道太多，因为她的心已经永远属于崔奚，海枯石烂，铁板钉钉。

柯灿虽然是筱璨的同学，但是平日里大家也没有联系太多，一方面是不同班，另一方面因为曾经的追求与被追求的关系，在校园里碰见难免会尴尬。

如今他们都身处他乡，那种羞涩的感觉不知不觉地就隐退到了心灵的背后，从而多了一份亲切和熟悉。

柯灿在焦急地等待着筱璨的回信或者电话，而筱璨却在为有没有必要回信而犹豫不决。

入学半年多了，柯灿早就成为了校园的风云人物，追求的女生一个接一个。但是个个都碰了壁，她们并不知道这个白马王子的公主妹妹是什么类型，当然也免不了好奇，他的一言一行总是受到很多人的关注。

柯灿出生于一个优越的家庭，他的爸爸是房地产公司的老板，家产几千万不在话下。他自身的条件也很优越，白皙的皮肤，英俊的棱角分明的脸庞，高高的个子，酷酷的造型。不知道这样的男孩为什么始终没有走进筱璨的生活。

出于礼貌筱璨一周后还是决定给柯灿回一封信，信的内容只是简单的问候，依稀可见她对他的那颗冰冷的心。寄出这封信以后，筱璨就把柯灿这个人抛到了脑后，接着依旧是痴痴地等待。

掰着手指算算，很久没有收到崔奚的来信了，筱璨忍不住又寄出了一封载着那份沉沉思念的信。让人纳闷的是，半个月过去了，崔奚一直没有回信。接着筱璨又寄出了第二封信，这封信里多了一些责备，也多了一张她漂亮的近照。又是半个月的时间，依然没有他的回信！

筱璨担心管理员是不是弄掉了，还不止一次地跑到收发室去查，结果依然让她很失望，很伤心，很绝望！回到宿舍，她再也忍不住决堤的泪珠，任由其不停地洗刷着她那娇嫩的脸庞。

这个时候，远在滨城的崔奚也没有了学习的心思，他知道筱璨已经一个多月没有消息了。他不知道为什么筱璨不再给他写信了。他很伤心，一个人跑到滨城公园深处的那片小山脚坐着，放空一下自己的心情，为这段情感吸一吸养分。在这个青山下，他想找回他那份原有的平静。

这是一座不大的山，山脚有一条人工小溪清澈地流淌着，崔奚扔进一片叶子，看着那片树叶漂向远方，似乎那就是远走的筱璨，他再也忍不住泪流满面！

他拿出口袋里一直携带的筱璨的那条小辫子，还有一张一寸的毕业照片，他再也控制不了自己的感情，不禁哭出声来。他何尝不想去找她，可是奶奶的严加管教，专升本的压力，经济的限制，他去不了，他什么都做不了。

这个时候太阳已经落山了，一抹余晖披在坡顶，金色的光晕仿佛是新娘头上皇冠的光芒一样耀眼美丽。崔奚的眼睛渐渐模糊，他似乎看到筱璨披着婚纱站在山头，等待着他的迎娶，美丽极了，就像是天上的仙女下凡一样。他试图努力睁大眼睛，想看清楚筱璨娇美的容颜，然而那个身影却在渐渐模糊，最终消失在与青山相连的云端。

崔奚知道自己是因为太思念筱璨而产生的幻觉。他很了解筱璨，这么久了她不会不给自己写信。可是这么久没有信，那可能就是出事了。崔奚心急如焚，但他又不可能马上飞到她的身边去看看她的安危，唯一能做的就是写一封信，然后慢慢等待她的回音。崔奚想象着各种可能发生的意外，他焦急得如热锅上的蚂蚁！但又无可奈何！

陷在情感旋涡中的他们，都因为没有对方的消息而痛苦不已！崔奚没有收到筱璨的信，他并不知道她已经寄出了两封信。筱璨没有等到崔奚的回信，她也并不知道他根本没有收到信。

筱璨的信到底寄去了哪里？

……

023

崔奚回到教室以最快的速度写了一封信，就几行字："璨，你怎么了？为什么这么久没有给我写信？你知道我很担心你吗？你是不是出了什么事情？！请你务必给我回信！心急如焚的奚！"

崔奚度日如年地数着筱璨可能收到信的日子，再盼着她来信的日子，然而半个月里还是一点回音都没有！不能正常通信，他们就无法约定时间通电话，在那个通信还相对落后的时代，除了等待再也没有更好的办法！

时间仍在一天天流逝，为了早日与筱璨在省城团聚，崔奚没有放松学习，在月底考试中，他依旧稳居第一。在老师宣布排名时，他一遍遍地在内心默念："璨，我又得第一了，我没有让你失望！请你早日给我回信，给我继续奋斗的动力与支持！无论如何我很需要你！"

筱璨的确在崔奚推算的时间里收到了信，也在他期待的时间里回了信。

这天是崔奚应该收到信的日子。"发信啦、发信啦，姜小南你老公又来信啦！"唐睿手里捧着一叠信一个个发着，还不忘开同学玩笑。看起来，他还真是一个活跃分子！等他发完最后一封信，崔奚也没有等到属于他的信。他期待的心似乎从高高的悬崖跌到了无底的深渊！

"无助啊！无助！"

"唐睿，怎么没有我的信？"崔奚还是抱有一丝希望地问道。

"你的信？为什么有你的信啊？！哈哈哈，学傻了吧，你！人家说不定早就把你忘了！"唐睿话里有话地说道。

唐睿的话如同针尖一样，一针针地刺在他的身上，痛在他的心里，然而却又不知所措！唐睿的话很明显是在挑衅、在暗示，也在引导或是在诅咒！

老实巴交的书呆子崔奚，仍坚信筱璨没有回信一定是有她的理由，坚信她不是那种水性杨花的女孩。也没有把唐睿往坏处想，单纯地以为他在开玩笑！

抱着这份信任，崔奚再次寄出了同样的那封信，不同的是最后的落款日期！

又是半个月过去了，崔奚似乎不再指望能收到筱璨的回信了。然而筱璨收到第二封崔奚的来信，她就已经明白，她寄出去的那些信，一封都没有到崔奚的手上！

她并不知道上次房东阿姨有没有发现她，也不知道崔奶奶的态度！联系不上崔奚，似乎更多的原因只能在他奶奶的身上，可是在没有得到确认之前都是凭空想象，一点可靠性都没有！然而，她宁愿相信，崔奶奶会像自己的奶奶那样通情达理，那样慈祥！

筱璨不再回信，她知道她的信根本就到不了他的手上。眼下就是期末考试了，无论如何她都要全部通过，挂个红灯过年，那可不是光彩的事！所以暂时她还不能去滨城找崔奚。

她知道此时的崔奚是多么的着急，她也有一肚子的话要告诉他，不能写信还可以写日记，将来一字不落地让崔奚看。她在宿舍的书桌前不停地写着，一本日记本都快写完了！

024

崔奚想来想去，觉得可能是奶奶在搞鬼，是不是她到学校告状让老师扣信呢？他越想越气，越想越有这种可能，作为21世纪的接班人，无论如何都不能再受封建思想的压迫了，他决定跟奶奶摊牌！

"奶奶，你是不是做什么坏事了？！"崔奚一推开房门就气呼呼地大声责问。

"我的宝贝孙子，奶奶怎么啦？奶奶做什么事啦？奶奶这里不认识什么人啊，你哪里听来的谣言啊？！"崔奶奶很着急、很惧怕地问。

这个崔奶奶真是被宝贝孙子吓破了胆，因为她除了买菜做饭洗衣服之外，再也没有做什么事情，她对孙子的质问非常的不解和恐惧。

在这个人生地不熟的地方，这个老太婆可不敢惹什么麻烦，平日里她连跟邻居多说几句都不乐意，女人窝里就是是非多。说不准哪天说什么话就把人给得罪了呢！这个在家里很强势的老太婆，出门在外倒是很小心，也很聪明。

"别装了，奶奶！是不是你让学校老师扣押我的信啊！"崔奚很气愤，他并不管奶奶是不是真的无辜！

"我的乖孙子啊！你可把奶奶吓坏了，就是这个坏事啊！"崔奶奶真是哭笑不得，奈不住捧腹大笑！笑容里还挤出一丝得意！

崔奚一脸的疑惑望着奶奶，奶奶向来是明人不做暗事，难道另有其人？！崔奚傻乎乎地愣在那儿。

"小兔崽子，你竟然跟那个狐狸精还写信啊，说你傻也不傻，说你聪明也不聪明，奶奶还真没想到，赶明儿就跟你们老师说去，把那些祸水的信一律扣押！"奶奶接着就板下了面孔。

崔奚真是懊悔不及啊，这不是自投罗网吗，聪明一世糊涂一时啊！

"唉！"崔奚长长地叹了口气，便坐下看书了。虽说是看书，可他一个字都没有看进去，他真是不知道那个卑鄙的人是谁，是老师还是同学？抑或邮局的失误！在没有确凿的证据说明之前，也不能随便给人扣帽子，事已至此，于事无补，还是下次小心为妙！

第二天一早，崔奶奶果真找到了崔奚的班主任，从那里得知，他们的书信确实比较多。老师也赞同奶奶的做法，一律扣押这个女孩的来信，坚决制止他们的恋爱行为！

在家长和老师的心里，在这个时期，是非常排斥学生恋爱的，也许是当地教育的落后，他们只是关注学生的学习而忽视了他们的心理健康。

崔奚已20岁了，要不是因为考试发挥失常，没有一步到位考上心仪的本科，现在需要花更多的力气专升本，不能像其他大学生一样感受大学校园里的美好青春。正常的恋爱是成功的催化剂，如果家长和老师们硬生生地夺走他们的催化剂，那么对他们的健康成长是不利的。这样反而会适得其反，从而造成一些难以挽回的错误和损失。

崔奚彻底绝望了，学校与家长的联合，对一个仍面临着升学压力的大学生而言无疑是有害的，动弹不得。他唯一的希望就是筱璨的到来，任何人都绑不住她的脚，她可是自由的。

没有不透风的墙，崔奶奶找到班主任的事情，被同学看到后，就在班级传开了。虽然很多同学都很同情崔奚的遭遇，但是他们都爱莫能助，只能劝他用功学习，争取考上大学去省城与她团聚。

班主任的介入，对唐睿来说真是意外的惊喜和收获，他再也不用担心筱璨的信会安然无恙地到达崔奚的手上。从这以后，唐睿就再不关心去办公室取信的事情！他认为他可以高枕无忧地与崔奚在同一起跑线上竞争。

025

晚上回到家，唐睿取出了筱璨寄给崔奚的那些信，其中一封信的背后注明"内附照片，请勿折叠"的样子。唐睿激动不已，迫不及待地取出照片，照片上的女孩漂亮极了，一头顺滑乌黑的直发现在已经变成了金色的卷发，就像一个洋娃娃一样可爱！唐睿，小心翼翼地收起这张照片。然后，毫不犹豫地把那些信一把火烧成了灰烬，这一切似乎天衣无缝。

经过这段时间的折腾，一对苦恋中的情侣仍旧没有正常联系上，他们相互都不知道对方的处境，彼此放心不下。

眼看寒假就要到了，大学生的期末考试已经在准备中。筱璨的学习压力、感情压力堆积到了一起。剩下的复习时间也不多了，然而崔奚还在焦急地等待她的回音！这条感情的路筱璨走得可谓艰难，为什么总是要经历这样的挫折和磨难呢？想着想着泪水又不禁打湿了衣襟。

"远处的钟声回荡在雨里，我们在屋檐底下牵手听，幻想教堂里头那场婚礼，是为祝福我俩而举行，一路从泥泞走到了美景，习惯在彼此眼中找勇气，累到无力总会想吻你，才能忘了情路艰辛，你我约定，难过的往事不许提，也答应永远都不让对方担心，要做快乐的自己照顾自己，就算某天一个人孤寂，你我约定一争吵很快要喊停，也说好没有秘密彼此很透明，我会好好地爱你傻傻爱你，不去计较公平不公平。"

同宿舍的小西用学英语用的学生机，放起了这首周惠的《约定》。委婉煽情的歌声在整个宿舍里弥漫。筱璨仔细地听完整首歌，不禁放声大哭起来。

大学开学之前的那次离别，她就是给崔奚很深情地唱起了这首《约定》。再次听到这首歌，仿佛又置身于从前在一起的快乐，然而又想到现在的处境，不得不伤痛欲绝！

正在整理衣橱的小西，被筱璨的突然袭击，吓得不轻。赶紧跑过去，扶着她的肩膀，歪着脑袋，望着筱璨满脸泪水的脸，很担心地问道："筱璨，你怎么啦？怎么突然哭啦？"

　　筱璨情绪失控已经不知道小西在问什么，只是一个劲地摇头，一个劲地哭。

　　"筱璨，你说话呀，到底怎么啦？你说出来，我们一起想办法。"小西着急得狂摇筱璨的膀子。

　　终于摇醒了失控中的筱璨："我、我、我不知道为什么给他的信，他都收不到了，但是他的信我能收到。宿舍又没有电话，我们联系不上了。可是，又要考试了，我没有时间去找他，可是我也看不进书了！呜……呜……"筱璨语无伦次地边哭边道出了心中的无助。

　　"筱璨，你去吧，复习资料我们整理好了，帮你复印一份，你回来抓紧背背就行了。"好心的阿霓建议道。

　　"是啊，筱璨，你就放心地去看他吧，我们整理复习资料也要两天的时间呢，你快去快回，复习的时间是够的。"小西拉了张板凳坐下说道。

　　"嗯！"筱璨已经感激得不知道如何感谢这好的姐妹们。只知道一个劲地点头和抽泣，渐渐地平复了心情。

　　就这样，在宿舍姐妹的支持与鼓励下，筱璨第二天一早便迫不及待地乘上了奔向滨城的长途汽车……

026

　　中午时分，筱璨终于赶到了崔奚的教室门口。老师正在讲课，课堂上很安静，崔奚依旧精神饱满地听着课。

　　看到崔奚的一刹那，她的心情一下子豁然开朗，忘却了所有的不愉快。也许是心有灵犀一点通，崔奚这时候也回头看了看教室后门，两个人正好四目相对，除了惊喜之外还有一丝的心酸。

　　突然见到了自己朝思暮想的人，心里像打翻了五味瓶，酸甜苦辣什么感觉都一下子涌了上来了。

　　为了不让同学们发现，崔奚使了一个眼神，用简单的手势示意筱璨离开教室。聪明的她一下子明白了他的意思，立刻躲到了一堵墙后面，偷偷地从墙角露出两个漂亮的大眼睛，看着教室里的动静。

像刚才那样莽撞地出现在大家面前确实很危险，在没有确定那个"幕后凶手"之前，他们今后的每次见面都必须小心谨慎。

第一次筱璨出现在崔奚的校园时，迎来很多羡慕的眼光，崔奚因此暗自偷乐了很久，可是在短暂喜悦之后，就被麻烦给层层包裹了，让他们都透不过气来，崔奚不得不金屋藏娇。

崔奚悄悄从后门走出教室，与筱璨会面。因为在上课，加上他们两个的默契配合，教室里的其他同学还没有人发现筱璨。崔奚的离开大家自然以为是上厕所，所以根本没有人会关注他的行为。

"璨，你怎么来了？"崔奚很激动地拉住了她那双冰冷的手。

"我给你的信，你一封都没有收到，我不知道你这里发生了什么事情，所以只能跑过来找你，我担心你不能安心学习。"筱璨眼睛里又闪动着委屈的泪光，让人不由得产生了怜惜之情。

"璨，我一会儿就要下课了，这里说话不安全，你到滨城商厦去等我，一楼小吃区那边先坐着，我一下课就来。"

"嗯，那我这就去，不见不散。"筱璨一步一回头，感觉像诀别一样的难舍难分。

如果筱璨只是一个很不起眼的普通女孩，那么唐睿就不会对她如此上心，从此一发不可收拾，从而动起了歪脑筋，那样他俩的爱情也许会一帆风顺，相安无事。

其实老天爷对每个人都是公平的，有失必有得，筱璨得到了美丽，那么她自然会多一些好事多磨的插曲，也是可以理解和承受的。只是经历这些曲折的过程时会很痛苦，但是先苦后甜，那样的甜可是最踏实的甜，最持久的甜。

筱璨在商场漫无目的地随便走了一圈，便在一楼的小吃区，点了一碗刀削面边吃边等着崔奚的到来。

一下课，崔奚第一个冲出了教室。十分钟后，就火速赶到了滨城商厦一楼的小吃区，在人群里焦急而又期待地搜索着筱璨的身影。

一个身着黑色羊毛高腰裙摆大衣，紧身牛仔裤，黑皮长靴，系一条黑格羊绒围巾，披肩的金色卷发的女孩，出现在崔奚的视线里，这就是今天的筱璨。

半年的大学生活，使筱璨的打扮也变得成熟和时尚起来。唯一不变的是她高雅的气质，不管是什么造型，她永远就像一个满身高贵的小公主一样吸引人的眼球。

027

筱璨每次的出现都会给崔奚一种不同的惊艳。崔奚看着高贵优雅的筱璨，不由得有些羞涩了，一种淡淡的自卑感油然而生。他放慢了接近她的步伐，仿佛若有所思。

此时的崔奚还只是一个普通的学生，运动鞋、牛仔裤、波司登羽绒服，一身的休闲打扮。两个人站在一起似乎已经有些不协调。像筱璨的身边，如果站着一位精英白领似乎看起来更相称。

崔奚停下了脚步，他知道他现在能给筱璨的实在太少，她太优秀了。至少要10年,他才可能有像模像样的事业，那样也可能有可靠的经济基础，从而给筱璨一份安全感。然而，10年对一个女人的青春来说实在太长了，他突然变得很迷茫，他不知道他们的爱情到底能走多远。忽然有一个可怕的念头在崔奚的脑海里一闪而过，崔奚，你为何不放手，让她更好地去飞，何必委屈了这么好的一个女孩！

"奚,我在这里。"看见崔奚，筱璨一下子就乐开了花,不停地跟他挥手。筱璨无意间发现在呆站着的崔奚，她很自然地认为他还没有找到自己。

"哦,来了。"崔奚揣着刚才满肚子的矛盾,坐在了筱璨的对面。

"吃刀削面吗？很好吃。"筱璨的脸上绽开了幸福的笑容。对于现在的她而言,只要每天能与崔奚一起吃面条,就已经心满意足了。就连这么一点心愿,对于现在的他们来说都不可能。于是,筱璨抓紧了眼下的短暂的事实,赶紧重温一下爱情的甜蜜。

"嗯,好,还想吃些什么？我去买。"崔奚看到筱璨幸福的笑脸,一下子忘记了刚才的自卑感,很幸福地一起看着菜单。

崔奚点了一只烤鸡,一碗凉拌海带,一碗红豆羹等,这些都是筱璨最爱吃的。两个人很温馨地饱餐一顿,都把烦恼抛到了脑后,尽情享受眼前平凡的幸福。

吃完饭后,为了争取更多跟筱璨在一起的时间,崔奚决定逃课。把筱璨带到了滨城公园的山脚,这里也许是目前最安全的地方了。没有人会想到他们会在这里,身边自然不会再有窥视的眼睛,这种回归自然的轻松感觉好极了。

崔奚兴奋地对着青山高喊一声:"喂,你是筱璨吗?"然后,哈哈地笑。

"喂,你是崔奚吗?"哈哈哈,筱璨乐开了怀。

崔奚一下子揽着筱璨的腰,抱起她的双腿,筱璨一手搂着崔奚的脖子,一只手臂完全打开。任由崔奚不停地旋转、旋转。

一对美丽幸福的恋人与一片泛黄的草坪,一座清新自然的青山,和蓝天白云联系在一起,另外再加一条小溪在山脚,构成了一幅美丽的图案。

"我要晕啦,奚放我下来。啊!"筱璨兴奋又头晕地尖叫一声。

"我不会让你摔下来的。"崔奚立即又向相反的方向旋转、旋转。

"啊!"他们幸福地玩转着,享受着旋转的乐趣。崔奚终于坚持不住,两个人倒在草坪上。枯黄的小草和细碎的泥土沾了满身,添加了更多温馨的浪漫氛围。

028

短暂地平复了一下激动的心情之后,他们肩并肩盘膝坐在草坪上,面对着青山,心旷神怡,仿佛置身于世外桃源,感觉好极了。

这座山处在公园的深处,因为离公园的大门口很远,所以很少有人会走到这里来玩。安静、自然、清新,舒适的环境,于这对久违的恋人来说,可是千金难买的场所。

"奚,这座山好美啊,你是怎么发现这里的?"筱璨好奇地问道,也开始了聊天的开场白。

"嗯,我也才发现不久。这么久一直没有你的消息,我很着急,所以前几天我就一个人到公园走走,走着走着就走到了这里,这里的环境我很喜欢,当时就坐在这个位置。坐了半天,一直坐到夕阳西下,一个人也想了很多事情,那时候坐在这里的感觉不是像现在这样的幸福,而是心酸和无奈。"崔奚说到这个话题,当初的低落心情再次油然而生。

"奚,我现在在你身边了,不要不开心了,我们以后会越来越好的。我有信心,你也要有信心。我一直都会在你身边。"筱璨深情地开导崔奚,挽着他的手臂,把头轻轻地靠在他的肩膀上。

崔奚下意识地搂住筱璨的肩膀。两个人就这样紧紧依偎着,很久都没有说话,他们似乎都是在用心体会着这样的宁静和温馨,要深刻铭记这种幸福的感觉,牢牢地记一辈子!

"奚,你知道吗,挽着你的手,枕着你的肩膀,这就是我最想要的幸福!"筱璨娇滴滴地说道。

"傻丫头,我要给你的太多了!"崔奚怜爱地吻着她的额头。

"我给你回信了,可是你都没有收到,信都去哪儿了呢?"

"我也一直在想这个问题呢,我知道你会给我写信的,一定是被人半路劫走了。我不清楚这个人是谁?!但现在可以确定的是,我奶奶已经找到我们班主任了,以后你的信都会被老师扣押。璨,我们不能正常通信了!"崔奚一脸的无奈。

"奚,别难过,快了,再等半年考上名牌大学,我们就可以天天在一起了,等到那时候没有人可以阻碍我们了。"筱璨满脸希望。

"璨,不管将来发生什么,请你记住,我是真心爱你的!"崔奚对未来还不是很有希望。

"奚,怎么突然这么说?不要这么悲观,不管发生什么,我都相信是好事多磨!"筱璨似乎预感到什么,就像破咒语一样狠狠地说道。

"是的,好事多磨、好事多磨。"崔奚把筱璨紧紧地搂在怀里,在筱璨的鼓励之下,对未来多了一份信心,但他冥冥之中还是有一种不祥的预感。

"奚,你奶奶是不是很不喜欢我?"筱璨紧张地问道。

"呃，没有，只是她不希望我因为谈恋爱而影响到升学复习。"崔奚明显在说谎。

"奚，你别骗我了，女人的直觉是很准的，我知道你奶奶很不喜欢我。今后这也许是我们最大阻力。如果你奶奶同意我们在一起,那该多好啊！"筱璨有些凄楚地说道。

第四章　知青父母谜一样的爱情

029

　　这时候，筱璨心里最大的压力，很显然是崔奚奶奶给他们的压力。她幼稚地认为只要崔奶奶点头了，那就万事大吉了。他们怎么都不会想到，更大的艰难与不可思议还在后面。崔奶奶的反对其实就像是一粒芝麻一样渺小。

　　这个下午，他们聊了很多，几乎把这一个多月来积压在心里的话全倒了出来。不知不觉夜幕降临，一个新的难题横在了两个人面前。

　　崔奶奶自从接到唐睿的电话，她就对崔奚寸步不离，不给他们任何再见面的机会。可是这次筱璨的到来，要怎样度过这个冰冷的寒夜呢？

　　"璨，我们去一趟滨城商厦，去买个帐篷，晚上我们就在这里露营，好不好？"崔奚迅速想到一个可行的办法。

　　"好啊好啊，好浪漫哦。"筱璨对崔奚的建议十分支持。

　　两个人说罢便赶去滨城商厦，很快就买好了帐篷和一堆零食。购物的整个过程，筱璨感觉温馨极了，她体会到那种居家过日子的简单幸福。

　　崔奚不忘绕道回家跟奶奶请了个假，说是跟同学讨论一些题目晚上不能回家。

　　这次崔奶奶并没有察觉什么，也没有听到什么风声，便放心地批准了。

　　夜晚，他们在帐篷外面欢快地野餐、尽情地畅谈，格外开心。也就是在这个晚上，崔奚第一次跟筱璨讲起了自己父亲的爱情故事。

　　崔奚的爸爸当年是一个知青，在那个上山下乡的年代，和一起下乡的一个叫芳草的知青恋爱了。两个人感情很好，到了谈婚论嫁的地步。芳草是北方人，性格很豪爽，长得也非常大方漂亮。后来一起跟崔爸爸回城了，那时候他们决定先回去见父母然后就领证结婚。

可是没想到崔爸爸带回了芳草之后，不料一个很小的事情便成了崔奶奶坚决反对的理由。他们回家那天，院墙上的一个小瓦片不知道什么原因掉了下来，掉在院子里的土地上，居然还砸得粉碎。思想封建的崔奶奶认为这不是一个好兆头，就不同意他俩的婚事。还故意找茬想撵走芳草，后来芳草迫于无奈还是主动提前离开崔家。可就在她离开的那会儿，院墙上又掉下了一片瓦，同样的情况，粉碎！

第一次可以认为是巧合，可是第二次总是让封建的崔奶奶心里感觉毛毛的。崔奶奶很吃惊地去掉瓦片的地方观察研究了很久，大家也都跟着研究起那片碎瓦，搞得人人心里七上八下。

当时，崔奶奶就再次坚定了拆散他俩的心！可怜天下父母心，可是奶奶这样的封建思想，在那个年代又要怎么逃避呢？

"唉！你看看你看看，老天爷也在反对你们的结合啊！哎哟，真是造孽啊！你也别怪我狠心，我也是为了我儿子好。以后找个好人家嫁了，我会感谢你一辈子的，不要再缠着我儿子了，我会给你烧高香！"崔奶奶决心已定，说出来的话如此尖酸刻薄，也毫不留情。

芳草满脸泪水，委屈地看着崔爸爸，没有说一句话，只是在心里默念着："我也有疼我的妈妈！"

030

"妈，你说什么啊？越说越过分了！"崔爸爸被崔奶奶气到几乎要崩溃。

就在这个时候，崔奶奶做出了让人意想不到的过激举动。她跑到厨房拿出一把菜刀，伸出手臂，声泪俱下："儿子，妈是为你好，有她没我，有我没她，你选择吧！"

真是造孽啊，好好的事情，怎么就因为两片瓦成了这样呢？

崔奶奶出生在一个富裕的大户人家,从小有丫鬟和奶娘伺候着她,要什么有什么,大小姐脾气非常严重。后来,一场运动改变了她的命运,被抄了家,从此成了一贫如洗的贫民。她的父亲在运动中去世了,妈妈疯了,后来离家出走再也没有找到。从此,她与自己从小在一起的奶娘共同谋生。崔奶奶其实也有她的可悲之处,只怪出生在了那个动荡的年代。

芳草是一个善良的姑娘,看到这样的场景她绝望了。与其大家一起伤心难过,不如把所有的痛苦留给自己。于是她哭着说:"大婶,我答应你,我离开明志,你们多保重。"说完便冲出了崔家大院。

"芳草,芳草,芳草!"崔爸爸追了出去。

"你给我回来,只要你跨出这个大门,我就死给你看!"崔奶奶逼迫道。

崔爸爸愣在大门口,想去追芳草,又担心自己的母亲出意外。他急得满头是汗,一拳狠狠地打在院墙上,4个手指关节都出血了。他在内心一遍遍地呼喊着芳草的名字,看到这样固执的母亲,他再一次绝望了!就这样心酸无奈地望着芳草的背影消失在视线……芳草离开后,他整个哭成一个泪人。

崔奚讲述这个故事的时候,跟爸爸一样带着那种淡淡的忧伤和无法抚平的酸楚,非常无奈地讲完了这段悲剧的爱情故事。这时的筱璨已经泪流满面,她深深体会到那个叫芳草的可悲和无奈!

"奚,你奶奶会像对待芳草一样对待我吗?"筱璨的担心不无道理。

"不会的,毕竟我是她孙子,我爸爸会理解我的。他们不会为难我的。"崔奚充满了希望。

崔奚知道的事情也就是这么多,他并不知道后来爸爸跟这个芳草到底有没有再见面。

芳草离开后,崔奶奶一次又一次地给崔爸爸安排相亲,然而也被崔爸爸一次又一次地拒绝了。他一直没有放弃芳草,也一直再寻找,可惜一直都没有找到。如果一个人真心要躲着一个人,那这个人就是把地球翻个遍也不可能找到。

直到一年以后,在大街上邂逅了一个老同学,无意间提到了芳草,说她已经订婚了就快结婚了。这个男人也是北方人,结婚后他们可能会回北方,不再回来。

听到这个消息的崔爸爸，彻底绝望了。他没有说太多，只是拜托这个同学转达自己对他们的祝福。

几个月后，崔爸爸答应了崔奶奶的相亲安排，这个相亲的姑娘就是崔妈妈。崔爸爸心灰意懒，相亲的时候连看都没有看一眼就答应了婚事。他知道自己与芳草这辈子都不可能再相见，不如就这样过一天算一天。

时间追溯到20多年前，就在崔爸爸举行婚礼的一个礼拜之前，那个老同学跑过来递给他一封神秘的信……

031

这封信是芳草写的，她在信中说她要结婚了，婚礼就在3天后，结婚后她打算跟老公回到北方去，永远离开这个充满悲伤的地方。因此，她想在结婚前再见他一面，也许这是他们这辈子唯一的最后一次见面机会了。时间定在后天下午，地点就是在滨城的一个酒店里。不管崔爸爸来不来，她都会在那里等他。

收到这封意外的信，崔爸爸激动不已，可是得知她就快结婚他又马上失落了，心里就像打翻了五味瓶，什么味都有。也许这就是命，是宿命，也许就是有缘无分。崔爸爸在心里不断地叹息命运的无奈和自己的渺小。

崔爸爸知道是妈妈阻止了他们。过去一年多的时间了，对妈妈的恨也渐渐被这种变相的母爱而慢慢地化解。如果真的有缘分，那也不会因为妈妈的阻拦而各奔东西；如果真的没有缘分，即便不是妈妈那以后也许还会经历一些不得已而不得不放弃。崔爸爸在心里这样安慰自己，让自己逐渐冷静下来，慢慢去想通这件事情。

第三天一早，崔爸爸就起床了，在镜子前也稍微修饰了一下自己的发型，整了整衣角。这身行头是一年前他一直穿的，今天穿上旧的衣服，为的就是回味他们那段永生难忘的爱情。

崔爸爸自己都不知道是怎么走到这家酒店的，一路上他一直在回想，回想过去的点点滴滴，也想象着她现在的模样，还想象了很多种两个人见面的情形。

　　站在芳草房间的门前,他的心怦怦怦跳个不停,真的难以想象,打开这扇门后的感觉,他的心已经开始发酸,酸楚得就快掉眼泪了。这扇门的后面有一个他今生最爱的却不能给她幸福的女人。他是多么的自责和无奈。

　　迟疑片刻,终于他举起颤抖的手,敲响了芳草的房门。芳草迅速打开了门,两个人四目相对时,激动得一句话都说不出来,所有的一切都深深写在了两个人的眼睛里,眼神告诉了对方这一年来的辛酸和思念。不自由主地眼泪都顺着两颊流了下来。

　　"快进来,大男人还掉眼泪,站门口不怕人笑话。"芳草边擦眼泪边打破了僵局。

　　"呵!我都不知道说什么了,芳草你过得还好吗?"崔爸爸也立刻从低落的情绪中,调整过来,望着正弯腰倒水的芳草,想着这个女人已经不再属于自己,心就像被无数支针刺穿了一样的痛。

　　"就这样过吧,你呢,你还好吗?"芳草递了一杯水到崔爸爸的手上。

　　"我,我,我也就这样吧。"崔爸爸放下水杯,两只手,捂住了眼睛然后迅速又拿开了。

　　崔爸爸是抑制不住这一年来对芳草的相思,然而又不想把气氛陷入悲伤,就镇了镇心神,硬是咽回了心酸的泪水。

　　"你瘦了,也苍老了很多。"芳草心疼地撩了撩崔爸爸挡在眼角的头发。虽然这样的亲密已经不合适,但是习惯成自然。

　　"芳草,你也瘦了,他,他对你好吗?"崔爸爸深情而又醋意十足地望着芳草的眼睛,还不忘在她脸颊上轻轻掐了一下。这是他们曾经在一起时的亲密动作。

　　"他对我挺好。"芳草很害羞地低下了头,下意识地搓着自己的手。

　　两个深爱的人之间,谈论自己的情敌难免让人很尴尬和浑身的不自在。可是事到如今，已经改变不了的事实也只有接受，既然接受了那就不需要回避对方的话题。

"芳草，不要回避我的话题，告诉我他到底好不好？"崔爸爸很认真地问，双手扣住了芳草的肩膀。

"他是一个好人，对我也很好。明志，你不要担心我。"芳草双手捧着崔爸爸的脸，深情地说。

"芳草，我希望你找个好人，是我对不起你。是我不好，如果有下辈子，请你一定要嫁给我。"崔爸爸又把手捂住了整张脸，撑在自己双腿上，很久都没有拿下来。

他哭了。

芳草知道他一定会哭，崔爸爸是一个很感性的男人，动情之时总是忍不住掉眼泪。芳草早就抑制不住自己的感情。眼泪像决了堤的江水，不断地往外涌。

两个人抽泣着抱在一起哭了很久，几乎肝肠寸断……也许是哭累了，两个无助的年轻人也慢慢平静了心情。

他们各自讲述了这一年来的生活。芳草离开崔家后，本想一个人回北方，可是她又不想就这么快离开明志。于是她找了一份活先干着，每天看着同一轮太阳升起，每夜又枕着同一轮月亮入睡。她感觉明志就在自己身边，从来没有离开。

她工作的地方是邻近滨城的一个小城，在一家饭店打工。饭店的老板跟她是老乡，平时对她特别的照顾，后来就开始追求她便谈起了恋爱。也就是说婚后她就成了老板娘，以后的生活应该还是挺富裕的。芳草虽然有了一个好的归宿，可是她的内心还是很心酸、很无奈。

每夜她都会与月亮对话，她问："善良的月亮姑娘，可以告诉我今天我的明志过得好吗？晚上他睡得好吗？他踢被子了吗……"她就是这样送走了一个又一个黑夜。

她没有办法不去思念她的明志，人也日益憔悴。一位要好的知心姐妹，劝她如果没有希望跟明志在一起，那就早点把自己嫁出去。女人一旦有了家庭有了孩子，就会把所有的情感寄托在孩子的身上，不会像现在无期限地沉沦下去。

因此，芳草才慢慢地接受了她的老板，可这不代表就爱上了他。虽然他是一个好人，但是相貌平平，毕竟还是委屈了貌美如花的芳草。

听完芳草的讲述，崔爸爸又一次地陷入了深深的自责。可是渺小的他现在又能做什么！他紧紧地把芳草抱在怀里，再一次痛哭失声。

话说回来，芳草的老板确实是个好人，嫁给一个疼爱自己的男人，也是女人的福分。想到这一点，崔爸爸也算是放心了。

那晚，崔爸爸没有离开芳草。可想而知，在婚前，他们都做了对不起另一半的事情。也许这才是对爱最好的表达。要不是崔奶奶受封建思想的熏陶，他们一定是天经地设的一对。

这件事情，是他们永远的秘密，没有任何人知道。

033

第二天，他们挥泪告别，带着所有的记忆和伤痛一个向左一个向右，再也没有见面……

分别时的那一幕深深地刻在两个人心里，这注定是一辈子的痛，一辈子的记忆，永不磨灭！

后来，他们都如期成婚了。从此杳无音信！留下的只有伤痛和回忆。如今子女也已长大成人，他们的重心已经从个人情感转移到下一代身上了。

……

这次的相聚，筱璨对崔奚的家庭又多了一份了解，对崔爸爸也充满了同情和敬仰，可是想到崔奶奶的固执，她不禁毛骨悚然。

带着这次温馨甜蜜的记忆，带着崔爸爸曾经的爱情悲剧，带着对芳草现在生活的幻想，带着对崔奶奶的恐惧，筱璨回到了学校，埋头苦读；崔奚也开始专升本考试复习最后突击奋战。

分别前他们约定好，这段时间不写信，不联系，各自用功学习，不要担心彼此，待放假后，春节期间再好好叙旧。

唐睿开始纳闷崔奚的异常，据他观察，在他私自扣押了筱璨的信后，崔奚明显每天都是魂不守舍的样子，怎么突然间就变得如此平静呢。于是他试图试探地问问崔奚，他们的近况如何。

"崔奚，怎么好久不见你老婆来找你啦？是不是被人拐走啦！"唐睿故意带着开玩笑的口吻问道。

"拐走，谁拐啊？是你吗？哈哈哈！"崔奚这时真的跟他开了个玩笑。

这个玩笑到底还是让唐睿吓了一跳，他以为崔奚知道了什么。心里有些做贼心虚，面部表情一下子变得凝重起来，一时间不知道说什么。

"跟你开玩笑呢！"崔奚立即解释道。

唐睿并没有从崔奚这里得到任何信息。崔奚变得很谨慎，他不再对任何人透露一点点自己的恋情。这样才能更好地保护好自己的爱情。

这几天筱璨跟同学们都是日以继夜地在复习，一个寒冷的下午，姐妹们都在书桌前紧张地复习。安静的宿舍里只听见翻书的声音。

"咚咚咚，咚咚咚，咚咚咚！"

一阵敲门声打破了宿舍的宁静。

"谁呀？"坐在靠近宿舍门口的小西应声道。

"安电话啦！"原来是班长。

"哇！"她们都高兴地蹦了起来。

终于安装电话了，对筱璨来说真是天大的好事，终于摆脱了那种牛郎织女的痛苦，以后跟崔奚的联系方便多了。

装好电话后，女孩们都各自给最重要的人报了喜。小西打给了朋友，阿霓打给了家人。筱璨也打给了家人，挂了电话兴奋之余就开始了惆怅。她好想告诉崔奚她的宿舍电话，可是现在连通信这条路都断了，看来只能等到放假回家了，失落之后的筱璨继续坐在桌前啃书本。

"咚咚咚，咚咚咚，咚咚咚！"又是一阵敲门声。又是谁在敲门？该不会又有什么好事了吧？

"谁呀？"小西兴高采烈地应声道。

"是我啊，"又是班长，"筱璨出来一下，有人找，在1号门口，带上学生证去接吧。"班长丢下话就走了。

"找我的？在1号门？"筱璨带着疑惑，抓上证件，向1号门跑去……

034

筱璨一口气跑到1号门,左顾右盼地怎么都没有瞧见人,这个人会是谁呢?还搞得这么神秘。

"筱璨,你干么呢?在找谁呀?"同班同学楠楠刚从门口的超市拎着一包零食,走了过来。

"班长说,门口有人找我,怎么没人呀?"筱璨边回答楠楠的问题,边踮着脚四处望着。

"哦?不会是哪位大帅哥吧?走桃花运了你?哈哈哈!"楠楠还是一副大大咧咧的样子,猛地一巴掌拍在筱璨的肩膀。

"啊吆,亏你想得出来,别瞎掰了,赶紧帮我找找。"筱璨被楠楠的那一拍愣是吓了一跳。

"喂、喂、喂,快看,你看,是不是他?"楠楠怎么也改不了她那急火火的性子,连在筱璨肩膀上拍了几下,发现新大陆似的那么激动:"好帅哦,筱璨你好有福气哦!"

顺着楠楠手指的方向望去,筱璨一眼看见了原来在大门拐角的柯灿。

他骑着一辆崭新的宝蓝色捷安特赛车,一身的"阿迪",帅气十足,阳光型的大男孩,在冬天的寒冷气候里,不断散发出青春的气息,让人暂时忘却寒气逼人的冬季,仿佛走进了清新的春天。

柯灿也许已经等了很久了,看得出有一些疲惫,他两腿交叉依靠在车座上,一手搭在车龙头上,一手搭在腿上,修长的手指、白皙的皮肤,真的让人百看不厌。

筱璨看到他的样子,不由得笑出声来,因为他这副模样已经把身边的楠楠迷得神魂颠倒。

"嗨,你真喜欢?我帮你介绍?"筱璨半句玩笑半句真话地试探着。她正愁着怎么彻底摆脱他呢。

柯灿是一个很讨人喜欢的大男孩,他对筱璨的执着,已经把筱璨压得喘不过气来，她希望能有一个好女孩子陪伴在他的身边，让他不再孤独，也不要再有更多的精力在她的身上浪费。因为这辈子，她注定了非崔奚不可。尽管崔奚掰开来慢慢数，没有一点能超过他。但爱情就是这样让人捉摸不透。

"寻我开心了吧，还是你好好把握哦，多帅哦！"楠楠变得正儿八经，"我先走啦，不打扰你们。"

"嗳，等我一下，我跟他说几句话就走。"筱璨拉住正准备走的楠楠。

"不行啦，我这么大的灯泡在这，不热死你们才怪呢。哈哈哈！"楠楠依旧很幽默。

"筱璨、筱璨，我在这呢！"柯灿正好看见了拉扯中的她们，不由得喜出望外地喊道。

"筱璨，你终于出来啦，我以为今天见不到你了呢。"还没等她们反应过来，柯灿已经一个箭步冲到了她们面前。

"哇，他笑起来的样子，好帅哦，他的眼睛好有神哦！天哪，怎么会有这么帅的男孩呢！"楠楠被柯灿的帅气惊呆了，在心里默默地嘀咕着。

"这位是？"柯灿看到愣在旁边的楠楠觉得有些好笑，所以赶紧打破尴尬。

"哦，我来介绍一下，这位是我的大学同学楠楠，这位是我的高中同学柯灿。"筱璨微笑着介绍道。

"你好！"柯灿微笑着，很绅士地问好。

"你好，你好，欢迎你的到来，你们慢慢聊，我还有事先走了。拜拜。"楠楠很调皮地说道，还不忘跟筱璨挤了挤眼睛，一溜烟消失在校园的林荫小道上。

035

"好可爱的女生。"柯灿望着她的背影笑了笑。

"是啊，她很活跃的，很好的女孩，感兴趣吗？"筱璨又开始试探。

"不错，我们宿舍刚好有个男孩很帅跟她很配哎。"柯灿很聪明地拒绝了筱璨的好意，心里少不了一些失落。

筱璨会意地笑了笑，转移了话题："今天突然找我，有事吗？"

"没事就不能看看你吗？"柯灿对筱璨的话有些失望。

"我们快期末考试了，所以最近挺紧张的。本来想请你进来玩玩的，可是这几天我真的没有时间。"筱璨很不好意思地仰着头望着柯灿说道："要不，等我考完试，我请你吃饭，好吗？"

听到筱璨的后半句话，柯灿终于感到一丝欣慰，说道："考试重要，我等你。"

"今天也没有想到能找到你，我就是随便问了一个同学，告诉她你的班级和姓名，她说她不认识，但是可以找到认识的同学转告。功夫不负有心人，我终于等到你了，真的好想谢谢那位好心的同学，可惜我连名字都不知道。"

"我们班长到宿舍告诉我的，第一时间我就赶出来了，可能找我的过程也比较难，真是一位好心的同学。"

"上次的信，你写得好简单，连电话都不舍得给我。"柯灿有些抱怨。

"哦，不是的，我们宿舍今天下午才刚刚装了电话。"筱璨连忙解释道。

"号码多少？"柯灿不忘趁热打铁。

"嗯，××××××。"筱璨也没有犹豫就告诉他了。

"柯灿，我得回去看书了，考完试我们一起吃饭。"筱璨看了看手表。

"好的，哪天考结束？"柯灿细心地问道。

"1月18号中午最后一门。呵呵！"

"那好，到时候我找你哦。"柯灿满心期待。

……

筱璨一回到宿舍，大喇叭楠楠早就帮她把柯灿宣传到位了，无人不知，大家都在宿舍门口迎接筱璨。

"筱璨、筱璨，快点来说说帅哥男友什么时候再来呀？"筱璨一到宿舍就被一帮女生围得水泄不通。

大家都才大一上半学期，这会儿谈恋爱还算是稀奇，所以一有风吹草动就是满城风雨。

筱璨被大家的热情层层包裹，又感动又好笑又无奈，便说道："姐妹们，你们误会啦，他只是我的同学而已，我的白马王子还在滨城念高三呢。大家散了看书吧。呵呵呵！"

"不会吧，这么帅的白马你都不要啊？"

"你那个滨城的白马是不是更帅啊？"大家七嘴八舌地不断地向筱璨抛出问题。

"这叫情人眼里出西施。唉！"知情的小西不解地摇摇头。

带着种种疑问，姐妹们各自回到宿舍继续苦读。

……

虽然在校门口等待了几个小时，最终筱璨还是千呼万唤始出来了。

柯灿收获了一点点希望就已经兴奋不已，哼着小曲在校园里转了几个圈。正当他骑到图书馆的后面时，同班的娇妮正抱着书本从图书馆出来，与柯灿撞了个正着。

"柯灿，是你啊，今天很兴奋嘛。"娇妮看到柯灿很热情招呼道。

柯灿并不知道娇妮对他的一见钟情，爱慕他的女生都知道他已经心有所属了，一个接一个地都被他拒绝了，所以娇妮不敢轻举妄动。她一直在寻找合适的机会。

虽然她是班级最小的女生，有一副清纯的外表和一个优越的家庭，还有不错的人缘。但是对待爱情，她可是当仁不让，颇有心计。

"嗯，看书呢，我还有事先走了。"柯灿笑了笑默认了自己的好心情，不跟女生多交流的习惯还在，一句话就赶紧打发走人了。

"哼，我就不信我征服不了你！"娇妮醋意大发，凭着女人的直觉，她知道他爱的女人已经出现了。她不得不加快攻击步伐！在心里默默发誓。

望着柯灿潇洒帅气的背影，想象着那个迷得他神魂颠倒的女人，娇妮恨得牙直痒痒，迅速在脑海里搜罗出种种奸计……

第五章　求爱路上的曲曲折折

036

娇妮愤愤地跑回了宿舍，一骨碌坐在床上，蹬去脚上的阿迪跑鞋，扒开 E-LAND 的外套，重重地扔到床上。似乎这件衣服欠她债似的。然后，紧紧地抱着她那只抱抱熊抱枕，"咚"的一声躺倒在床上，绷着脸，紧锁眉头，苦思冥想！

"吆，这是怎么啦？谁欺负咱公主啦，气成这个样子！"上铺的蓝提吃惊地趴在床头，望着下铺的娇妮不解地问道。

娇妮的家庭条件非常优越，几乎没有她们家办不到的事情，家里财大势大，方圆几里没人敢招惹。从小娇生惯养的她，向来是有求必应。很难一见的闷葫芦样，多少都让人吃惊得很。

可是这回她碰到的难题是爱情，这是金钱没有办法买到的，感情不能当作人情一样赠予，也不可能像打发乞丐一样施舍一点就好。

"没什么，就是看见柯灿今天兴奋的那样心里很不爽。"娇妮很生气地说道，随手把抱枕扔到脚头，用脚狠狠地踹着它的肚子，似乎把所有对那个情敌的气愤都要撒到这只可怜的抱抱熊身上。

"人家兴奋不是好事嘛，你有什么好不高兴的？"蓝提松了口气说道，她还以为发生了什么大事，不过如此。

"哎呀不是啦，他的兴奋是因为那个女人！"娇妮显然已经把她列为了第一情敌，醋意十足地说道。

"这不是还没有铁板钉钉吗,你反击她呀!"向来诡计多端的蓝提突然来了劲,她的脑子里可想不出什么正点子来。这一点是她那个做生意爸爸的遗传,正所谓无商不奸!

"我也在想呢,那你教教我怎么做?"娇妮抓住救命稻草似的,从床上跳了下来,扒着蓝提的床沿,窃窃私语了好半天!真是臭气相投,二人一拍即合,看来她们已经准备好了第一发子弹了。

蓝提龇牙咧嘴的样子,让人看了十足的恶心。

她们盘算着,这第一发子弹要是命中的话,那就可以速战速决大快人心,如果火力不够或者对方抗战能力很强,那么就得策划着长期作战方案了。无论如何,娇妮这个骨子邪恶的本性渐渐地暴露出来,她已经在心里下定了一定要抗战到底的决心!

娇妮在才做了半年之久的同学眼里是一个单纯的小女生,一方面是因为她的年纪最小,因为她的小学是五年制,所以比同学一般都要小。当然这也是她好人缘的一个因素。

另一方面是因为她又是大款的女儿,她的父亲是一个比较有名的大老板,自然给她这个资质普通的女孩加了分。再加上名牌的包装,看起来还算是清纯模样,俗话说得好,年轻无丑女。

话又说回来,如果娇妮卸除了所有的外在包装,那么她实在是一个普通不过的女孩而已。不过她有一点很吸引人气,出手非常大方,对身边的同学都能送出很重的小礼物。这不能不说是一个有效果的人缘润滑剂。她的爸爸也是这样一点一点打通人脉,收拢人心,最终收获了财富和地位。

……

037

这个时候,柯灿也回到了宿舍,宿舍里很安静,室友们都出去了,就他一个人先回来了。于是他慢悠悠地爬到了床上,一动不动地直挺挺地躺着,两只手枕着脑袋。

宿舍里安静得只听见书桌上的闹钟嘀嗒嘀嗒响,还有他那有节奏的呼吸声。他一遍遍地在脑海里回想着今天筱璨的模样,她说话的神态,她说话的语气,她凌乱的头发,不是很整洁的衣服,都深深地吸引着他的眼球。想着她的样子,想着白天的点点滴滴,柯灿的脸上久久保持着幸福的笑容。看来他真得很容易满足,如果有一天他能享受到崔奚的待遇,那他岂不是比成仙还要兴奋嘛。其实,他是可怜也可悲的,因为他几乎没有等到爱的那一天,这辈子,在筱璨的心里,非崔奚莫属,她是一个执拗的姑娘,一根筋硬到底。这也是她的可悲之处,她的付出与回报是否能够相等呢?

筱璨每次只有去见崔奚的时候才会精心打扮一番,她总认为她的美是为崔奚而生的,她的命几乎也是为他而延续的。她从来都不敢想,如果有一天失去了他,她要怎么过?整个就是他的一个附属品。

真是一个可怜的女孩!她这样的爱情观无疑会把自己逼上梁山。虽然她也觉得很累,可是她没有退路,她也不想有退路。

就是这样不修边幅的她,在任何一个男人眼里也还是那么的惊艳,那么的水灵。似乎比她整理之后更加清纯可人,骨子里就是一副美人坯子。这都是老天爷的宠爱,没有一个女孩不羡慕,也没有一个女孩不惋惜。大多数女孩都喜欢现货,而她偏偏钟情于期货。难道是她的美给了她无限的底气,还是她的单纯迷糊了她的眼睛?

她是美丽的,也是脆弱的。因为她的美,也因为她的柔弱,无数的护花使者在她身边包围,跃跃欲试,都想伺机来个英雄救美,从而顺利地抱得美人归。

相对来说她安全同时也有危险。有人说红颜是祸水,她是吗?

筱璨的好人缘,源自于她那善良的美、善良的纯,与世无争,逆来顺受,娇小玲珑,小女子般的柔情。她的声音永远都是清新甜美的,不管她有多悲伤,不管她有多么委屈,不管她有多么气愤,你永远都感觉不到她的火药味,但是你会品读到她的忧郁。这样的感觉不管是男人还是女人都不得不爱,不得不疼。

"呵呵!"他不禁笑出了声,他想象自己拉着筱璨的手,走在校园的林荫小道上，迎来无数双羡慕的眼睛。

嘀！手机的短信的声音，一下子打破了沉静的宿舍。柯灿从沉思中缓过神来。但也还是有气无力地抓起手机翻开短信。

他唯一期望的是筱璨，不是其他任何人，但显然不可能是筱璨，因此他怎么都提不起神来。

一条陌生的短信，内容是这样写的："有空吗，晚上一起吃饭。"

……

038

柯灿已经不是第一次收到诸如此类的短信了，他从来都不回复，一笑而过，然后删除。

不是他太冷血也不是他太傲慢，因为他的爱，在十几年前就已经毫无保留地付出了。他知道爱一个人又得不到一个人的痛苦，因此他主观上并不想伤害那些懵懂的小女生，把她们爱的萌芽扼杀在摇篮里，从而避免将来更大的伤害。

抓着刚刚删除陌生短信的手机，柯灿忽然萌生出一个念头，何不给筱璨买部手机呢，那样联系不是很方便吗？想到这里他像发现新大陆似的，立刻跳下了床，抓了钱包和钥匙一阵风似地刮出了宿舍，飘到西门，伸手打了辆车，直奔市中心的中央商场手机专柜。

迟迟没有收到柯灿的短信，娇妮失望极了，她气愤得在日记本上写了100个大大的字样"你是我的"。真是一个幼稚的女生、可怜又可笑的女生。

蓝提看到她气愤的模样又好笑又好气地说："看你没出息的样，他不回消息很正常啊，他知道你有他号码吗？等明天上课，你告诉他消息是你发的，看看他反应再说。"

蓝提的一番话听得娇妮如醍醐灌顶："有道理！哇塞，还是你精明，哈哈哈！"

接着，蓝提凑到她的耳边嘀咕了好半天。"哈哈哈，对、对、对，就这么干！"娇妮被她熏陶得兴奋不已！

蓝提挤了挤她那双细长的丹凤眼，"呔"。两人心照不宣地一个出右手一个出左手，五指合一，一拍即合。

柯灿在商场手机专区。走马观花溜了一圈，最后抱着先看看的心态，在三星柜台慢慢端详起来。

一位漂亮的导购小姐接待了他，她很专业地介绍了每一款畅销型号。柯灿被她的热情和专业感动了，虽然他坐下来的那一刻，还没有完全确定好选购的品牌，另外她给他推荐的也都是男士款式还没有说到重点，但他还是决定非三星莫属了。

在导购小姐耐心讲解的同时，柯灿也在积极寻觅一款最适合筱璨气质的手机，最终他看中了一款红色翻盖很高雅的款式。

他在脑海里想象着这部手机放在筱璨手里的模样，嘴角抿起一丝兴奋的笑容。他的想象力向来都很丰富，十几年了他也都是在这样的幻想与期待中，逐渐成长起来的。

这时候，导购小姐看到他的眼光一直在几款女式手机上徘徊，突然意识到他可能是准备送人的。看到柯灿英俊的脸庞和专注的神情，她感叹不已，这个年头居然有这么好的男人。

现在手机远没有到人手一部的程度，刚刚开始流行，能赶上潮流的一定是富家公子或者富家小姐，抑或他们心仪的对象。

真是幸福死了，哪像自己天天包围在漂亮的手机中，可她却不是手机达人。没有人可以送她，自己买又太昂贵，远远超出了自己承受范围，怎么自己没有这么好的运气呢。这位漂亮的导购小姐思绪开始游离，可是眼睛还是一眨不眨地停留在柯灿英俊清新的脸庞。

"呃，这款的功能有哪些，可以给我介绍一下吗？"柯灿紧盯着那部他看中的手机，没有抬头直接问道。

半天没有反应，柯灿抬头准备再重复一遍他刚才的疑问。不料跟她的目光撞了个正着。他的脸刷的一下红了，这样的尴尬也不是很少见，羞涩的他还是照例红了脸，好可爱的样子。

导购小姐意识到了自己的失态，很不好意思地连忙道歉："对不起，对不起。"

"……"柯灿腼腆地笑了笑。

"请问您是准备送给谁用？"

"一个女孩。"

"是你女朋友吧，好幸福的女孩，您真有心。她一定也很漂亮吧？"

"……"柯灿笑而不语。

"那真是太好了，我们这款手机就是适合气质高雅，清秀纯情的年轻女孩使用的。这款外形……"导购小姐很专业地介绍着。

"不错，那就它了。"柯灿很爽快地做出了决定。

"帮您开票了，3858元，请问刷卡还是现金？"

"现金。"

"好了，给您，收银台从这里左转就到了。"导购小姐很热情地伸手示意。

柯灿很酷地结了账，拎着这部包裹着他层层爱意的手机，跟这位热情的小姐绅士地告别，便走出了商场。

这位漂亮的导购小姐，用仰慕的眼神目送着他的背影，不禁自言自语："超级帅哥，超级好男人。超级幸福的女孩！"

与其说这是他对她的一种心意，不如说它是他传递爱情的使者。

陌生人眼里的他总是那样阳光，可是他内心的苦又有谁知道呢！柯灿是一个很完美的男人，一个完美男人的命运也像他的人一样完美吗？有时候人不得不唏嘘命运的安排……

039

柯灿眼睛眨都没有眨一下，就买下了价值近4000元的手机，美滋滋地回到了宿舍。

推开门。那帮家伙正在打80分，乌烟瘴气，烟雾缭绕。

"啊！进错门了，这不是502赌场嘛！"柯灿不乏幽默地招呼大家，顺手拉张凳子一骨碌垫在屁股底下，随手把手机包装盒往床上一丢。便站到室友三亚背后一起看大伙打牌。

"哇！三星哎，有钱银，有钱银！"三亚"嗖"的一下，从床上拿起那只崭新的手机包装翻来覆去瞧了个遍，搞笑地惊叹道。

"不给看！不给看！"柯灿一把抢过正要被三亚打开的包装盒，一下子塞到被子底下。

"哈哈哈，还是女式的！"

"什么，什么？女式的，好你个小子，快点老实交代。"牛哥一只手抓满了牌，一只手在柯灿身上象征性地一拳。

"公愤哦、公愤哦，都到这地步了，还瞒得滴水不漏啊！"

一帮活跃分子群体而攻之，搞得柯灿措手不及！不停地挠头却一个字也吐不出来。

"是不是富家女娇妮啊？哈哈哈。"三亚叫道。宿舍里一下子热火朝天。

"啊！"这伙人个个大失所望地惊呼！

虽说，娇妮的人缘尚好，但是像柯灿这样的条件，她还差距甚远。论家境，柯灿比她优越；论自身条件，他更胜一筹；论人品，他更让人踏实放心。

能与柯灿相配的女子，未必要同样的家境优越，至少是国色天香的惊艳女子，无论从气质、谈吐都应该有大家闺秀的风范。富家女娇妮虽出身在富裕人家，谈吐各方面还是过于随便了，本身的气质也只能说是一般，挑不出她有什么太多的缺陷，但是整体给人的感觉很普通。

人的气质与修养，与家庭条件没有太多必然的联系，本质在于家庭教育和天生丽质加上后天悟性，综合而得。

筱璨的身上还比一般人多了一点淡淡的忧愁，忧郁而深邃的大眼睛总是忽闪着泪光，让每个见过她的男人都身不由己地充满了怜惜，心醉不已，拜倒在她的石榴裙下，甘愿俯首听命。

可惜她从来都不会接受这样优厚的待遇。她深信天下没有免费的午餐，如果接受了他人的帮助，那以后必定会以另一种方式去偿还。这冥冥之中就像是物理学中的作用力与反作用力，是相等的力量。

"喂、喂、喂！不要乱扯啊，扯出问题了你负责。"柯灿听到娇妮立刻把头摇得像拨浪鼓，连忙解释道。

　　对娇妮骨子里的本性，大家都心照不宣，表面上得过且过，同学之间平时相安无事，逗逗乐寻寻开心而已，没有深交的意愿。

　　"不是她，那是谁？"三亚一脸的疑惑。

　　"喂，兄弟，你为什么会想到她呢？为什么要是她呢？"柯灿感觉到情况的复杂。

　　"她傍晚跟我要了你的手机号码，她说要追你，我就给她了。"三亚一脸的无辜，转身又凑到柯灿耳边心直口快地说："哈哈哈，你们发展也贼快了吧，这么快就买了定情物啦？"

　　"哎哟，哥们儿，拜托你不要不分青红皂白好不好，我与她一点关系都没有！这个女孩是我从小学到高中的同学，我暗恋她很多年啦，我的整个青春啊！她是很优秀的女孩。"柯灿心向往之，紧接着又雷击似的反应过来："吆，晚上我是收到一条陌生短信，但是我没有回就删除了？"

　　"你这小子，送上门的你都不要啊，跟你说啊，身边养一个，那边再抓一个，两不误、两不误！"风流倜傥的牛哥，搂着柯灿的肩膀传授着经验。

　　"这回麻烦了！同班同学，抬头不见低头见的，你也不能搞这么尴尬呀。随便回一个应付一下，我也好交差啊！"三亚有些责备和尴尬。

　　"哇！我哪里知道是她，再说这个爱情不能因为是同学我就一定要接受啊。我这个人可是原则性很强的。"柯灿很无奈地撩了撩凌乱的头发。

　　"这样好了，这件事呢，大家一起保密，明天娇妮问起来呢，就说你什么都没有收到。"牛哥不愧是情场高手，说起谎来，都能抑扬顿挫！

　　"好，听牛哥的！"关于娇妮的争议终于在502室平息了。

　　"你小子，不简单啊，搞地下恋情呐！"

　　"兄弟，什么时候带过来让哥几个瞧瞧？哈哈！"

　　"一定很漂亮吧，看把你迷糊得！"

　　宿舍里顿时又炸开了锅，七嘴八舌的笑声一浪高过一浪。

　　"窈窕淑女，君子好逑！竞争力贼强，压力无穷大啊！"柯灿意味深长地说。

　　"哥们儿，记住了，水滴石穿，顶你！"牛哥拍了拍柯灿的肩膀，"我们继续玩80分，来、来、来"。

柯灿想起了过往的蹉跎岁月，愁肠百结，抓着手机有一搭没一搭地翻看手机通讯录。

翻到筱璨宿舍号码的时候，他的内心不禁波澜起伏，是不是要给她打个电话问她在干么呢？

柯灿来不及思考那么多，拨通了那头的电话，立刻又挂断了……渐渐地他感觉到阵阵酸楚向自己袭击而来，一下子愁肠寸断。这时，他拿出了笔和纸，哗哗哗写了一串串字符……

040

柯灿的诗是这样写的：

今夜无眠

今夜我无眠……
只为那份深深的挂念
只为那份绝望的爱恋
何时才能时来运转？

今夜我无眠…
月也无眠，星也有约
当梦想挽起明天
当期待抱起忧伤
当昨日不再重现
试问：
是否可以迎来你的笑脸？

今夜我无眠……
是你的眼睛照亮漆黑的夜晚
是你的柔情驱赶了朦胧的睡意。

今夜我无眠
是现实中愁苦的凄凉
还是命运里悲哀的无助……

柯灿完全沉静在自己的思潮中，把自己从这样一个烟雾翻腾的空间里，置身事外了。

"哇！我校第一才子哇，还不知道你还有这个水准呢。经典！经典！"三亚站在柯灿的身后一直看着他写完这首诗。

柯灿被他这么一叫，一种被偷窥的不自在席卷而来，呼的一下转过身来，捂住他的嘴巴，睁大眼睛恳求地说道："你笑过了就够啦，拜托不要宣扬啊！"

"呜！呜！呜……"三亚下意识地扒着他捂得紧紧的手。

看着他面目狰狞的样子，柯灿"扑哧"一声笑了出来，斜着眼睛说道："对付你，还不小菜一碟！呵呵。"

"柯哥，饶命啊！小的再不敢啦，哈哈哈！"三亚停不住自己的笑声，讨饶道。

幸好宿舍里一片嘈杂，大家都没有在意他们为什么纠缠在一起。大老爷们打打闹闹也很正常。柯灿的这部处女作算是逃过了被嘲笑的劫难，千钧一发之际，化险为夷了！

三亚只好独自一个人撇着嘴，抖动着身子，忍不住不停地笑。他笑柯灿的可爱，笑他一个大老爷们儿，内心里还这么肉麻兮兮。

柯灿不敢再写些什么，便又抓起手机随便玩着，把手机里每个功能都看了一遍之后，最后还是把眼光又停留在通讯录的那一个号码，筱璨的宿舍电话上。

"想打就打吧。"三亚看出了他的心思，漫不经心地说。

受到鼓励和支持的柯灿，回眸一笑，悄悄钻进了卫生间，终于拨通了那门电话。

画面切回到了筱璨的宿舍,她们还是都没有睡觉,大家都穿着厚厚的棉袄,怀里揣着暖水袋,窝在书桌前,埋头苦读。

"管理学是系统研究管理活动的基本规律和一般方法的科学。管理学是适应现代社会化大生产的需要产生的,它的目的是:研究在现有的条件下,如何通过合理的组织和配置人、财、物等因素,提高生产力的水平。管理学是一门综合性的交叉学科。"小西噼里啪啦地盯着书本念着名词解释。

"嘘,默念、默念。"阿霓转过身,一只手捂住了小西的嘴巴。

"呃、呃,我都快背呆掉啦,呜!"小西拼命地掰开了阿霓的手。

"我也快背疯了!天呐,煎熬的10天快快过去吧!"阿霓嘟着嘴巴,祈祷。

"姐妹们,我们来找点话题吧,提提神,不能再看书了,嗯。"筱璨看了看手表:"已经1个多小时没有说话了!"

筱璨"啪"一声合上了书本。

"我同意!呔。"小西俏皮地展开双手,一把抱住了筱璨。

"叮铃铃,叮铃铃,叮铃铃!"

一阵清脆的电话铃声响起,女孩子们一下子骚动起来。

"咦,谁的电话?"小西兴奋地喊道。

"可是第一通电话哦!"阿霓也兴奋地叫道。

"好啦,赶紧接吧,接了不就知道找谁啦。"筱璨歪着脑袋,撑着下巴,垂头丧气地望着可爱的电话,插了一句话。

她知道这个电话绝对不可能找她的,唯一可能打电话的是崔奚,可是现在他根本还不知道她的宿舍已经安装好了电话。

"喂,你好!"小西甜甜地问好,把对方给愣住了。

"呃,我,我找,筱璨在吗?"柯灿有些激动又有些紧张,语无伦次地问道。

"哈哈,筱璨,找你的。"听到柯灿的声音,特别好笑,小西边笑边把话筒递给了筱璨。

"啊,找我?"筱璨很意外。

她不假思索地问道:"我是筱璨,你是谁?"

"筱璨,是我,柯,呵呵。"柯灿傻乎乎地在电话里笑着说。

"是你啊,找我有事吗?"筱璨很平静。

"问你在干什么?"柯灿只想听听她的声音,随便接着话。

"我们都在看书呢,有空再跟你聊啊,不打扰大家复习,先这样了,再见。"筱璨有些不耐烦,借口推脱。

"嗯,好吧,我用手机打的,那就等你考完试再聊。再见。"柯灿很遗憾地挂了电话……

041

"吆,是那个白马啊?筱璨,哈哈。"小西又来凑热闹。

"好啦,看书啦,反正不是我男朋友啦!"筱璨有些失望又有些无奈。

"该打的不打,不该打的打了。唉。"筱璨无奈地叹息。

"小妮子,你没救喽,何苦为难自己,放着这么好的男人不要?"阿霓惋惜道。

她无意间的一句话,似乎提醒了筱璨。虽然她没有说什么,但是内心里也偷偷进行了比较。

她不得不承认柯灿是百里挑一、女孩子们梦想的白马王子,枉费他对自己的一片痴情。可是她现在已经陷入了感情的迷宫不能自拔。

娇妮正在宿舍里,为昨晚柯灿的杳无音讯而耿耿于怀,决定第二天上课时,跟他当面对质。

她躺在床上辗转反侧怎么都合不上眼。她想象着那个抢走柯灿的女人模样,可是却无法锁定一个形象,谜,她是一个谜。

"我要解开这个谜,然后请她滚开!"她在心里愤愤不平。

但是她知道这个女人一定有一副很好的容貌,否则如此优秀的柯灿是不会如此神魂颠倒的。想到这里,娇妮不禁愁云惨雾。

好不容易熬到天亮,一大早她便一个人起了床。

"姐妹们，我先去食堂买早点，帮你们带到教室去，先把位置占好，你们都要吃什么？"娇妮一早便精神抖擞，内心里充满了期待。

"啊、啊。"蓝提困得直打哈欠："给我带一个烧麦、一杯豆浆。不加糖哦，减肥！"

"真有你的，减肥还吃烧麦？！"娇妮向来不理解蓝提的思维。

"嗯、嗯，一个、一个，没事。"蓝提困得不省人事，絮絮叨叨地解释着。

"娇妮，给我带一个煎饼，裹香肠的，不要油条。"

"给我带一碗豆花吧。不加酱油，吃了要变黑的。"

"都挺臭美的，好吧，我先走了，你们也快点啊，等着给我捧场呢！"娇妮"啪"地关上了门，笃、笃、笃跑下了楼。

一个人在食堂喝了碗稀饭，吃了两个茶叶蛋，又在食堂门口买了两份报纸，带上姐妹们的早点，晃悠悠地走到了教室。

她坐在了倒数第三排，坐在中间，一边留了两个座位，一边留了一个座位，把她们的早点一字排开，这便示意其他同学，这排有人了。

她把报纸分成4份，叠得很整齐的，放在了她的前排，也是一字排开。前排是给柯灿宿舍留的，便于交流。

今天的课是讲理论，就是睡觉的课，考试突击背背就可以了。课上看看报纸，找点话题刚好一举两得。

7时50分，同学们陆陆续续走进教室，娇妮宿舍的姐妹们也是老规矩这个时间进了教室，一个个啃着早点。

"报纸呢，报纸呢？"蓝提弯腰在抽屉里找。

她们都习惯了边吃早点边翻报纸，蓝提依旧大大咧咧吃喝着。抬头一眼就望见了前排的报纸，正准备伸手去拿。

"别动别动，这是占座的，等他们来你再看！"娇妮抓住蓝提的手，把她摁在座位上。

"哦？哈哈哈！"蓝提恍然大悟，便安分地坐着吃早点了。

8时整，老师抱着书本准时进了教室。可是柯灿他们还没有来，他们宿舍同学出了名的爱睡懒觉，号称"睡美男"宿舍。

"嗨！嗨！嗨。这里这里！"不愧是1.0视力的蓝提，一眼就看见了牛哥。不用看柯灿肯定跟在后面，她赶紧示意他们坐过来。

牛哥看到蓝提的热情招呼，就已经猜出个五分源头，便押着柯灿走了过来，她们把他拉到了娇妮的正前方，坐下。

"看这架势有好戏看了，呵呵！"三亚凑在牛哥耳边"幸灾乐祸"。

不料被柯灿听见了，他翻了个白眼，轻声暗示道："你是我们宿舍的，还是她们宿舍的？"

"柯哥，小的明白，明白！嘿嘿！"三亚向来改不掉的油嘴滑舌。这一点应该受到很多女孩子的欢迎。

柯灿宿舍的小弟，佩佩坐在最边上，一言不发。他长得五官秀美，身材娇小，还有个女孩子的名字，可能投错胎了，骨子里透着一股柔情。正因为这一点，他成了宿舍的小老弟，他们三人义不容辞地保护着他。

佩佩天生内向，不爱说话，总是默默无闻，倒也讨大男孩们的喜爱。他跟蓝提正好相反，真是很有意思。

老师在讲台上开始夸夸其谈，身旁的姐妹们也都吃完擦干净了嘴巴，对方的亲友团也已经情绪平静，逐渐进入状态了。一切就绪，只欠东风。

娇妮，用手碰了碰蓝提的胳膊。示意问询可以开始了。

聪明的蓝提向来是善解人意，于是，她清了清嗓子，直了直腰板，掰了掰手指关节。

"喂，干吗？我可没想让你打架啊？"娇妮看到她的可爱模样，觉得很好笑。

"第一次接到这样的重大任务，壮壮胆，壮壮胆！呵呵。"蓝提还真是开心果。

"喂、喂、嗳！"蓝提向目标发出了第一声呼唤，还不忘用她尖尖的指甲戳了戳柯灿的背……

042

"嗖"的一下，柯灿被她的突然重量级的袭击，愣是给吓了一大跳。

他下意识地把上身往前倾斜,整个人几乎要趴到桌子上,回过头来说:"大姐,可不可以轻点,我听着呢!"柯灿"受伤"的眼神和无助的表情,倒是很可爱。

"扑哧!"蓝提笑出声来,粗心的她突然意识到是在上课,连忙惊愕得捂住了嘴巴。

"有些同学啊,不听课可以,但是也不要妨碍其他同学,没事做,可以趴桌上睡睡觉、看看报纸什么的都可以,但是不要出声,破坏课堂纪律。你们的期末成绩里涵盖了平时表现分。我希望各位同学不要在这个上失分,不要回家过年还挂个红灯笼!"老师严肃地看着蓝提,有些危言耸听。胆子小的同学一定要被老师的一番话给吓蒙掉。

"嘿嘿,活该!"柯灿幸灾乐祸地回头做了个鬼脸。

"咦!"蓝提吐了吐舌头"礼貌性地"回给他一个鬼脸。

"嘿嘿,不好意思呀,本姑娘向来就是这样的。"蓝提嬉皮笑脸,把声音压得很低。脸皮不薄的她,能立即从老师的批评中迅速调整过来。

柯灿一脸的无奈,侧着脸,斜着眼睛,低着头,怯生生地等待着蓝姑娘的施令,"上课不给说话,老师会扣分的!我可不想要红灯笼,拜托你成全我吧"!

"胆小鬼,又不是主修课,一个糟老头,嘻嘻。嗳,我问你啊,昨天收到短信了呗?"蓝提开门见山地问道。

"短信?殊不知姑娘指的是哪一条短信?我手机里的短信太多了。哈哈!"柯灿跟她卖起了关子。

"少给我装!"蓝提的面部表情一下子晴转多云,用她长长的腿,踢了一下柯灿的凳子。

"哇!"柯灿毫不设防地剧烈摆动了一下身子,幸好前排同学的体积够大,重量够重,在帮他抵挡了强大暴风雨的同时,还挡住了老师的视线。

"我真没有收到哇,大小姐!"柯灿一脸的无辜,平复了一下情绪,眉毛拧出一条深深的沟,装得像真的似的。

"喂!喂!喂!"蓝提向一旁的三亚发起了攻击,还不忘瞪了柯灿一眼。

"无论如何,我得装,这帮女生够烦人的,要是她们知道我故意不回,那岂不是没完没了了！我还想过几天平静日子，调整好心情和状态，等待我的璨呢！嘿嘿。"柯灿在心里嘀咕着。

"昨天的事，他真的不知道？"蓝提掐着三亚背部一层薄薄的皮。

"啊！"三亚，痛得嘴巴张得老大，却强忍着不敢吭声，下意识地把手背过来，试图扒开蓝提的手。可惜努力失败！他不得不甘拜下风，输给这个小女子了。

"大姐，我以我的人格保证，他是真的不知道啊，确实没有收到啊，我还觉得纳闷呢，想今天问问你们怎么回事？没料你们就这样对待你们的恩人的呐！够狠！够野蛮！"三亚面目狰狞却又无可奈何。

这时，娇妮递过来一张纸条，写道："把他的手机拿过来！看他短信不就知道了。不要给他们废话，油嘴滑舌的，没一个好东西！"

"好吧，信你一次！"蓝提松开揪着三亚的手，侧过脸，伸手把柯灿桌上的手机，趁他打愣的时候，"抢"了过来。

"喂！喂！喂！偷窥隐私！！"柯灿试图抢回手机，碍于老师在讲课，动作不能太大，只好作罢。

"这么个大帅哥要是被老师在全班同学面前批评，那该有多丢人啊！我可是这帮小女子的偶像哎。"臭美的他在心里提醒着自己。

"看吧，看吧，反正没有什么秘密，那条短信我早就删了，到哪儿找证据啊。哈哈哈哈。"柯灿脸上荡漾着浅浅的坏笑。

有的时候。男人傻起来确实够傻的，他并不知道这种行为的背后，正酝酿着"捡了芝麻丢了西瓜的危险"！

娇妮从桌子下面，悄悄地从蓝提的手上接过手机。她玩起他的手机，那可是驾轻就熟。

她就是看到柯灿用的这款手机，才去买了一部一模一样的手机。客观上的情侣手机，这件事足以让她偷乐好一阵子。她迅速翻到收件箱，不看不知道，一看吓一跳，她瞪大了眼睛，张大了嘴巴，倒吸一口凉气："哇！不亏是超级大帅哥，就连追求短信都能绕花了眼"。娇妮揉了揉眼睛，开始在一堆陌生号码里寻找着自己的那条短信。她认真数了下，差不多十几个，每天都有十几个追求者，要是他一个个都回，那岂不是晕头转向了。所以他选择了不回，一条不回。可以理解、可以理解。

"看来他没有说谎，真的没有我的短信。"娇妮返回了桌面，难道是信号出了问题，我根本就没有发出去？唉，早知道昨晚再发一条了！省得今天费这么大的力气，真是徒劳！

娇妮有些失望，又有些高兴地撇了撇嘴，准备把手机还回去。看来他不是不理我啊，原来是误会一场，娇妮心里乐开了花，更加坚定了追求到底的信心！

不料她无意中按下了通讯录的按钮，这一按不得了，一个天大的灾难即将席卷而来。娇妮的面部表情，从骄阳似火一下子切换到暴风骤雨！

"踏破铁鞋无觅处，得来全不费功夫！"娇妮怒从心头起，恶向胆边生……

043

柯灿的手机通讯录里，第一个号码就是筱璨宿舍的电话，名字存的是"爱你璨"。

娇妮迅速在纸上记下了这个号码，看到号码的一瞬间她从头到脚灌满了酸酸的醋味。她嘟起嘴巴一口气把柯灿的通讯录翻了三遍。依旧没有找到筱璨的手机号码，或者其他任何可疑的号码。

她嗔目切齿,怒不可遏地把书本狠狠地在桌上"啪"一声摔在课桌上。

这一不正常的响声，引起了很多同学的回头率，讲课的老师也许是年龄大了，并没有太在意，或者说课堂太嘈杂了，他也就睁只眼闭只眼的，听而不闻，继续津津有味地讲着课，在黑板上不停地写写画画。

蓝提看到娇妮怒不可遏的样子,满脸疑惑地轻声问道："这是怎么啦？发这么大的脾气？"

"有她的号码！"娇妮把声音压得很低，生怕前面的柯灿听到。

这时的柯灿并不知道，背后的"巨响"是因为筱璨的号码。他还乐滋滋地以为是，娇妮该不会知难而退了吧。碍于同班同学，直接开口拒绝也挺难为情的，最好还是她主动放弃。

诡计多端的蓝提，斜着眼、抿着嘴，嘴角挤出一丝丝坏笑："号码留着，回宿舍后交给我来办！保准干得漂亮！"

娇妮，面无表情地点点头，把柯灿的手机塞给了蓝提。对蓝提这方面的实力，她深信不疑。想都没想就趴在桌上一动不动，不知道她脑子里究竟在想什么。

蓝提默不作声地把柯灿的手机放了回去。

接下来柯灿的背后就是久久的沉默，一点声音都没有。蓝提左手撑着下巴，右手不停地旋转着手中的笔。眼睛瞟着窗外，若有所思的样子。

她这个人，对待自己的爱情好像是慢了半拍，长这么大她还没有对某位男生动心呢。但是她特别爱掺和别人的事，对她的朋友来说，说得好听一点就是义气，为了朋友，真是可以赴汤蹈火，在所不辞。但是从另一个角度来说，对于受害人来说，那她除了一副臭皮囊和一肚子坏水就再也没什么了。

就在这样的沉寂里，中午11点终于结束了这个上午的课程。同学们一哄而散，有的直奔餐厅趁着人少去点炒菜了。有的直奔校门口的网吧泡吧去了。有的回宿舍继续睡觉，有的回宿舍打80分。同学们打发空余时间的方式千差万别。

娇妮并没有像以往那样直奔餐厅大吃一顿，而是目不斜视地直奔宿舍。回到宿舍，娇妮扔下课本，直挺挺地倒在拧成一团的被子上，无精打采地闭目养神。

"喂！一个号码就把你气倒啦！看你不堪一击的样子，怎么跟她竞争！"蓝提一副恨铁不成钢的架势，把她从床上拉了起来。

"你听着，看我是怎么击败她的，号码给我！"蓝提一副胸有成竹的样子。

她抓起电话，按下了那8位数字。对方很礼貌地传来甜甜的问候："你好，请问找哪位？"

蓝提刚张开嘴巴，还没等她发出声音，便被娇妮一下摁下，抢先挂断了电话："现在打给她太莽撞了，连台词都没有想好呢，我们要先策划一下，到底跟她说什么。"

"有什么好想的，直接叫她离柯灿远点，说你是他女朋友，让她别来破坏。"蓝提真是一个信口雌黄的女人。

"直接打击她，倒是无所谓，就是怕柯灿知道了，会不会适得其反了？"自私的娇妮，骨子里还透着一股阴冷的邪气。

"笨蛋啊，难道你会告诉她你的名字吗？追柯灿的人那么多，她不知道，柯灿更不会知道！"蓝提依旧不开窍，钻进了死胡同，不明是非了。

"哎呀！蓝提，你真是聪明一世，糊涂一时啊，今天就是你拿了柯灿的手机啊，除了我们可能会偷拿她的号码，其他还会有谁呢！？"娇妮拍了拍蓝提的肩膀，"唉，朽木不可雕也"。

"哦、哦、哦，对、对、对，我明白了！"蓝提恍然大悟。

"那不如这样！"蓝提眼睛骨碌碌转个不停，"嗯"的一下就冒出了一个馊主意，接着凑到娇妮的耳边嘀咕了半天……

044

蓝提拨通了柯灿宿舍的电话，把三亚叫下了宿舍楼。

"阿吒，大小姐，我正在睡觉呢，这么急着找我，有什么事情不能电话里说吗？"三亚边抱怨边打着哈哈。

"来、来、来。"蓝提抓着他的袖子，把他硬是从宿舍楼阶梯上揪到了大马路上。

"我问你啊，你知不知道，柯灿喜欢的那个女生具体是个什么情况？"蓝提笑里藏刀，竖着耳朵，搜索着每个可以利用的信息资源。

"就这个问题啊，那直接在电话里说不就行了嘛，还非拉我下来不可！"三亚不可思议地说。

"你废话真多，叫你说就赶紧说，婆婆妈妈的！"蓝提挥手在他背上锤了一拳。

"得！得！得！是你要我说的啊！说出来你可别激动啊！"三亚清了清嗓子："她叫筱璨，是蓝州大学的，名牌哦，学的是工商管理，那个容貌啊，可真是闭月羞花、沉鱼落雁之美啊……"

没等三亚发挥完，蓝提就打断了："你所言属实？见过没有？"

"我没见过，只是看过柯灿的毕业照了，从照片上看就已经这个级别了，要是见到真人那就是两个字形容，够腕儿！"三亚说得两眼放光，垂涎三尺。

"好，我知道了，你回去吧。"蓝提狂受打击，垂头丧气地走了。

她知道三亚说话是有点夸张，但也不算离谱，她把娇妮的条件，拎拎甩甩，除了掉了一地的金子以外，就什么都没有了。跟那个筱璨比啊，她的优势几乎是没有胜算！

尽管知道了这些，也知道胜算不大，可蓝提仍不想就此放弃，无论如何要拼搏一下，她要助娇妮一臂之力。走进宿舍，蓝提仍然愁眉苦脸的模样。

"怎么说的？怎么说的？是不是情况不好，看你一脸的失落！"娇妮迫不及待地摇着蓝提的肩膀。

"有情况、有情况，我正在想怎么出击呢。"蓝提立即阴转晴，掩饰过去。"我问到了她的学校和专业，我们可以写信给她啦"。

"那好，你拟稿，完了到复印室让人家打印出来，这样避免在笔迹上露了马脚。"娇妮不愧是大老板的女儿，做什么事情都很精明。

很快，她们拟好了信件，就几行字。打印好之后，便丢进了邮筒，然后就是到其他宿舍串门，故意扯出柯灿做话题，然后假装顺其自然地扯出来，柯灿暗恋的女孩筱璨的情况。

这一传，全班甚至整个系都知道，筱璨是一个如此优秀的女孩！没有不透风的墙。这些信息很快就传到了柯灿的耳朵里。刚开始他觉得还很意外，也很突然，回头一想他倒很惊喜，甚至很感谢散布消息的发起人。

这样一来，那些追求者不就都知道，自己有一个很强的对手了，就会知难而退，就不会再骚扰他了。另外有这么一个争面子的名义女友，也是一件相当光荣的事情。柯灿在心里暗自偷乐了很久。

整个校园，因为柯灿的事情，热闹了好一阵子。蓝提看到如此胜景，不禁暗自窃喜，她们的阴谋就要得逞了。

这时候的柯灿并不知道，这背后潜藏了一个巨大的隐患。

045

最后期末考试的日子已经进入了倒计时。这天筱璨刚刚看完两门课程,她便马不停蹄地赶回宿舍,最后再突击一下明天的考试科目。

"筱璨、筱璨,有你的信。"班长从教学楼追了出来,气喘吁吁地说:"刚开的信箱。"

"咦,这是谁呀,好有个性,信封上的地址居然还是电脑打的字哦。"小西很是好奇。

打开信的一刹那,筱璨惊呆了,她不屑一顾地把信撕了两半说:"无聊!"然后准备扔垃圾桶。

"别、别、别这么冲动,给我看看。"小西百思不得其解,抢过筱璨的信。

"你看吧,看看世界上居然有这么荒唐的事情。"筱璨无奈地摇摇头,似乎这件事情并没有打击到她。

看来蓝提她们枉费心机了。

"筱璨,我是柯灿的朋友,知道了关于一些你的事情,我们的感情一直都很好,希望你不要做第三者破坏我们的幸福。我代表柯灿谢谢你,我也谢谢你!"小西不带任何感情色彩地念完了这几行字。

"真是搞笑了,这女人是谁啊?真是无耻!"阿霓莫名其妙地接过信,翻来覆去看了几遍,"筱璨,我觉得其中有诈"!

"哪里?哪里啊?"小西急急火火的样子,倒是很可爱。

"第一,这是一封看不出笔迹的电脑打印的信件,对方为什么不敢手写?第二,信的结尾没有署名,她为什么不敢写名字?她究竟怕什么?第三,信封上也没有留寄信地址,她又怕什么?第四,她只是说是柯灿的朋友,连女朋友都不算!显然,她只是想单方面打击你。可以看出柯灿并不喜欢这个女人,她狂受刺激不得已而为之!"阿霓滔滔不绝的口才,让姐妹们刮目相看。

"绝!阿霓你太有才啦!那我们商量商量接下来怎么做?"小西捏了

捏阿霓的小脸。

"加快步伐，进军宿舍，密室商讨！"阿霓手一挥，便第一个冲进了宿舍。

"坦白地说吧，我倒是无所谓的，本来我就不喜欢柯灿，还不如让他们去谈，我倒还乐得清闲。"筱璨漫不经心地倒了杯水。

"也对哦！"小西向来就是这样墙头草的角色，哪边风吹哪边倒。

"我认为，至少要让柯灿知道这件事情啊。你不说，那就会增加一个人来骚扰你。你也摆脱不了柯灿啊。"阿霓振振有词。

"嗯！"小西很可爱地拼命点着头，表示认同。

"嗯，有道理，再说了，柯灿毕竟是我多年的好同学，只是感情的事情勉强不来。无论如何我倒也希望他能找个好女孩。像能有如此之举的行为，不是一个有修养有素质的人能做出来的。我还是告诉柯灿这件事，让他小心一点。"筱璨到底还是菩萨心肠。

"我举双手表示同意。"小西举起两只可爱的小手，笑嘻嘻说。

"你这个小丫头，我要是跟筱璨达不成一致，看你倒哪边？"阿霓象征性地用课本拍了拍小西的头。

"我们都知道，你啊，就是没有主见的小丫头。以后遇到问题啊，要深思熟虑之后再做决定，不要哪边风吹就倒哪边啦。"筱璨温柔地摸了摸小西的头。

"两位姐姐，我知道啦，多谢指点。来，吃糖！"小西很讨人喜欢地剥了两粒糖，塞到筱璨和阿霓的嘴里。

046

筱璨第一次拨通了柯灿的手机。正在睡觉的柯灿，被手机铃声吵醒，很是不耐烦。一脸烦躁地抓起手机，眯着眼睛看着又是哪一位讨厌的女生。

"爱你璨"，似乎受到雷击一样的，他从床上蹦了起来，抓着手机的手几乎有些颤抖。不知道是太紧张还是太兴奋了，他把挂断键当成了接听键，把电话给挂了！这可是头一回接到筱璨的电话呢。

"糟糕！"柯灿对自己的粗心大意相当气愤，急急火火地赶紧回拨过去。

"你好，请问找哪位。"电话接通了，依旧是甜甜的问候。

"呃，我找筱璨。"

"柯灿吗，我就是筱璨，急着找你有点事。"筱璨的心情并没有因为柯灿的无意挂断而受到影响。

"怎么啦？筱璨？发生什么事情了？"柯灿一听到筱璨有事说，就不由自主地焦急万分。

"别紧张，柯灿，事情是这样的，我下午收到一封莫名其妙的来信，那人说是你朋友，希望我不要破坏你们的幸福。我知道这个人是有目的的。只是想提醒你，交友要慎重，世界之大，无奇不有，要懂得保护好自己的隐私。有些人知人知面不知心。不要把自己的心思全都倒给别人。"筱璨的语气依旧透着她特有的柔情与善良。

"啊！"柯灿惊诧不已。

"信，你留着，我马上去找你！"柯灿心急如焚，他非常害怕筱璨的情绪受到影响。

"呵呵，柯灿，你别着急，信我会收好的，还是等我考完试你再来吧。我们要看书了。你自己好好保重。"筱璨的平静让柯灿有些意外，也有些失落，但又对她肃然起敬。多么善解人意的女子！

难道她不在乎我吗？他在心里默默地问着自己。回答是否定的，她在乎一个多年的同学，同学之情，与爱情都是难得的情感。

"那好，听你的，等你考完试我就去找你。祝你考试顺利！"柯灿的声音有些低落。

"嗯，拜拜。"

柯灿抓着手机，他从来都没有发觉，"嘟、嘟、嘟"的断线声音这么好听。也许因为这声音是来自筱璨吧。

就这样躺在床上很久，柯灿努力回忆着，这个女人会是谁？最终他没有找到答案，他也不想找到答案，要知道一个如此下三滥的女人的名字，似乎更荒谬，还不如就让这件事情过去。纸总是包不住火的，还不如让她不攻自破。

这时，宿舍的电话打破了柯灿的沉思。

接过电话原来是蓝提："哦，蓝提是你啊，找哪位呢？"柯灿依旧很礼貌也不失往日的热情。

"呵呵，随便哪位，问问你们复习得怎么样了，头大吗？"蓝提随便找着话题。

醉翁之意不在酒。

"哦，我们都没有看书了，在睡觉呢，我们不着急，考试前再看好了。"柯灿并没有发现任何疑端。

"哦！不好意思，打扰你们睡觉了，那先拜拜吧。"蓝提同样没有发现任何异常地挂了电话。

"一切正常，估计她知难而退了吧，只要她消失得干干净净，那么柯灿就是你的啦！"蓝提挂了电话立刻跟娇妮汇报了情况。

"如果真是这样，那我们倒是轻松了。要考试了，没有那么多精力想计划了。"娇妮如释重负！

这个阴谋便在三方各自的理解之下，不了了之……

047

一场场风波终于得到了暂时的平息。每个校园都沉寂在浓郁的待考氛围之中。没有人会在这个时候有更多的精力，顾及其他事情了。没有什么比补考甚至重修更丢人的事情了。

那个遥远的滨城小城，崔奶奶正为自己的宝贝孙子，两耳不闻窗外事的学习精神而暗自窃喜。她还自以为是地认为：自己教孙有方！

唐睿也正为崔奚的异常表现而纳闷，从未见过他如此冷静。也不见他跟筱璨有何动静，难道是平静地分手了？还是在策划着什么海誓山盟的壮举呢？

这学期的摸底统考迫在眉睫，大家都相安无事也好。于是，唐睿也丢下了所有的包袱，为了最后的考试蓄势待发。

然而在N这样一座省城里，多愁善感的柯灿，还在对筱璨的相思中苦苦挣扎。听不见她甜美的声音，看不到她窈窕的模样，还不能邮寄他的忧愁。天！这是一种怎样的无奈与哀愁！

于是，他又在纸上写下了一首诗：

梦 幻

你，乘着那朵白云
从天际飘来；
好似仙女
好似嫦娥。

清纯可爱的你
已没有了往常的愁怨；
流落的那颗星星
正点缀着你微笑的脸庞。

伸手抓住你的衣裳
想留你到永远；
你却转身
奔向梦想的天堂。

消失在
太空的海洋……

也许，现在他只能用写诗的方式来寄托他内心里的期盼。好一个诗情画意的男子！他的耳边依稀想起筱璨的那句无奈的话语："我知道你好，也很感谢你对我的好，可是感情是不能因为这些而勉强的。"这一句话就像一盆冷水，把他从头到脚浇个透凉。

这时，隔壁宿舍传来了任贤齐凄楚的歌声：

你总是心太软心太软
独自一个人流泪到天亮
你无怨无悔地爱着那个人
我知道你根本没那么坚强
你总是心太软心太软
把所有问题都自己扛
相爱总是简单相处太难
不是你的就别再勉强
夜深了你还不想睡
你还在想着他吗
你这样痴情到底累不累
明知他不会回来安慰
只不过想好好爱一个人
可惜他无法给你满分
多余的牺牲他不懂心疼
你应该不会只想做个好人
喔，算了吧
就这样忘了吧该放就放
再想也没有用
傻傻等待他也不会回来
你总该为自己想想未来。

　　柯灿再一次慢慢聆听了这首歌，深入灵魂，所有的哀愁尽在歌声中流露。如不是因为宿舍有其他人，他一定会泪流满面。
　　该放弃吗？还是自己的心太软了？爱情是不是该好好地争取一下？爱她一定要拥有她吗，还是放她一条生路？可是他能给她幸福吗？她真的幸福了吗？一连串的问题接踵而至。
　　柯灿依旧是迷茫，在爱情的十字路口，不知道该转向何方，唯一可以坚定的是，爱她的心！高中时代，时常在这首歌声中渐渐睡去，无数次地枕着眼泪入睡。要不是自己是个大老爷们，他一定会抱头痛哭。

高中毕业之际，他曾经写下一首这样的诗，作为对这段无果的暗恋的悼念。

愁中愁

多少忧愁去对谁诉，
深味了这天涯沦落的情仇。
不断的一缕忧愁，
渺茫的千里前程。

早已模糊的校园路，
也消失了夕阳最后的步伐。
阵阵风吹寒了我的心！

校园铃声，
也敲进了我的心扉深处。
原来是那，
青涩的校园恋情！

可是现在看来，他并没有真的做到放弃。他再次下定了决心，在筱璨没有得到真正的幸福之前，自己一定要做一个"隐"君子，守护在她身边，保护着他。

宿舍的同学们，也都在为最后的考试养精蓄锐，都安静地睡去了。柯灿收起日记本，轻轻走到床边，脱了鞋，侧躺在床上，塞上耳机，重复听着任贤齐的《心太软》，在略带绝望的凄婉歌声中，再一次伴着源源不断的泪水悄无声息地睡去……

048

  转眼间已经到了和筱璨约定的日子。今天是 1 月 18 日,中午她们就考完最后一门。那下午就意味着是他们见面的日子了。柯灿按捺不住内心的激动,还不忘臭美地在镜子面前摆弄了一番。

  这些天他自己也经历了 N 多门的考试,说实话他不力求奖学金,只要过关就万事大吉了。尽管复习的时候书本上跳动的全是筱璨的身影,但是凭借他过人的智慧,一路绿灯那倒是没问题。

  时下流行一句话:"大考大玩,小考小玩。"一点没错,这也许是最好的自我安慰了。此时的柯灿已经无暇顾及成绩了,恨不得立刻飞到筱璨的身边。

  出于礼貌,他还是决定先给筱璨打个电话,预约一下。于是他依旧有些紧张地拨通了那个号码。

  "筱璨,是我,考得好吗?"

  "呃,就那样吧!"

  "下午我去找你啊?"

  "啊?哦!呃,下午我想补补觉,最近太累了。"

  "那晚上呢?"

  "要不明天中午吧,如何?"

  "那好吧,那几点见呢?还是 1 号门吗?"

  "呃,也好,那就明天中午 11 点 30 分,1 号门见吧!"

  "好的,不见不散!"

  "嗯,拜拜!"

  挂了电话,他的内心仍然像揣着几只小兔一样难以平息,想到明天就可以见面了,他乐得合不拢嘴!

  经过一个晚上的辗转反侧,终于熬到了天亮……

  中午 11 点整,柯灿就在目的地耐心地等着筱璨。车把手上还挂着一只漂亮的礼盒。精心挑选的手机终于可以与新的主人见面了。

11点30分,筱璨准时出现在1号门。多日不见,她消瘦了很多,也许是最近考试太累的缘故。柯灿远远地看见筱璨的身影,心里隐隐作痛。

只见,她披散着头发,穿一件很宽松休闲的黑呢大衣,修身的浅色牛仔裤,黑色的平跟小皮鞋,很清新休闲也很随意。看来她没有刻意地打扮自己。这样的清纯反倒是让柯灿更着迷的地方。

在筱璨的心里一直有这样一种理念,她的美都是为了其唯一的爱人崔奚所保留的。所以她在见除了崔奚以外的任何男人都是素面朝天,不加任何修饰,得过且过。

然而,她却低估了自己的魅力,就算在没有任何修饰的情况下,她依旧出落得像一枝美丽的花朵,娇艳欲滴。任何一个男人都无法抗拒的美!

柯灿依旧是上次见面时的那身打扮,阳光灿烂,唯一不同的是,车上多了一只精美的礼品袋。筱璨也远远地就望见了柯灿,也明白那只礼品袋里一定装着给她的礼物。她把心情收藏得很隐秘,表情让人捉摸不透。

"让你久等了。"筱璨走到柯灿的身边,淡淡地笑了笑。

"没有,我也刚到。"柯灿直了直腰,准备用脚踢开后车轮的撑架。

"阿吆!"

"怎么了?没事吧?"筱璨吓了一跳,下意识地扶住了柯灿。

"呵呵,没事,突然一动,脚酸,有点麻木了,做不了主!"柯灿有些尴尬。

"还说没等多久!"筱璨流露出难得一见的女性的温柔。

"想吃中餐还是西餐?"柯灿的脸蛋被揭开谎言之后,下意识地泛起了红晕,赶紧转移话题。

"随便吧,我不挑食。"筱璨抿了抿嘴。

"我看学校附近有一家肯德基,环境还可以。你看可以吗?"柯灿侧身等待筱璨的默许

"嗯,好。"筱璨点了点头。

于是,他们就默默地一起向肯德基店的方向走去,没有再说一句话……

049

他们在一个靠窗户的座位上坐了下来，柯灿的眼睛在那只装着手机的礼品盒和筱璨的脸上游离。他不知道该如何开口，他害怕被拒绝，接下来将会是无尽的尴尬。

他又很急切地想表达他的那点不知是否合时宜的心意，在两难间徘徊，他抿了抿嘴，准备开口又抿了抿嘴，还是没有开得了口。

"柯灿有什么话，你就说吧，这么多年的同学了，你还害羞什么啊！"筱璨的脸上荡漾着淡定自如的笑容，甜甜的。

"筱璨，我给你买了一个礼物。"柯灿不敢看她的眼睛，把礼品袋推到了她的面前。

"柯灿，谢谢你，很漂亮的包装。"筱璨双手搭在礼品盒上，轻轻地抚摸着这个精美的作品，并没有要打开的意思："今天是什么特别的日子吗？为什么要送我礼物？"

"没有特别的意思，只是想送你礼物而已。你打开看看吧。"柯灿期待的眼神凝聚了深沉的爱。

"谢谢你，我真的很感动，你的心意我收下了，但是礼物我不能收，妈妈说了，女孩子不能随便接受别人的礼物，那样很不礼貌。"筱璨微笑着把礼品盒又轻轻地推到了柯灿的面前。

"你打开看看好吗？"柯灿不知道该说什么，一脸的失落。

"送给你的妈妈吧，她一定会很开心的。做母亲的不容易，你也是懂得感恩的年纪了。"筱璨的嘴角依旧挤出一丝淡淡的笑。

"里面装的是一部手机，方便你跟家里联系，你一个人在外，你妈妈一定不放心，这样她就能随时找到你。"柯灿自己拆开了包装。

筱璨只是保持着她那矜持的笑容，没有说话，她知道柯灿是为了方便他自己跟她联系。可爱的大男孩明显在说谎，但也是因为爱她，善意的谎言听起来越发显得可爱有趣。

"很精美的手机,看得出来你花了很多的心思。你是一个心思细腻的男孩,很多女孩都会为你着迷的。你的心意我很感动,替我妈妈谢谢你的好意了,我们宿舍已经通了电话,他们想找我还是很方便的。我除了在教室就是在宿舍。他们很放心我的。"筱璨平静地口齿清楚地慢悠悠地说,脸上不时扫过一点淡淡的忧愁。再说下去,她的思绪就该飘到千里之外了。

"你快乐吗?筱璨。"柯灿一眼就看出了她的心思,心隐隐地痛。

"快乐?什么是快乐呢,每个人都有快乐与不快乐的时候。这是一个很模糊的名词,每个人的解释也都不一样。"筱璨望着窗外,她的眼神迷离,避而不答。

"可是又何苦呢?"

他们虽然没有点破,但是心里各自都明白对方的意思,心照不宣地对着话。

筱璨知道,她跟崔奚之间,除了遥远的距离之外还有来自崔奶奶的压力。她听说了崔爸爸的初恋故事之后,对崔奶奶更是恐惧有加。她不知道他们还能走多远。

柯灿知道,他跟筱璨之间,除了崔奚之外就是他们内心里遥远的距离。他何尝不想缩短彼此的距离,可是他进一步,她就退一步,他进两步,她还是退两步,永远都是那样的遥望着她。

050

"想喝点什么?我去买。"柯灿打破了沉寂。

"一杯橙汁,一包薯条,一个老北京鸡肉卷。可以了,呵呵。"筱璨一连串报出了她的最爱。

"好,你等着。"柯灿幸福地笑着说。

他真的很希望,无论什么事情,无论什么时候,筱璨都可以这样直白地跟自己说话,或者说直接命令他为她做任何事,他都会在所不辞。

几分钟后，柯灿端着托盘走了过来，嘴角依旧轻微地上翘。只有在这个时候他才会忘却所有的不快，稍微感受一下，照顾她的温馨。

他们边吃边聊着，学校里发生的点滴，没有涉及更深的话题。

"对了，上次你说的那封信带过来了吗？"柯灿突然想起了，那封莫名的信件。

"哎呀，我没有带出来呢。"筱璨眨巴眨巴着她那双水灵的大眼睛。

"那就算了，反正你不要理会这个人就好。"

"扑哧"，筱璨不知为何笑了，好像并没有发生可笑的事情。

柯灿望着她一脸的疑惑，说："怎么啦？"

"呵呵，没什么，我只是觉得这些人很无聊哎！竟然想出这种事情来。"筱璨忍不住还在笑。

"每天都有这些无趣的人，不知道她们是来上大学的还是来找对象的！"柯灿无奈地摇摇头。

"每个人都有爱的权利，只是这个人的手段有些卑微，可见对你爱之深，对情敌恨之切啊！"筱璨吸了一口橙汁，停顿了一下，接着说："如果她，采取的是让人至少能接受的方法跟你示爱的话，我一定会支持她，可惜她这个人的思维太特别了，以至于我不知道怎么评价她。"

"你是不是很希望，我现在就跟别人谈恋爱啊，正好你可以甩开我这个大包袱是吗？"柯灿的话有些尖锐。

"不是，不是，我希望你能遇见一个很好的女孩，也希望你能很好地珍惜。"筱璨很惶恐地解释。

"我已经遇见了，可惜她视而不见。"柯灿话里有话。

"爱情是两厢情愿，单方面的爱，只是单相思，那不是爱情。"筱璨暗示他。

"筱璨，我知道你的意思，可是我也有爱的权利，你可以回避，但是请不要扼杀我的权利，好吗？"柯灿望着她的眼睛，深邃的眼神，已经流露了他全部的内心世界。

"不是的，柯灿，不是这样的！你误会了！我是说、是说……"筱璨已经无言以对。

"你别说了，我不想在你面前很狼狈，我告诉你，筱璨。"柯灿拿起杯子，

零下十度 —— 095

猛喝了半杯可乐后说:"爱一个人,伟大一点说,可以不需要拥有一个人。但是一定要看到这个人得到了自己的幸福,才可以走开,才会走开!"

"柯灿!"一股酸酸的气流窜满了筱璨的整个身体,她只是觉得两只眼睛酸酸地刺痛下,眼泪快要下来了。是的,她感动了,真的很感动!

许久的沉默,他们各自吸着面前杯子里的液体,他们都忘记了是什么滋味,他们都在回味着刚才一段激烈的对话,不知道该如何收场。

"柯灿,你说那个人怎么会知道我的地址的呢?"筱璨故意找回了这个话题,缓和一下眼前尴尬的气氛。

"说实在的,我猜不出这个人是谁,学校里你已经成了风云人物,人所皆知,也怪我保密工作做得不好。"柯灿撩了撩挡在前额的头发。

"是吗?我有这么红啊!成了明星啦,这么受大家关注?!"筱璨睁大了眼睛,满脸的不解!

"是啊,不知道是哪位大喇叭宣传的。随便她们这些人了,只要你别当真,只要你的生活不受影响就好!"

"不会的,放心吧,我的抗压能力很强的!"筱璨点了点头。

不知不觉他们已经在肯德基店里坐了一个半小时。筱璨在想是不是该道别了。

"你打算怎么回家?"柯灿转移了话题。

"坐车呗!"筱璨不明白柯灿为什么这么问。

"车票买了吗,现在回家的大学生很多,不提前买可就要晚点走了。"柯灿提醒道。

"呀,我还没有买,"筱璨整了整包包,"我得去车站了"。

"我陪你去吧!"

"不用,不用,我自己可以。"

"我还是陪你去吧。"柯灿很固执。

盛情难却,筱璨默许了,于是两个人打了辆车急速赶去车站……

第六章　除夕有一丝淡淡的忧伤

051

当他们赶到车站的时候已经是下午6点多，开往滨城的车票，近几天的都已经抢售一空。筱璨没有买到车票，学校再过两天就要封宿舍了。她怎么办呢？

她愁眉不展，心事重重，柯灿倒不觉得很糟糕。他心里在盘算着，这样就有跟她多待几天的理由了。学校封了，她住哪里呢？

"要不这样吧，筱璨，我爸爸说要开车过来接我回家，你就跟我一起走吧。"柯灿脸上露出了真诚的笑容。

"呃，这样啊，不太好吧？"筱璨不太好意思，眼睛不停地转溜着，仿佛找不到可以聚焦的目标。

"举手之劳，不要拒绝啦，也只是顺道而已。"柯灿看出来她的顾虑。

"那好吧，谢谢你了。柯灿，回家请你吃饭。"筱璨的嘴角挂着浅浅的笑。

……

眨眼就到了回家的这一天。

在筱璨学校的一号门口，停着一辆奥迪，很是气派。柯灿到宿舍楼下接过筱璨手里的行李箱，两个人并排走在校园的林荫小路。这一刻，柯灿感觉幸福极了，如果这一刻成为永恒？如果画面就静止在这一刻，柯灿在心里做着美梦！

"师傅，您辛苦了。"筱璨跟柯灿爸爸的司机礼貌地打了声招呼。公司到了年关，很忙，柯爸爸没有跟过来。

一路上，他们没有聊太多，也许是碍于一个年长的叔叔在的缘故。筱璨的家住在滨城的郊区，柯灿的家住在市中心。筱璨回家的公交车正好也能经过崔奚的学校。她在盘算着，正好下车去看看他。

这个时候，柯灿正在想是不是等到了滨城，自己开车送她回去呢。有一个大人夹在中间，他们明显拘谨了很多。滨城的郊区很安静，景色也很美丽。何不借这个机会，好好表现一下呢。柯灿打着自己的如意算盘，不时偷偷看看筱璨的表情。

她，显得很安详，侧着头一直望着急速后退的树木，她的眼神很忧郁，一只手，托着下巴，胳膊搭在车窗的边上。她的宁静与这辆气派的奥迪，构成了一幅美丽的图画，格外的唯美、动人。

"筱璨，待会到了滨城，我开车送你回家吧。"

"不用，不用，我自己打车就好。"筱璨从沉思中回过神来，侧过脸拒绝了柯灿的满腔热情。

"这么晚了，打车也不安全了。作为同学这么多年，送你一趟也是应该的啊。"

筱璨没有再说什么，只是微微笑了笑，默认了。

汽车风驰电掣般穿梭在高速公路上，他们在轻微颠簸的车厢里，慢慢沉睡，很香！也许是多日来的考试很累。在车辆拐弯时，睡意蒙眬的筱璨，随着惯性一下子倒在了柯灿的肩上，也许是太困了，她并没有意识到，似乎在他的肩头睡得格外踏实。

柯灿这个时候已经被筱璨的无意识的行为，从梦中惊醒。他眯着眼睛瞟了一下筱璨，看她是否睡得很沉。的确她睡得很沉了。从他一条缝隙里折射出来的光芒，看到她一脸的恬静、幸福，不时还上翘着嘴唇，似乎很陶醉，也许她的梦很美丽。他一动不动，生怕一不小心惊醒了依偎在肩头的睡美人。他就这样一直偷偷看着她。心里很满足，也很忧伤，不知道自己是否已经走进了她的梦乡。

就这样半个小时过去了。筱璨还在睡觉，然而他的眼皮子又开始打架，再也熬不住了。于是，他又沉沉地睡去。

没过多久，筱璨从梦中一下子惊醒，大眼睛眨巴眨巴了好多次之后，才真正清醒过来。自己怎么会在汽车里？这是谁的车呢？我怎么会在车里？崔奚怎么也在？我们要去哪里？还沉静在梦乡的筱璨，实在想不出来理由。于是她掉过脸准备问问身边的崔奚。

回过头的那一瞬间，她看到的却是柯灿的脸，她醒了，终于从梦中醒来了。但是想到刚才一直依偎在他的肩头，她的脸刷的一下子就红了。还好还好，他睡着了，并不知道！筱璨在心里默默地安慰着自己。于是，她直了直腰板，当没事的人似的，继续欣赏着窗外的美景！

052

到滨城的时候，已经是傍晚。在柯灿一家人的盛情邀请之下，筱璨留在柯灿家吃晚饭。在餐桌上，柯爸爸、柯妈妈对筱璨赞赏有加，十分喜爱。显然他们把她当成了未来的媳妇一样看待。

晚饭后，柯灿一家一再挽留，她最终还是拒绝了。临走之前，柯妈妈拉着筱璨，看了又看。她越看越中意，心想柯家要是娶到这么一个貌美如花又懂事的媳妇，那真是老祖宗积德了。

筱璨坐在副驾驶座上，柯灿很娴熟地发动汽车，经验老道地开出了小区。从来没有看到柯灿这么酷的样子。筱璨用眼睛的余光扫过他英俊的脸庞，嘴角挤出一抹笑。心想，要不是先爱上了崔奚，这个家伙还真能够让我心动一回。

"我们去郊区兜兜风，好吗？"柯灿侧着脸，目光专注于前方的路，表情有点冷。

"啊？太晚了吧。"筱璨望着他那看不出表情的半个脸。

"我明白你的意思！我们去找他吧？"柯灿依旧面无表情，冷冷地说。

"柯灿，你今天怎么了？怎么感觉怪怪的！"筱璨的心里有点七上八下。

柯灿没有说话，沉默了很久之后，猛地加大了油门，在没有几个人的街上横冲直闯。筱璨在车子急转的惯性下，东倒西歪。

"柯灿,你疯啦!减速!快减速啊!"筱璨的脸吓得煞白。

柯灿一个急刹车,停在了路边。他双手抱住方向盘,头埋得很深,有些抽泣,他流泪了。

"柯灿,你怎么了?不要这样子,有什么话好好说。"筱璨惊魂未定,抖动着双手轻轻推了推他的手臂。

"呜、呜、呜!"被她一关心,他再也熬不住,泪如雨下。

筱璨没有说话,从包包里取出了面纸,伸手去擦深埋在方向盘上他的脸。

他转身,一下子抱住了筱璨,在她瘦小的肩膀上,哭了很久。这个时候,他变成了柔弱的女人,而她就像一个大丈夫。不停地哄着他、安慰他。因为她知道他因为爱她。

"柯灿,你别这样好吗?男儿有泪不轻弹,我知道你委屈,可是爱情是不能分割的。"筱璨的声音有些颤抖,毕竟肩上的这个大男孩,她也曾爱恋过。她的眼泪慢慢地在脸上滑落,流进了她的脖子,她也用力抱紧了柯灿,沉默了许久,接着说:"如果有下辈子,我一定好好爱你。"她说不下去了,哭出了声,停顿了一下:"找个比我好的来爱你……"她的心酸了,她的泪腺完全打开了。她知道自己在将一个深爱自己的男孩,推向绝望、推向悬崖。

"我受不了啦,筱璨,我不想再过这样的日子。我受不了这样的煎熬。"柯灿像个无助的小孩,抱着筱璨不肯放。

两个人就这样抱着,安静地听着对方哭泣的声音,好酸好痛!筱璨哭自己的狠哭柯灿的傻!柯灿哭自己的爱哭自己的痴!

就在这时,崔奂他们已经下了夜自习。

柯灿的车很巧合地停在了崔奂的校门口,他们的行为被崔奂的同学撞了个正着。第一个走近他们车子的人是唐睿。他被眼前的一幕吓得目瞪口呆!他们的行为已经说明了一切。他的眼睛几乎要贴到玻璃上,他要看清楚他们在干么。

柯灿的车完全暴露在校门口昏黄的路灯下,但还是一眼能够认出筱璨。因为她的美是无法复制的。

"啊!"筱璨看到贴在玻璃上的唐睿的脸,吓掉了魂似的尖叫一声。

这一声把他们的同学全都吸引了过来。她下意识地推开柯灿，可是已经为时已晚。

"这不是，崔奚女朋友吗！"一个同学大声喊了出来。

筱璨惊慌失措，捂住了脸。

柯灿迅速冷静下来，发动了车子，准备逃离纷乱的现场。柯灿打开了远光灯，灯光刺激下，同学们纷纷让道了。他的车急速向前方驶去。

他们一个个望着消失在夜色里的奥迪，过了许久才恍过神来。最后一个从教室出来的崔奚，看到这一帮人有些呆滞的表情，哈哈哈大笑起来，并问："同学们，这是怎么了？看见什么啦！"

"他们、他们……"一个同学结结巴巴地想说又不敢说。

"说啊，结巴啦！"崔奚仍旧傻傻地笑着，推了他一把。

"崔弟，你完了，好高好高的帽子！"这位同学瞪着两只骨碌碌转着的眼睛，似说非说的让人摸不着头脑。

"快说，到底你们看到了什么啊？！"崔奚预感到情况的复杂，已经有点迫不及待。

"崔兄，别想太多，这个社会也正常，想开点吧。"又是一位同学安慰地拍了拍他的肩膀。

"到底怎么啦，你们看到了什么？！"崔奚焦急地抓住一个同学，几乎吼了出来。

"我、我们……没看到，你问问他吧。他是第一个看到的。"这位同学一脸的同情，指着唐睿，声音涩涩的；望着崔奚，眼睛里充满了怜惜……

053

筱璨怀着忐忑不安的心情回到了家里。很久没有见到女儿的筱妈妈，从厨房里端出了包裹着浓浓母爱的鸡汤，这是她从小最爱吃的一道菜。

她神情凝重，进门叫了一声"妈"之后，一句话也没有再说，重重地坐在餐桌旁，没有意识地用筷子不停地搅拌着香嫩的鸡块，眼睛没有聚焦地望着这碗鸡汤，没有了往日的食欲。

"璨，怎么了？宝贝女儿，"筱妈妈摸了摸她的头，顿了一下，接着说，"有什么事情就跟妈妈说啊，别在心里憋着。"

"妈，没什么的，你别担心了，"筱璨依旧盯着碗里的汤，有意地躲避着妈妈的眼睛，"就是、就是，坐车有点累，我想睡觉了。"

筱妈妈看着女儿疲惫的身影，飘进了房间，轻轻关上了门，然后就是悄无声息。今晚她不想多问，她了解自己的女儿，不到不得已她会始终对她沉默。

筱妈妈的心里"咯噔"一下，一个人静静地坐在客厅的沙发上，隐隐感觉到女儿谈恋爱了。她不知道，那个小男孩是个什么样的人家，会不会像当年她跟他一样地受阻。那个小男孩的妈妈是个什么样的女人？筱妈妈似乎感觉到什么……

唐睿在崔奚剧烈的摇摆中，顿时产生了"灵感"。

"我看见他们抱在一起……应该是……接……吻。"他没有敢正视崔奚的眼睛，说罢，他紧闭了双眼，深深地叹了一口气。

他在说谎，他唯一的念头就是要搅黄他们两个的异地恋，何不借刀杀人。一切只有他知道。事已至此，何不借机再狠狠地打击一下崔奚，少一个对手，就多一点希望。

"你在说谎，她不是那样的人！"崔奚，怒目圆睁，此刻，他只是觉得自己似乎有点自欺欺人。

崔奚，慢慢地挪出了脚步，疯了一般朝着滨城公园跑去。这时，已经是深夜 11 点……

崔奚一个人静静地坐在了滨城山的对面，看着烟雾缭绕的山顶，他的心渐渐沉落，油然而生起一股浓浓的酸楚的气流，把他内外严严实实地包裹。

他不停地在脑海里重复着，那晚滨城山下的情形。那时，他第一次跟她说起了，他爸爸的爱情故事……他们依偎在一起欣赏着透明的月色，感觉沉静在梦幻的世界里，那时一切都很美好。

"奚……"筱璨，淡淡的深情而又饱含歉意的声音，在夜色里回荡。

"璨……"崔奚意外地猛回头。

在皎洁的月光照映下,他的眼睛散发着淡淡的惨淡的光芒。这时,倒映在他眼球里的,只有在生冷的暮色中摇曳的枝头,那里没有筱璨的身影。枯黄的草地上,一个黑漆漆的身影与之为伴。寒冬的风吹在脸上生生地疼。

原来是幻觉……

她,没有来,也不会来。崔奚绝望地躺在草地上,任凭心酸的泪水不断冲刷着干燥的皮肤。他想睡去,沉沉地睡去,永远不要再醒来,他不想面对这么残酷的结局。

"奚,是你吗?"筱璨甜美的声音里夹带着无限的委屈,在半空回旋。

"该死、该死,"崔奚使劲地拍了拍头,苍白无力地自言自语,"老天爷,请不要让我再产生幻觉了。她,已经走了、走了、走了啊……"

"奚,是我,我来了,我真的来了。"一个黑色的身影,倒映在崔奚的眼睛里。

他躺在地上仰视眼前这个高大又陌生的身影,不知道是喜还是悲,僵硬的表情、僵硬的身体,他的大脑完全不知道应该发出什么样的号令。

"奚,起来好吗?请你听我解释。"筱璨慢慢地蹲下身子,跪在地上,双手搂住他的脖子,硬是把他扶坐在地上,心疼地捧着他的脸,小心翼翼地捏掉了黏在他脸上细小的枯黄的小草,"奚,我没有对不起你,请你相信我。"她的眼睛里忽闪着泪光。

"璨,我相信你不会,我死都不信,你会那样对我,你不会,你不会……"崔奚紧紧抱住了筱璨,哽咽着喃喃道:"璨,请你不要离开我,至少是现在不要离开我!"

"没有,我自始至终都没有,你要相信我……"她抑制不住自己的感情,泪如雨下。她为自己有口难辩而懊恼,她因崔奚的不堪一击而怜惜。

此时此刻,真情驱使之下的"信任"将他们紧紧地黏在了一起……

远处,唐睿看到了这一切,他没有上前去打扰,而是默默地离开了……

054

　　看到崔奚痛楚地离开，唐睿的心里隐隐地有些愧疚，不知不觉也就跟到了这里。此刻，他对筱璨的一见钟情取代了所有的仁义和道德。他的爱，就像开了弓的箭，没有回头路。有些爱、有些人也许真的需要不择手段。

　　看着崔奚在草地上坐下，唐睿也同时在远处隐蔽的树底下坐ون，静静地看着眼前发生的这一切。他在内心的悬崖边上挣扎，仰起头眼神空洞地看着云端悬挂着的小小月牙儿，在心的最底层呐喊："筱璨，你要我继续还是放弃呢？请你不要责备我，因为我实在太爱你！"

　　筱璨是趁妈妈睡着的时候，悄悄溜出来的。躺在床上，辗转反侧的她，眼睛一闭，脑海里就一直回放着，上次滨城那个充满诗意与梦幻的夜晚，那种难以割舍的力量驱使着她，深夜跑到了这里。没有想到会与崔奚不期而遇，难道说相爱的人之间真的可以心有灵犀。

　　在他们眼光交融的一刹那，他们之间的误会就像泡沫一样，消失得无影无踪。对彼此的信任就像一个强力的黏合剂，把他们紧紧地拴在了一起。朦胧的月色，笼罩着整座滨城模糊的山脚，泛黄的草地上，两个黄金搭档的身影，黏合在一起。

　　许久……寂静……温馨……浪漫……

　　深夜的风，轻轻拨弄着树梢的枝头，偶然间也会落下星星点点枯黄的树叶，落在他们的头上，又滑落在他们的脚尖。天上人间，此情此景，今生足矣！

　　……

　　唐睿一遍一遍回想着刚才眼见的一切，心里酸酸的痛，不知不觉地已经走到了那条曾经走过的小路，巷子深处有着崔奚临时的家。这里是他第一次与筱璨认识的地方，沿着这条路一直走下去。不经意地，他已经走到了崔奚的家门口，里面还亮着一盏灯，他下意识地敲了门。

"你是？"崔奶奶披着棉袄，把门开了一条小小的缝，只探出了脑袋，一脸疑惑地望着眼前的这个年轻人。

"哦，奶奶我是崔奚的同学，看看他回来了没有，他今天心情不好，有点担心他。"唐睿有点语无伦次，欲言又止。

"快进来说话吧，我们家奚……你说……你说的是我们家奚？他怎么啦？……这孩子到现在都没有回来，我正琢磨着要不要出去找找他呢。"崔奶奶很着急的，眉心处拧出一道深深的沟。

"应该没事的，奶奶，你先睡觉吧，要不我帮你去找找他。"唐睿边安慰着崔奶奶，边进了屋，在门旁的凳子上坐下了。

"太谢谢你了，好孩子，真是难得的好孩子，我跟你一起去。"崔奶奶边说边走进里屋，穿好了外衣，拿了围巾和帽子。

一老一少、一前一后走出了门，穿梭在寒冬深夜的巷子里，冰冷的寒风扑面而来，崔奶奶裹紧了围巾，自言自语道："这孩子这么冷的天跑到哪里去了呢？真不让人省心！"

"奶奶，你先别着急，我带你先去一个地方看看在不在那里。"唐睿的嘴角挤出一丝坏坏的笑，眼看着暴风雨就要降临了。

在唐睿目标明确的带领下，他们很快走到了滨城山脚，远远地就看到了两个小黑点依偎在一起，坐在草地上。

崔奶奶下意识地焦急喊道："奚啊，奚啊！是我的奚吗？"

055

听到崔奶奶的呼唤，崔奚来不及思考应声道："奶奶，是我。你怎么来啦？！"

一旁的筱璨有些措手不及，内心里像揣着几只小兔子似的，上蹿下跳，忐忑不安。不知道是因为天气太冷，还是一时间不能平缓这样的意外，她有一些瑟瑟发抖。

"奚啊，冻着了吧？跟奶奶回家，来，我的孙子。"崔奶奶一个箭步冲到了崔奚的面前,心疼地摸了摸崔奚的脸,看到一旁的筱璨,冷冷地瞟了她一眼,愤愤地说:"怎么又是你,这么晚了,还把我家奚勾引出来!"

"奶奶,不是这样的,你误会了!"崔奚望了一眼委屈的筱璨,回过头焦急地跟奶奶解释。

"我都看见了,还有什么好说的!从今以后,不允许你再跟这个小狐狸精勾搭在一起!"崔奶奶愤怒的眼神就像一把尖刀深深地刺进了筱璨的心房。

她不敢说话,因为她知道崔奶奶是怎样的女人。一旦她认定的事情,说什么都于事无补。这辈子也许她都逃脱不了这个女人的束缚。筱璨绝望地望着眼前的这对祖孙,一个字都说不出来。

"奶奶,不要这样说筱璨,其实她是一个很好的女孩。"一边的唐睿听到崔奶奶对筱璨的轻视,内心里也是几分的不满,恰到好处地帮筱璨解围,稍微地停顿之后,转过头对崔奚说:"刚才看见你很生气,很担心你,所以就去你家看看你在不在,结果奶奶实在放心不下你,我就陪她出来找你了。"唐睿又拍了拍崔奚的肩膀,接着说:"外面冷,还是早点回家吧。"唐睿的一番说辞几乎打消了所有的疑虑,假惺惺地继续充当着好人。

"我再跟你说一次,以后不要再纠缠我们家奚!否则我会去你家,找你的家人,还要去你的学校,找你的老师,看你还要不要脸!"崔奶奶毫无保留地发泄着内心的气愤。

筱璨,仍旧没有说一句话,她只是觉得眼睛有些酸酸的疼,一股水流在眼眶里翻腾,瞬间像决了堤的江水,顺着脸颊一泻而下。

崔奚看着寒风中凄楚的、深爱着的、委屈的女子,他深深地疼在心里,习惯性地擦干了挂在筱璨脸上的泪水,然后转过头生气地说:"奶奶,是你误会她了,你这样说她,我会很伤心的!"他长长地叹了口气,仰着面孔,深吸了一口气,又叹了一口气,转过头看着奶奶轻轻地说:"我们走吧,我送她回去之后,就回来。你先睡,别等我。"这时的崔奚就像一棵大树,为筱璨撑起一片天。

"不行,你必须跟我一起回去。"崔奶奶的语气非常坚定,没有任何商量的余地。这个古板的老人,脑海里只有一个概念——"没有规矩不成方圆!"她无法理解现在的年轻人,无法理解这样的恋爱!在她心里,恋爱就是不务正业，不正经，没有教养。加上筱璨又是这样的美若天仙，更加符合了古代狐狸精的形象，因此，她打心里不接受。其实，他俩已是19岁的年轻人了。

"这样吧，崔奚，你先跟奶奶回去，我送筱璨回家。"唐睿不错过任何一个空隙，此时他内心里兴奋无比。

"嗯，奚你回去吧。"筱璨柔弱的声音，在阴冷的夜里，格外酸楚。那双水灵灵的大眼睛，此刻在月光和泪水的交融下，格外的明亮和水灵，让人不忍再多看一眼。这样的女孩让人心疼还来不及，怎么忍心让她伤心落泪，崔奚的整颗心被深深的自责和愧疚重重包围，堵得都无法呼吸。

崔奚又看了看奶奶那张布满敌意的脸，无奈地点了点头，答应了筱璨，一只手搭在唐睿的肩上说："兄弟，麻烦你帮我送一下了，谢谢！"

随后他就跟在奶奶后面，唐睿和筱璨跟在他们后面，在滨城公园大门口，默默地分头而行。他们一步一回头，每一次与崔奚目光碰撞的时候，筱璨的内心都能激起澎湃的浪花，心里无数的话语翻江倒海，最终化作那一道迷离忧郁的眼神，默默目送着崔奚的背影，直至消失在夜色的深处……

056

筱璨停下了前行的脚步，慢慢地蹲在了路边，没有回头，只是双手遮住了自己的小脸，有些疲惫地对唐睿说："唐睿，谢谢你的陪伴，你早点回去吧。我今天是回不去了，我忘记最后的班车是11点。都快半夜了，我等明天早上最早的班车回去。"

"呃，这么晚了，你一个女孩子在外面也太不安全了。要不……我陪你吧。"此刻的唐睿的确是一片好意。

"没关系的，唐睿，已经麻烦你太多了。你还是回去休息吧。"筱璨依旧蹲在地上。

唐睿没有说话，只是静静地蹲在了她的身旁。看到眼前深爱的女孩为爱所困的愁容，他心里有些不安和自责。但是想到了崔奶奶的态度，他似乎又一次坚定了自己的选择。如果不是他的"参与"，那也就不会知道崔奶奶的为人和对筱璨的态度，这样也好，长痛不如短痛。

"陪我去滨城山脚坐坐吧。"

筱璨接受了唐睿的"守护"，转头对着蹲在身边的唐睿，慢慢直起腰，站立起来，准备回到原地去。

一丝欣慰的笑容荡漾在唐睿性感的嘴角，他没有说话，默默地跟在筱璨的后面，又回到了那个他"坚守"了很久的地方。唯一不同的是，此时，他代替了崔奚坐在了她的身旁。

筱璨默默地望着眼前，在朦胧夜里屹立的模糊的滨城山。淡淡的忧愁划过她精致的脸庞，她没有说话，轻轻地抽泣了一声。如果不是身边有人，她一定又会变成一个泪人。此刻，她真的好想肝肠寸断地哭诉一把。

"看得出来，你很爱崔奚，是什么让你如此不能释怀呢？"唐睿轻轻地不乏心酸地问。

"其实我也说不清，只是觉得心里好苦。"筱璨答非所问，一行滚烫的泪珠，瞬间在她光滑的脸蛋滑落，流进她的衣襟。

唐睿，眼睁睁地看着她的泪珠一颗一颗地滑落，自己却不能伸手替她擦干眼角的泪水。只是表情随着她不断滑落的泪水而抽搐。

"你想过，爱情跟婚姻的区别吗？"沉默了片刻，唐睿还是抛出了新的问题。

"婚姻啊，呵呵，我想都不敢想。"筱璨苦笑着，依旧答非所问。

"你知道家长的支持有多重要吗？"唐睿提醒着她。

"也许，就是这个原因，让我在爱的路上备受煎熬吧。你知道吗？"筱璨咽了一口水，欲言又止。

唐睿，侧过头耐心期待着她的下文。

筱璨，却半天不语，重重地叹了口气！

"说出来吧，也许我可以帮到你。"他的眼神里充满了垂怜。

"已经是21世纪初了，为什么我们的爱情还要受到封建思想的束缚呢？"筱璨仰起头，深深地吸了一口气，擦干了眼角的泪水，涩涩地笑了，接着说："我真的很担心，我会不会步我妈妈的后尘？"

"什么？你妈妈？后尘？"唐睿扬起眉，惊愕不已。没有想到她的妈妈也会那么浪漫。记忆里的上一代人好像很少有爱情故事的，大多数都是父母包办的婚姻，先结婚后恋爱的模式一成不变。

那天，崔奚第一次讲述了崔爸爸的爱情故事，筱璨还没有来得及告诉他，她妈妈也同样有一段辛酸的爱情悲剧。

唐睿自然而然地成了第一个有幸聆听的听众。

057

"我妈妈，年轻的时候……也深爱过一个男孩……他们同甘共苦，感情很好……可是因为那个人的妈妈，封建思想太重，最后逼迫他们分手了。"

筱璨慢吞吞地简单描述了一下妈妈的故事，眼睛里掠过一丝绝望。

此刻，她心里想到了自己的结局，女人的直觉告诉她，她的故事会跟妈妈一样悲哀。也许就是命中注定，无法逃脱的宿命！

"妈妈很爱他，甚至超过了自己的生命。"她长长地叹了一口气，仰头望了望无际的天空，硬是忍住了，没有让眼泪掉下来。

"你看，天空之大，为何就不能容下两粒情窦初开的种子呢……为什么……要在他们刚刚开始萌芽的时候……就扼杀在了摇篮里……这是为什么呢？！"筱璨还是没有能控制自己的情绪，眼泪随着她紧绷的脸颊，无声地滑落。

听着她断断续续的话语，唐睿的心也揪成了一团。面对自己心爱的人，在自己面前如此的伤心与无助，他不知道该如何是好。

"我们每个人的爱情，还需要缘分。"唐睿，淡淡的，心有些酸酸的。

筱璨默默地听着。

"听过这句话吗？有缘千里来相会，无缘对面手难牵。"唐睿接着说，随手抓起一块结实的泥巴，抛向平静的水面。

"咚"的一声划破了深夜的沉寂，水面被激起涟漪，一圈圈水波向远处不断地扩散,沉寂。

"缘,怎么样才叫有缘呢?我麻木了,唐睿。"

"人生只有一次,不要强迫自己这么累。"

"你都听到了,他奶奶就那么地排斥我!唐睿……你说,我真的有那么讨人厌吗!"筱璨,转过脸,泪眼婆娑,期待着唐睿否定的回答。

"这么可爱的女孩,怎么会讨人厌呢!如果你不优秀,哪来这么多的坎坷?"唐睿,在心里默默地反驳,只是静静地望着她楚楚动人的脸蛋,抿了抿嘴巴,欲言又止。

"你告诉我,这到底是为什么?"

"筱璨,你别这样好吗,看到你这样的难受,我的心都要碎了。"唐睿一时情急之下,口无遮拦,说完,他马上又补充道:"你这样子,不管是谁看了都很不忍心。我想,你妈妈看到你现在的样子,一定会泣不成声的。"

提到了妈妈,筱璨的眼神再次暗淡无光,她妈妈是一个可怜又可悲的女人,自己承受了感情的巨大打击,现在还要眼睁睁看着自己的女儿,重复一次自己当年的痛苦。

"我一直都不忍心告诉妈妈这件事,可是现在瞒不下去了。明天回家妈妈一定会问我的。"

"你今晚不回家,你妈会担心你吗,明天会责怪你吧?"唐睿转移了话题。

"我都想好了,我就说是坐最早的班车出来的。她没这么早起床,不会知道的。"

为了爱情,筱璨也做了一回撒谎的孩子。

"筱璨,你看今晚的月亮好清透。"唐睿指着天涯边上的月亮,有些诗情画意的冲动。

"嗯。"筱璨的嘴角泛起了陶醉的笑容,轻轻点了点头,双手托起下巴,尽情地享受着天空中的美景。

"就像你一样,朦胧的诗意,淡淡的忧愁,呵呵。"唐睿的眼睛紧盯着月亮,情不自禁地抒发情感。

"哈哈。"筱璨被他的话逗乐了,说:"你还真逗,谢谢你把我从悲伤中拯救出来了……呵呵。"甜甜的笑荡漾在筱璨娇小的脸蛋,显得她格外的美丽。

唐睿,痴痴地陶醉在千金难买的画面里……

如果可以,此情此景,不能不承认的确是一幅美丽、动人、温馨的画面。

058

筱璨怀着愧疚的心情,乘上了凌晨6点的班车。

回到家打开门,墙壁上的时钟已经指向了7点30分。筱妈妈第一时间从厨房里蹦了出来,手里还拿着炒菜的铲子。

她拧着眉毛,生气地问:"一大早的跑哪儿去了?"

"妈,我想吃油条,看看楼下有没有卖的?"筱璨面无表情地编着故事,换下拖鞋,径直走进自己的房间,"哐"的一声,便关了门。

这时,刚从房间出来的筱爸爸,看得目瞪口呆,手里还拿着份报纸,穿着睡衣,与在客厅的筱妈妈四目相望,丈二和尚摸不着头脑,大眼瞪小眼地愣在那里。

"他爸,去去去,蹲你的厕所去。"筱妈妈转头,又钻进了厨房,"嗳!你快点啊,别瞎磨蹭,马上好吃饭了。"过了一会儿,又补充道:"等会儿,把凡给叫起来阿。这孩子,好像上辈子没睡够似的。"

筱爸爸关上卫生间的门之后,就再听不见筱妈妈的唠叨了,漫不经心地看着报纸,尽情享受着这人生"一爽"。

凡是筱璨的双胞胎哥哥,大名叫筱凡。他在L城上大学,比筱璨早几天回家过寒假。还没来得及跟这个妹妹打招呼。这天,他特地起了个早,想跟家人吃个团圆饭。

"妈,妹妹呢?璨呢?"筱凡顶着个鸟窝似的头发,站在厨房门口。

从小,筱凡就很会保护这个只比自己小几分钟的妹妹。因为她天生骨子里就有一股让男人保护的气质。

"在房里呢,去叫她出来。"

"哧!"鸡蛋在滚烫的油锅里,发出了巨大的响声,压根听不到妈妈在说什么,筱妈妈整个人被油烟给吞噬了,就是为了一家人吃上有营养的早点。

"璨,起来啦,吃早饭啦!"筱凡在门口敲着筱璨的房门,大声叫道。

"知道了,哥。"筱璨的声音,被一夜未睡的疲惫包裹。

早晨,一阵混乱之后,一家4口人终于坐在了热气腾腾的桌前,尽情享受女主人精心准备的美味的早餐。

"妹妹,你学习这么苦啊,都熬出黑眼圈啦,影响形象的哦。"筱凡咬了一大口馒头,像发现新大陆似的,边嚼边盯着筱璨的眼睛看。

"好啦、好啦,不给看了,过几天就好了嘛!"筱璨用握住筷子的手,迅速挡住了眼睛。

"小心、小心,筷子会碰疼眼睛的。"筱妈妈下意识地拉了下女儿的手,转头"啪"的一声打在儿子的后背:"好好吃你的饭,别惹到妹妹!"

"好、好、遵命,我的母亲大人!"筱凡又含了一大块红烧肉,口齿不清地说道。

"臭小子,慢点吃、慢点吃,没人跟你抢!"筱爸爸充满父爱的笑容,在脸上开了花。

在筱璨的记忆里,她的爸爸一直是这样的慈祥、仁爱。因为他们都知道,爸爸很爱妈妈。而筱妈妈隐隐约约的秘密中,偶尔会透露点滴的伤感,但她仍然是一个被爱的幸福女人。哥哥筱凡很幽默,在家里是开心果、调味剂,也总是谦让着妹妹。这一家4口的日子,其乐融融!

059

转眼间除夕就快到了,商场里、街道上、小区里到处都沉浸在浓郁的春节氛围里。每家每户都在储备年货,打扫卫生,为了一年一度的春节,大家伙忙得不亦乐乎。

筱璨也接到了学校寄来的成绩单,不错,一路绿灯,那段时间的努力总算没有白费。趁着没有挂科的好心情,筱璨包揽了大多数日常家务活,而哥哥筱凡负责家里体力劳动以及年货采购,分工还算明确。

  年关了,筱家的酒店业务也非常繁忙,爸爸、妈妈每天都被困在店里。筱凡忍受不了清汤挂面似的饭菜,每天中午都跑到酒店去吃饭,家里大多数时间都是筱璨一个人在。她倒是乐呵,这样子就有机会跟崔奚煲电话粥了。

  这天,距离除夕还有两天,崔奚已经放假,在家有几天的时间了。筱璨在事先约定好的时间,准时拨通了他家的电话。虽然是事先约好的,但是想起那个让人毛骨悚然的崔奶奶,筱璨的手指不禁瑟瑟发抖,好不容易按下了那7位数字,接下来就是漫长的"嘟、嘟",筱璨的心情随之而紧张,正在犹豫是否要挂掉。

  "喂!"好熟悉的气喘吁吁的声音。

  "怎么这么晚才接呀?!"筱璨嘟着嘴,满脸的不高兴。

  "咳!我奶奶在买年货,要我去搬,我赶紧搬了一箱酒先溜回来了。"崔奚还在喘着气并炫耀着他的小聪明。

  "晚点到没事,我就是怕被你奶奶接到,我又不知道你那边什么情况。"筱璨放下悬着的心。

  "不要怕啊,她呀,一时半会回不来的。"崔奚喝了口水,接着说:"她是个话匣子,今天在超市遇到以前的老邻居了。哈哈!"

  "那就好!嗳,她说什么了吗?"筱璨轻轻地小心翼翼地问道。

  "这几天特忙,她还没来得及发挥呢。别担心,我老爸会给我撑腰的!"崔奚自信满满。

  "你爸?他为什么要帮你?"

  "他总不想触景伤情吧,他也不希望我步他的后尘啊,傻瓜!"崔奚依旧胸有成竹的样子。

  "结果没确定之前,我可不敢把事情想得这么美!"筱璨的眼神扑闪着一丝不安。

  "小傻瓜,相信我,嘿嘿!"崔奚爽朗地笑了,又喝了口水,"嗳,璨,你等我一下啊,我水喝多了,急了,5分钟就好。"

  "呵呵,瞧你那小样,去吧,只批你5分钟!"筱璨咧着嘴,满脸幸福地挂了电话。

幸好,她手腕上戴的是电子手表,计时能够精确到几秒钟。于是,她就紧盯着数字一点一点地跳动,她想逗逗崔奚,看他的5分钟预算如何!

当最后一秒显示出来的一瞬间,筱璨迅速拿起电话,按下了重拨键。电话只响了一声,便被接通,还未通上话,就被对方不小心拿掉了,电话被迫断线了。

"真是个猪头!"筱璨不假思索地甜蜜骂道,迅速又按下了重拨键。

对方依旧是第一时间接通了电话:"喂!"

这声音似曾相识,有些低沉和苍老,应该是一位女性老年人!啊,惨了!筱璨迅速在脑海里判断,不敢吭声。

"喂,你是谁呀?"对方显然感觉到这头的沉默,下意识地认为线路不好,再次重复道。

"呃,请问崔奚在吗?"筱璨有些措手不及,硬着头皮与对方对话。

此时,她的心里像揣着几只小兔七上八下地乱窜。从小到大还没有体会到这样的畏惧,手心在这寒冷的冬天,竟然渗出了汗;牙齿也开始打架。脑海里一片空白,不知道接下来会发生什么,她不禁紧闭了双眼,屏住呼吸,等待对方的宣判。总之,一个字:惨!

"啊?!你是谁呀?找我家奚做什么啊?你是不是那个叫筱什么的呀?我跟你说啊,没事别找我家奚!快过年了,你给我安分点!再这样子,我跑你家去,找你家长,看你们嫌不嫌丢人啊……"崔奶奶噼里啪啦手舞足蹈一顿爆玉米花似的教训。

还没有等她发挥完,便被姗姗来迟的崔奚一把把电话抢了过去……

060

"璨,你别往心里去,等我电话。"崔奚面对奶奶的突然袭击,心急如焚,没等筱璨反应过来就匆匆挂了电话。

筱璨抓着电话,漠然地听着话筒里不断传来"嘟嘟……嘟"的声音,很久都没有挂电话。心里早就心乱如麻，憎恨与委屈促使，这位单纯的姑娘陷入崩溃的境地。电视剧里的悲剧居然不折不扣地在她的身上上演了。如果痛哭流涕可以改变这样残酷的现实，那么可怜的筱璨，此刻，宁愿哭上七七四十九天，只要能够换来奢求的和平与理解。可是，那种可能也只能在梦里才会存在，无望的筱璨此时此刻，只能是无声地泪如雨下！

崔奚的家里早就炸开了锅，崔奶奶抛出了一个不可思议的理由。她理直气壮地说："奚啊，你也不要怪奶奶，自古以来就是红颜薄命，你看那个筱璨？是吧，她是叫筱璨吧，她长得那么漂亮。你自己想想正常吗？小时候，你不是也看过那个什么的，那个电视剧叫什么的？"崔奶奶拍着脑袋，使劲地想着她所要表达的电视剧。

一旁的崔奚，一股怒气即将爆发，愤愤地看着自己的奶奶，心里暗自嘀咕，你还是我亲奶奶啊！怎么跟《还珠格格》里的容嬷嬷一样的野蛮、残忍、霸道！

"我不会低头，不会向你低头，不会向你这个老封建低头的！谬论！谬论！统统是谬论！！！都是你！是你！是你毁了爸爸的幸福，现在又要来毁灭我！我抗议！我抗议！！！"崔奚在心里发出最后的怒吼，双手紧握着拳头，双眼直勾勾地盯着写字台上的镜子，正准备使出全身的力气把它砸个粉碎！

"哦、哦，我想起来了，就是你小时候看的那个《封神榜》里面的那些小妖精，个个长得妖里妖气的，那个沾上了谁有好下场的？你那时候啊，还跟奶奶说，将来找媳妇不找太漂亮的。"凶悍的奶奶，此刻，眼神里流露出一丝慈祥，跟刚才对筱璨的态度天壤之别，继续苦口婆心地说教，"你这个臭小子，跟你爸一个德行，看到漂亮的姑娘，魂都给勾了！你看看，我帮他找的媳妇——你妈妈又贤惠又体贴的，长得一般，那过日子舒坦啊！你从小，这日子过得怎么样？你看看，那个谁家的，找了天仙似的美女媳妇，不是三天争吵、五天打架的，这个像过日子吗？"奶奶仍漫无止境地说教着。

听着、听着，崔奚的火气也慢慢下去了，虽然奶奶的想法很奇怪很封建也很偏执，但是细细揣摩也不无道理。唯一可以肯定的是，奶奶确实是为了自己好。还是等奶奶稍微平复一点，再跟她慢慢解释，总有一天她能化解对筱璨的误会吧。崔奚在心里默默地盘算着。他顺手拉了张凳子坐下，一只手撑着脑袋，垂头丧气地继续听着奶奶的唠叨，没有反抗一句。这也许是从小到大的一种习惯吧，习惯了不顶嘴，自己憋闷气罢了。

这时，崔爸爸从外面回来了，拎了一只刚烤好的烤鸡回来犒劳儿子，美滋滋地冲着儿子道："儿子，瞧——你最爱吃的烤鸡！"崔爸爸还不忘把鸡在儿子眼前晃了晃，浓浓的父爱溢于言表。

061

崔奚没有吭声，眼神无光地扫了一眼，"嗯"的一声，就没下文了。

崔爸爸嗅到了一股紧张的味道，不解地问："妈，这是怎么了？好端端的咋这样了？"随手，他拉了一张凳子坐到了崔奚与崔奶奶的中间，俨然一场严肃的家庭会议就要开始了。

"还好意思问！跟你当初一个德行！"崔奶奶一脸恨铁不成钢的表情。

"儿子，咋了？自己说。"

"我喜欢一个女孩，可是奶奶不喜欢！"崔奚气呼呼地直接把矛头指向了对自己疼爱有加的奶奶。

"啊！"崔爸爸吃惊地叫道，他脑海迅速得出一个总结，两个刺眼的字扎在自己的头皮上："又是爱情！"心中感到深深的疼。

这个时候的崔爸爸万万没有想到，自己的儿子居然在专升本考试这个节骨眼上谈恋爱。这可是任何一个高中家长所不能接受的事实。不管他们的恋情多么感人、纯洁，都是不可理喻的。

崔爸爸气得眼珠子都快爆出来了，扬起手准备狠狠地打他一巴掌。手僵在半空，半天都没有舍得打到儿子的脸上。打在儿子的身上，疼在自己的心里啊，可怜天下父母心！

崔奚闷着头，有所准备地等待着爸爸的巴掌。他知道，他生气的不是对筱璨的偏见，而是这段不合时宜的恋爱。如果这件事情发生在几年后，那爸爸一定是支持自己的。崔奚在心里帮爸爸找着理由。此时此刻，他没有半点怨恨的意思，因为他知道，爸爸也是一个重情重义的感性男人。他一定可以理解自己！

"唉！！"崔爸爸长长地重重地叹了口气，放下了悬在半空的手。

"这次的模拟考成绩如何？成绩单应该寄回来了吧？"崔爸爸出人意料地转移了话题，语气变得柔和了很多。

看着一直苦闷着脸的儿子，像极了当年那个狼狈的自己。他深刻地体会到儿子心中懵懂的爱情的无助，只是他唯一的担心是，在这个时候会不会影响到他的学习，甚至是将来的前途。在社会上一个历经沧桑的男人，对于感情甚至婚姻，看得多了，感慨也就多了，爱情神圣的同时也是虚无缥缈的，没有稳定的生活，谈何爱情？可是才满19岁的儿子，能够懂得什么叫爱情吗？如果强迫他放弃爱情，会不会对他的学习同样产生严重的影响呢？当年，自己的那段痛入骨髓的爱情，足足伤了自己的半条命。他完全可以想象，逼迫儿子的后果！那样，毁了儿子的前途是必然的，毁了儿子的生命也绝非偶然！此刻，他焦头烂额，于是想到先看看恋爱中的儿子学习的成绩再说。

崔奚从房间里拿出了成绩单。崔爸爸看过成绩之后，面部稍微抖动了一下，似乎是对儿子学习的肯定。崔奚的成绩依旧是年级第一名。很棒！难道这是爱情的力量？

"儿子，继续保持这种学习的动力，千万不能因为爱情耽误了前途啊。只要你能考上好的大学，你的婚姻你做主，爸爸会支持你的。"崔爸爸语重心长地拍了拍崔奚的肩膀说。

"嗯，爸，我知道。"崔奚的嘴角泛出一丝难得的轻松笑容。

"明志，你昏头啦！这么小的小孩，还懂什么啊？不允许！"崔奶奶听到儿子对孙子的态度，急得如热锅上的蚂蚁。她现在不能接受还有一个奇怪的想法，就是太漂亮的媳妇娶不得！

家庭会议，在崔妈妈的缺席之下，再次陷入了僵局……

062

"妈，您都这么大年纪了，这事您就别操心了，让我们来处理就好。"崔爸爸从口袋里掏出一包烟，抽了一根，点燃，烟雾缭绕，他那张沧桑仍不失俊朗的脸，退却在烟雾的背后，掩盖了他那双当年含情脉脉然而又泪水涟涟的双眸。

他对母亲介入孙子的事情，内心里很是反感。当年，作为儿子的他不能忤逆不孝，忍痛割爱顺从了她。这么多年过去了，每当想起那段往事，他的心仍然会酸酸的，揪心地痛。他不忍心自己的儿子像自己当年一样去承受，青春不能承受之重！

芳草，一走就是20多年。20多年了，她在遥远的北方，生活得是否幸福安康？那次一别，她从此杳无音讯。曾有多少次，在冲动之下，他想踏上北上的列车去追寻当年，那个不曾醒来的梦。然而，想到自己已为人夫为人父。这样做也许不再合适，可是他也只是想去看一看她现在的生活，哪怕是远远地望上一眼。只要还知道，惦记的那个人，生活在世界的一方，就好。

他曾有多少个夜不能寐的感伤，多少个夜晚，他对着天涯的月牙儿感叹！月亮清透如镜，一丝丝浮云环绕，如一个在空寂漫舞的纱衣天女，不断挥舞着手中的轻纱。让人无法看清她的容颜，隐约可见她扇动下的丝丝白云掠过。

在寂静的窗前，浮想联翩，只为悼念那段半路夭折的恋情。曾无数次问自己，世间最遥远的距离是什么？是天上人间吗？不是！而是杳无音讯！天上人间的隔离，至少会有一方小小的悼念的土地可见。可是，芳草，你为何不再出现？哪怕只是远远的一见。

每一个深夜，独自在窗前一支又一支地抽着烟，静静地欣赏宁静的夜晚。望着遥不可及的月亮，他的眼睛一次次地空洞、暗淡。多想借助天国的阶梯，登上那轮神圣的小月船，拜托她能带自己去遥远的北方。

驻足在芳草的窗前，透过玻璃，透过纱帘，望一望她恬静的脸蛋。足以……

此时此刻，崔爸爸的心里如狂风暴雨般，久久不能平息。

20多年过去了，他们也搬过一次家了，尽管他一再坚持，十几年没有答应母亲搬家。因为他在等待，期待着有一天，芳草还会回来看一看他。看着儿子一天天地长大，看着儿子从一个小不点渐渐长成一个帅气的大男孩。崔爸爸放弃了举家迁至滨城的南郊，仍住在一个偏僻的郊区，但是这样的生活环境很舒适。他通过朋友的关系，廉价拿到一块地皮，盖了一栋不算别墅的独家小院。

"唉！"崔爸爸再次沉沉地叹了口气，碾灭了一支烟头，从沉思中渐渐苏醒，愕然，自己情不自禁地连抽了10支烟。自己的母亲仍在继续她的唠叨和说教，只是自己一只耳朵都不曾听见罢了。这个愚昧的老太婆竟然因为眼前两代人的沉默而沾沾自喜，自以为是地认为他们哑口无言了。

063

崔奚的家里已经热火朝天，而此时的筱璨依旧在电话旁边不知所措，依旧吧嗒吧嗒地掉眼泪。在家里，她是妈妈、爸爸还有哥哥手心里的宝；在学校里，她是男生们追逐的梦中情人；在路上、在陌生人的眼里，她永远都是回头率最高的那个女生。不管在哪里她都是众人眼中的焦点，头顶的光环自始至终不曾破灭过。可是，自崔奶奶出现之后，她的生活就落入了灰色的记忆。为了自己的爱情，为了自己爱的那个人，她默默地承受着不符实际的唾弃。

这时，筱凡跟妈妈一起打开了房门，一眼就看到窝在沙发里，泪眼婆娑的筱璨。

筱妈妈大吃一惊，来不及换拖鞋，就径直走到女儿的面前，蹲下身子焦急地询问："璨，怎么啦？快告诉妈妈。"筱妈妈从茶几上抽出几张面纸，不停地帮女儿擦着似乎永无止境的泪水。

"傻妹妹，这是怎么了？谁欺负你了？哥哥去揍他！"筱凡的眼里满是心疼，口气很重地说。

"臭小子，就知道用武力！"筱妈妈瞟了一眼筱凡，瞬间又把视线调回到女儿的脸上。

筱璨在温暖的亲情熏染下，顿时情感底线瓦解，哭出了声，倒在妈妈怀里号啕大哭。

"阿哟，傻丫头，乖乖，快告诉妈妈，到底是怎么回事啊？"筱妈妈不停地拍着倒在自己怀里的宝贝女儿，抚摸着她凌乱的头发。

"妈、妈！呜、呜！"筱璨的哭声一声比一声响。那个哭劲似乎比孟姜女哭长城还要凄惨。

筱凡站在一边，急得像热锅上的蚂蚁，不停地搓着手，对着妹妹问："快说呀，到底是怎么了呀？阿哟真是急死人了！"

"妈、妈！呜、呜！"悲痛中的筱璨，一度情绪失控。

"快说呀，怎么跟哭丧似的？！"

"怎么说话呢？大过年的，满口胡言！"筱妈妈一巴掌重重地打在了筱凡的背上。

"妈，我这不是着急嘛！"筱凡皱着脸，满是委屈。

"有你这么着急的吗！快，给妹妹拿块毛巾来。"

此时的筱璨，真的好想把一肚子的苦水，一骨碌全部都向妈妈倒出来。可是，在妈妈眼里自己一直是一个不用操心的乖女儿。这件事情，一时间真的无法开口，不知道从何说起。妈妈会责备吗？犹豫中的筱璨逐渐平息下来，接过哥哥递过来的毛巾，捂在脸上好半天都没有拿下来。

她的头太疼了，脸也好烫，真的好想在这瞬间的清凉中睡去，不要醒来，不要面对。

她慢慢地把头靠在了沙发的边上，嘴里轻声喃喃道："妈妈，我想睡会。"

"这孩子，哭成这样子，不知道妈妈多心疼！"筱妈妈摸了摸女儿的脸，拿了一条毛毯盖在她的肚子上说："妈妈去做好吃的给你，你好好睡一觉，妈妈一直在你身边，什么事情妈妈给你做主，没有解决不了的事情。"

"嗯，妈。"筱璨睁开水肿的眼睛，沙哑地应声道。

筱璨闭上了眼睛，在客厅的沙发上，在妈妈正在准备的佳肴散发出来美味里，在哥哥拧开的很小的足球比赛的声音里，渐渐睡去，很沉……

064

筱璨暂时平息睡了，而此刻的崔奚却丝毫没有睡意，跟奶奶的战争仍在进行中。他知道，自己跟这个有残酷的封建思想的忠实粉丝，说再多道理都是对牛弹琴，无济于事。

这时，崔妈妈米子回家了，一进门就隐约感觉到了沉重的氛围。她有些纳闷，笑嘻嘻地问："奚啊,你们都在干什么呢？商议什么国家大事呢？"

"妈，你回来了。"崔奚抬头，面无表情地招呼了妈妈。

"米子啊，你儿子要给你找个妖里妖气的媳妇，你说说这成何体统啊！"崔奶奶先吐为快，来了个恶人先告状。

"妈，不会吧，奚还这么小。"性情温和的崔妈妈，依旧笑容可掬，搬了张凳子，填补了最后一个家庭成员的座位。

"米子，这情况我了解了一些了。咱儿子不是胡作非为的人。咱具体情况具体对待，切不可一棒子打死。"曾经同命相连的崔爸爸，此刻就像一位大哥哥一样善解人意。

崔奚紧盯着爸爸那张一张一合的性感的嘴巴，越看越觉得爸爸是天下第一美男子，越看越觉得爸爸很高大，就像一棵大树，保护着自己这株小小草。

"奚啊，怎么回事呀？眼下就要专升本考试了，可不能因为这个分心啊，你还小，以后的路啊，还长呢。不要着急，你出息了，什么媳妇讨不到呀。"妈妈永远是那么温和，就是连责备听起来都很舒心。

在这个家里，婆媳关系能够和谐发展，远扬千里之外，甚至评上五好家庭，妈妈有着不可磨灭的功劳。是她一直谦让着强势的奶奶，把她，把这个家伺候得舒舒服服。妈妈是一个公认的好媳妇、好妻子，可是却不是一个好妈妈。因为，妈妈的职责更多都被霸道的奶奶给侵权了，在儿子的教育问题上，她做不了主，庇护不了自己的儿子，是一个失职的母亲。唯一可以说到话的,那就是爸爸。虽然,奶奶从小一直疼爱有加,可是奶奶这种霸道的爱,实在让这个还未成熟的大男孩感到沉重。一直都想在妈妈温柔的怀抱里渐渐地长大,可是这也只是一个梦,没有止境的梦。

"妈,你见到她,一定会喜欢的。你将来会因为有这样的儿媳妇而骄傲的。"崔奚眼睛里散发出自信的光芒,期待着妈妈的认同。

"哦,是吗?"崔妈妈的眉毛挑起,很惊讶地问。

看到米子不但不批评教育儿子,似乎有点墙头草的味道,崔奶奶的脸有些阴沉。崔爸爸看在眼里,推了推身边的妻子轻声说:"你先去做饭吧。"

"妈妈,我帮你一起做饭。"崔奚咧着嘴,似乎又抓住了一根救命稻草,尽管他不知道这根草结实不结实。

厨房里,一对年轻的母子忙得不亦乐乎。客厅里,一对年老的母子愁眉不展。

"妈,我去卧室躺会儿。"崔爸爸也选择了离开那只彪悍的母老虎。

这时,宽敞的客厅里,只剩下这个精力充沛的老太婆。本来还在沉思的她,猛然从凳子上蹦了起来,似乎屁股下面扎了钉子似的。

她迅速戴好老花眼镜,拿了支笔和便签,认真记下了那个来电显示。那是筱璨家的电话号码……

065

天空突然阴沉了下来,愁云密布的空际出现了一道闪电,顿时雷鸣大作,震耳欲聋,狂风袭来,几根树枝经受不住狂风暴雨的侵袭,哗哗几下坠落到地面,刮到筱璨光秃秃的脚上。

这时,大雨倾盆而下,仅仅穿着一件单薄睡衣的筱璨,被这突如其来的天灾一样的恐怖天气,吓得双臂紧紧抱着自己单薄的身子。风再大一些,也许她就像一片小小的树叶一样被刮得无影踪。筱璨被寒冷、恐惧和黑暗吓得蹲在地上，泪水伴着雨水不断地掉落在浸泡着自己双脚的水坑里。

四周没有人影，一个完全陌生的地方，不断传进耳朵里的是如同阵阵鬼哭的声音。从小就怕鬼的她，站起来狂奔。跑到一个十字路口的地方，她迟疑了，不知道自己该去何方。

此刻，在她右方的那条偏僻的小路深处，一个熟悉的声音响起："璨，我在这里。"对，是崔奚，这是崔奚的声音，已经冻得发紫的嘴唇泛起一丝淡淡的笑容。她看到了希望，于是，她用尽全身的力气，朝着那个声音的方向跑去，全然不顾狂风暴雨的阻拦，不顾脚下的沙石弄疼自己娇嫩的皮肤。

跑着跑着，漆黑的路上，远远地出现了一个小小的亮点。一股神奇的力量牵引着她朝那个亮点奔去。

近了，又近了。

筱璨在那盏亮着的灯火的房屋前面停下了脚步。风雨中，她看见了那个门口站着的，那个熟悉的身子。

崔奚，没错，就是她深深爱着的那个懵懂的男孩。他右手里抓着她送的那只小闹钟，左手扶在门框上，朝着外面四处张望，还不时看着时针的位置。此时，天空再次电闪雷鸣，阵阵雷声淹没了筱璨微弱惊喜而又亲切的呼唤。

大概是因为心有灵犀的感应，还是曾经约定好的，这时的崔奚也发现了站在黑暗中，被肆虐的暴雨淋得已经摇摇欲坠的筱璨。他来不及惊讶，便冲进了漆黑的雨里，两只手接住了快要倒下的筱璨冰凉、湿透了的身体。随后，迅速抱进了家门。

接着，他马不停蹄地端来热水，用热毛巾擦拭着她冰凉的脸蛋。正在这时，奶奶冲了进来，夺走了孙子手里的毛巾，把那盆热水也倒出了门外，大声训斥道："怎么可以把她带进家门？让她出去！出去！"

筱璨被这突如其来的一幕吓蒙了，还未来得及见到崔奚的惊讶，便被再次推入了挣扎中无底的深渊。

突然，从门外进来两个壮汉，面无表情，其中的一个人，两只大大的手就抓住了筱璨细细的胳膊。她被再次推进了漆黑的雨里。而另一个壮汉，也用同样的方法把崔奚押在门口。

"璨！奶奶，你放开我！"崔奚绝望地呼喊着，此时的奶奶已经消失不见。

"奚、奚啊！救我、救我啊！"筱璨绝望的声音越来越远，越来越小。

"璨、璨！"崔奚嘶心裂肺的声音，凄惨地在一望无际漆黑的雨里回荡，根根青筋暴露在他年轻的脸庞，他面目狰狞，使出全身的力气，试图挣脱着牵绊自己双臂的那双邪恶的大手。

"轰！"一声巨响炸在了头顶的屋檐。崔奚一阵眩晕，此时，已经听不见筱璨悲泣的呼唤。外面霎时间死了一样的沉寂……

066

"叮咚……叮咚……叮咚……"

"电话！电话！电话！"筱璨猛地从噩梦中惊醒。

妈妈急忙从厨房跑出来，去开门，边跑边说："你爸爸回来喽。"

正在看电视的筱凡，张大的嘴巴仍没有合拢，妹妹的怪异反应，让他心跳迅速加快，目瞪口呆！

此时，筱璨正喘着粗气，用手摸了摸额头上的虚汗，仍是惊魂未定，喃喃道："原来是梦！是梦！也不是电话，太好了！太好了！"没有一丝的表情。接着，就继续躺到沙发上，断断续续回想着刚才那场噩梦，倒吸一口凉气。

此时的筱妈妈筱爸爸还没有注意到女儿的变化。

"傻妹妹，你还好吧？"哥哥眨巴着眼睛，一脸的疑惑。

"唉！"筱璨长长地叹了口气，从茶几上抽出一张面纸，轻轻擦拭着整个铁青的脸蛋，淡淡地说："一场梦而已！没事、没事。"最后两个字的发音几乎听不到了。

筱凡正准备进一步询问的时候，妈妈端上他们最爱吃的"大盘鸡"走了出来，幸福地说："开饭喽，孩子们！"轻轻放下盘子，转头对一旁的儿子又说道："去，把筷子拿来。"

"吆！这是怎么了？怎么睡了一觉更严重了呢？这孩子是不是感冒了？"筱妈妈看着浑身没有力气的女儿，心疼不已，摸摸她的手，又摸摸她的脸，再摸摸她的额头。

"妈，我没事。"筱璨下意识地推了推妈妈的手。此刻她的恐惧感还在，似乎刚才那个梦暗示着什么。她紧张、她害怕，但愿面对问题时，现实不要那么残酷。

"过来，坐下，先吃晚饭，有什么事情，晚上跟妈妈说说悄悄话。"筱妈妈一脸的慈祥，拉着女儿坐在了餐桌旁，转身又钻进了厨房，顺便还把筱凡也拖进了厨房。

筱妈妈利用盛饭的空隙，忧心忡忡地问："儿子，妹妹今天跟你说什么了没有？"

"没有啊，妈，发生什么事啦？"筱凡没有多想，先尝了口汤，顺口而出，"好汤，鲜！"

"这孩子，怎么还没改掉好吃的毛病！"筱妈妈一脸的严肃，站到了筱凡的面前，盯着他的眼睛问："妹妹回来之后，反应就很不正常，你有没有帮她隐瞒什么事情？"筱妈妈停顿了一下，突然指了指儿子，一字一句地说："不——许——说——谎！"

筱凡从妈妈的眼神里读懂了那句"可怜天下父母心"的古话。他知道妈妈非常担心妹妹的安危，明显她已经感觉到什么端倪。其实，他也在怀疑妹妹是不是有什么事情瞒着家人，独自一个人承受着压力。

"妈，您先别急，我也准备问问妹妹呢。等会儿吃饭的时候，跟她聊聊，八成是有事情瞒着我们。"筱凡端着两只碗走出厨房，然后又退了回来，轻轻在妈妈耳边说："妈，妹妹心里应该挺苦，不管什么事情，我们要理解她，不要先责备。"筱凡似乎预感着什么不幸就要降临了，聪明的他先给妈妈打了预防针。

一家人，坐在了丰盛的饭桌前，大家一声不吭地吃着饭。每个人都在寻思着自己的心思，家庭气氛开始紧张。就在这时，"叮铃铃、叮铃铃、叮铃铃！"电话铃声打破了所有人的沉默。

距离电话最近的筱妈妈像往常一样，热情地接通了电话，其他3名家庭成员似乎也心心相通，齐刷刷地盯着筱妈妈的脸，关注着她面部表情的变化。

妈妈不断地重复着一个字"嗯！"似乎在倾听对方的长长的述说。筱妈妈的脸色渐渐变得严肃、僵硬！最后，轻轻地放下电话。

沉默……

067

"唉！"筱妈妈轻轻叹了口气，继续坐下吃饭，轻轻地抿了一口汤，转过脸，对着筱爸爸神情凝重地说："是酒店大堂打过来的电话……这个小丸啊，怎么说他呢，前几天刚找他谈过话，这不，又给我添乱了。"

筱璨紧绷的神经终于可以得到暂时的缓和，幸好与自己无关，她的眼神里浮现出一丝得意，黑漆漆的眼睛迅速地转动着，在眼帘垂下的那一刻，闪现出耀眼的光芒。她已经想出了一个很好的办法，可以帮助自己去除掉最近《午夜凶铃》后遗症似的恐惧——电话铃声！

"你啊，不能对员工太纵容了，该处分的还是适当地处分一下，这样他们才会长记性。"筱爸爸轻轻地摇了摇头，抿了一小口酒，举杯跟坐在对面的儿子说："来，咱爷俩碰一碰。"

筱璨看着眼前的一老一少，一饮而尽。

"璨，来，爸爸也跟你碰碰，又是一年过去啦……爸爸希望你们新的一年有新的收获。当然，在除夕之前，你们俩都要给爸爸、妈妈呈一份年终总结。呵呵！"筱爸爸把话题转移到他们身上，笑嘻嘻地让人不难捕捉到荡漾在他眼睛里的涟漪般的神采。

筱爸爸是一个慈祥的父亲，在儿女的记忆里从来没有打过他们一下。虽然，他时常遗憾，儿子跟女儿长得都像妈妈，不像自己。但对他们的疼爱却是与日俱增，不可否认，这双儿女是朋友眼中的模范儿女。他们兄妹俩不仅相貌出众，学习成绩也很棒，接人待物都有大家风范。身为人父，还需何求？！

这时候，筱妈妈也暂停了酒店的事情，偏头细细地打量着筱璨，不说话，眼睛里却隐隐约约向筱璨抛出N问号。筱凡的好奇心立刻被妈妈的奇怪之举调动了起来。嘴巴微微张开，瞬间又闭合，唇边浮现出坏坏的笑，试图趁机窥视一下妹妹的"心上事"。很显然，他已经意识到妹妹恋爱了。

"璨，你也该把你的事情好好跟我们坦白一下了吧？"筱妈妈笑眯眯地说。虽然，她满脸堆笑，但是她眼神里却未透露出丝毫的笑意，而是严肃。

"说啊，璨。"筱妈妈见筱璨久久不答，再次提醒她。

筱璨保持着稳如泰山的神态，极力控制住自己心慌的现象，眨巴了一下漂亮的大眼睛，抿了一口汤，润了润嗓子，很快转过眸子，迅速而清晰地回答道："哎呀妈，我哪有什么事情？能瞒得了你们吗？！"

筱璨抬起头，对着她傻傻地一笑，把自己忐忑不安的心，隐藏得很好："呵呵，是吧？妈。"

"傻孩子，你跟妈妈一样，性格呢，有时候太执着，太单纯了。妈妈怕你受到伤害。"筱妈妈的眼睛里闪过一丝不安，"你看啊，你有爸爸、妈妈还有哥哥在你身边。发生什么事情我们都可以保护你，不要一个人承受。你还小，有些事情，还不懂……"筱妈妈说着说着，突然有些黯然神伤。

她，脑海里模糊地浮现出当年，孤身一人的她，身边一个亲人都没有，如果不是后来遇见了筱爸爸，也不知道，她还有没有活下去的勇气。

"妈，我长大了，你们不要担心，需要你们帮助的时候，我会告诉你们的……"筱璨的语气有些忧伤，轻轻垂下了眼帘……

068

筱妈妈心里清楚，女儿不想这么就把自己的事情告诉家人，至少是她还没有做好公布的准备。换位思考之后，她决定先跟女儿谈谈心，慢慢地再切入到那个话题。

晚饭后，妈妈跟往常一样，收拾碗筷，爸爸跟哥哥看着电视。而筱璨今天依旧是心事重重，她早早地回到了房间，躺在床上，辗转反侧不知道现在该不该告诉家人自己恋爱的事情，同时也非常担心崔奶奶来个恶人先告状，那样自己将会陷入非常被动的境地。

想着想着，筱璨渐渐陷入了梦境……

"吱呀"，房门开了。

"啪"，灯亮了。

筱璨下意识地用手护住了眼睛，慢慢地睁开惺忪的睡眼，从指缝里瞄了瞄站在床前那个熟悉的身影。

"妈妈今晚陪你睡，想跟你聊一聊。"筱妈妈拉开被角，钻进了女儿的被窝。

"嗯。"没有任何选择余地的筱璨，迷迷糊糊地应了声。

"啪！"灯关了。

"璨，你跟妈妈说，你是不是谈恋爱了？"妈妈的声音里饱含了深深的担忧，她吸了口寒夜里冰凉的空气，继续说，"妈妈不是想干涉你，只是，你现在还不理解恋爱跟婚姻的关系。"

"妈！"筱璨的声音嗲嗲的，欲言又止。

"妈，你希望我找一个什么样的男朋友？"筱璨拽了拽被子，眼睛里充满了期待。

"妈妈的要求不高，希望他……还有他的家人，都能像我们一样爱你。"筱妈妈声音里透露出一种无奈和期望，似乎她已经感觉到女儿的不幸。

"如果，这一点达不到您的要求呢？"筱璨抱紧了被子，试探道。

"傻孩子，婚姻不只是两个人的事情，而是两个家庭的事情。如果他或者他的家人有一方做不到，像我们一样爱你，你认为会幸福吗？"筱妈妈慢慢开始打开女儿的心扉。

"不会……可是有时候爱上了，要怎么选择呢？"筱璨艰难措辞，把身子朝妈妈的身体靠了靠。她似乎在寻求一种保护，是的，此时的她非常需要家人的保护。

"说吧，孩子，他是什么情况，他的家人又是什么情况？不要拐弯抹角了。妈妈会在你身边。"筱妈妈侧过身子，端详着暗淡的灯光笼罩下的女儿稚嫩的脸蛋，看着她长长的睫毛扑闪扑闪，睁大的双眸绽放出难以抉择的折磨和呼唤。

"妈，等我厘清了思路，再详细地跟您说好吗？给我两天时间准备一下。"筱璨的声音在漆黑的夜里悠远深长。

接下来是彼此的沉默……

筱璨直挺挺地躺着，忽闪着眼睛，眼神迷离。她在思考问题，她萌生出跟崔奶奶沟通一下的想法，暂时封锁她对自己的偏见，以达到不要进一步恶化关系为目的。目前的情况对自己对崔奚都不好，熬吧，一切熬到他专升本考试以后，那时候即便是头破血流，也不会造成更大的失误。

"对，小不忍则乱大谋！"筱璨坚定了自己的想法，淡定自信的笑容，在她那精致的沉思中的脸蛋上渐渐晕染开来……

此刻的筱璨美艳极了，就像一朵沉睡中的莲……

第七章　母爱是苦涩青春的蜜糖

069

一个晚上，筱璨做了很多奇奇怪怪的梦，很多都是关于崔奚的事。日有所思，夜有所梦，这个时候的筱璨也已经想得差不多了。她在等待合适的机会，拨出那通决定自己命运的电话。

这天下午，跟往常一样，筱璨一个人在家。她坐到客厅的沙发上，盯着茶几上的电话机，想了很久，拿起来，迅速又放下，犹豫不定。

如果不打这通电话，感觉就像埋着一颗定时炸弹，不知道什么时候会炸开。如果打了这通电话，那毫无疑问是有史以来第一次跟崔奶奶正面冲突。很难预料她会怎么样的刁蛮、刻薄。筱璨重重地叹了口气，靠在沙发上，仰面朝天，难以抉择。筱璨长长的睫毛轻轻地垂下，明显感觉她那双黑色的眸子在双眼皮下闪动，她想强迫自己再次冷静一下。

崔奚这几天在家跟看贼似的，防范着奶奶。崔奶奶一直念叨着要跟筱璨的家人好好聊聊，而且也一直在寻找合适的机会打电话。在崔爸爸和崔奚的一再劝说之下，崔奶奶似乎对筱璨的抱怨日益减少。崔奶奶的强势也许与她从小家庭成长的环境有不可缺少的因果关系，在她的思维里，类似筱璨一类的美丽女孩大多数都是不检点的绊脚石。不可否认她的以偏概全，不可否认她的武断。但是，在这样一个现实而残酷的社会面前，对她这样一种对孙子变相的爱，暂且可以理解一下。

筱璨从柜子里翻出一瓶风油精，用手指点了一点抹在了太阳穴。顿时，一股清新的气息遍布了整个脑海，思维似乎变得清晰明朗。为了保险起见，筱璨还是决定在自己的房间拨通了那通熟悉而又陌生的电话。

"喂！"对方传来苍老、低沉但不失热情的声音。

"呃，请问崔奶奶在家吗？"筱璨的声音在风油精的刺激下显得比较平静，其实内心里早就七上八下了。

"我就是……你是？"崔奶奶边说边纳闷。

"奶奶你好，我是崔奚的同学，筱璨。"电话这边的筱璨热情洋溢，嘴巴甜甜的。

"嗯。"崔奶奶应了一下。

"是这样的奶奶，我打电话是想告诉您。我不会影响崔奚的学习的。请您不要误会我。"筱璨口齿清楚极为诚恳地解释道。

"姑娘，不是我这个老太婆不讲道理，是你们现在实在太小了，崔奚在专升本考试的关键时候，你会影响到他的。我也琢磨着要跟你的家长说说这事，也想让他们来管一管。你现在好了念名牌大学了，可是我们家奚呢，前途未卜呀！"崔奶奶越说越激动。

"奶奶，其实您也是为了崔奚好，我也一样，也是为了他好。他现在正需要我们的帮助，我也是在帮助他，如果您不喜欢我，我答应等他考上名牌大学之后，我一定会离开他。可是他说，他现在需要我的鼓励，请您理解。我们的目的都是一样，都是为了崔奚好。请您不要告诉我的家人。如果崔奚现在根本不需要我的帮助，那我会离开，请您放心。"筱璨的诚恳，让崔奶奶哑口无言。

"姑娘，现在你们谈恋爱，不是时候。等他有了稳定的事业，好的前途，我们也会支持。将心比心，你想想如果是你的父母，他们感受如何呢？"崔奶奶的话似乎也有道理，明显她们谈话的气氛正在缓和。

"奶奶，我理解。请您相信我也是为了他好。"筱璨再次强调了她的心声。

"姑娘，你说你为了他好，那你可以这段时间不要跟他联系吗？让他静心地复习迎考？"崔奶奶的态度渐渐变得和蔼，但是言辞依旧激烈。

"可以，但是请您也不要给我的家人打电话，好吗？"筱璨轻声恳求。

她们似乎在做一场交易，让人啼笑皆非的交易，然而这就是事实。

"可以。"崔奶奶的口气里渗透了一种诚信。

电话在达成一致的谈判中，挂断了……

筱璨长长地松了口气，正在这时，房门被轻轻地打开了。筱妈妈一脸茫然地站在了门口，略显松弛的双眼皮轻轻眨动着，眼睛聚集了一束带着无数疑问和责备的光芒，直直刺进了筱璨的心里。她，抖动的嘴唇最终没有张开……

070

"妈，你什么时候回来的？"筱璨的声音有些发抖，压得低低的，心已经提到了嗓子眼。

筱妈妈沉默地看着筱璨，眼神渐渐严肃："我都听到了，你是跟谁在说话？"

筱璨毫无准备地直视着妈妈的眼睛，眼眸闪烁，黑邃幽深，不知所措，软软地叫："妈。"

此时的筱妈妈已经六神无主，从女儿谈话的内容可以确定，她在跟他的家长谈判。她的猜测得到了证实，虽然一直也都有心理准备，可是在铁证如山的事实面前，她依旧难以接受。她没有想到视为珍宝的女儿，在那个陌生的男孩家人的面前，竟然如此的卑微。

这又一次勾起了她沉睡的记忆，当年，她也曾如此卑微！这样的命运至今没有摆脱她的生活，稍稍平静的日子，在女儿的身上再次天翻地覆。她知道，一场漫长的战争就要开始了。糊涂的女儿，糊涂的爱！

"你，打算瞒我们到什么时候？"筱妈妈坐到了女儿的旁边，眼神依旧严肃，不带一丝笑容。

筱璨被妈妈火辣辣的眼神刺激得眼圈渐渐泛红，声音涩然，断断续续："妈，我——没有。"

"你想坦白吗？你愿意现在就跟妈妈彻底坦白吗？"筱妈妈咄咄逼人地问道。

"妈，呜、呜！"筱璨委屈的泪水就像决了堤的江水，一泻而下。

"璨，傻孩子，为什么不早点告诉妈妈？"筱妈妈终于也控制不住自己的情绪，刚才的严肃就像泡沫一样瞬间瓦解。

"我、我是想自己处理，呜——呜！不想让你们丢人。"筱璨哭出了半年来积压在心里的委屈。

靠在妈妈的怀里，她似乎找到了可靠的港湾。此刻，温暖而悲伤。

天不遂人愿，该面对的就无法逃避。这对母女就像两个楚楚动人的泪美人，陷在悲伤的氛围里，久久不能自拔……

过了很久，筱妈妈略带沙哑的声音在小小的房间里回荡："放弃他吧！"

"可是，妈妈。"筱璨粉色的小嘴略微动了一下，又戛然停止。接下来，又是绵绵的哭泣。

"没有选择的，孩子。我们无法改变别人，只能改变我们自己，"筱妈妈强忍着泪水，帮女儿擦了擦挂在脸上的泪珠，继续说，"像妈妈一样，找一个像你爸爸一样的好男人。不好吗？"

"呜——呜！"筱璨用哭声选择了回避。

她不希望是这样子的结果，矛盾中的她，情何以堪？！

而这时的崔奚，也身处矛盾之中，他已经意识到自己给筱璨带来的烦恼和困境。他不想这么自私地去剥夺筱璨平静和快乐的生活。可是如果因此而放弃了她，那么，他需要多大的勇气和割舍。慢慢地一种悲伤油然而生，于是，他草草几笔记录了他此刻的心情。

泡影如幻

昨天
雪花依旧眷恋着白云
跌跌撞撞遗落在人间
给天地万物带来的是
圣洁的婚纱如梦如幻；

今天
雪花似乎爱慕着土地
路边的堆雪犹如土丘
骄阳似火也无法了断
这样的幸福滋润久久；

明天
是否白云催促着阳光
传递日日夜夜的思念
终究改变不了的宿命
雪花含着泪化成泡沫。

然后，崔奚沉浸在无限的沉思……

071

　　清晨，第一缕阳光透过玻璃，透过粉色的卡通窗帘，斜斜地照进了筱璨暖暖的房间。这一年里最后一天的第一束光芒刺在筱璨娇嫩的脸庞，她那双漆黑的双眸在长长的睫毛掩盖下闪闪跳动。依旧沉浸在睡梦中的她，被迫缓缓地睁开双眸，惺忪的睡眼依旧美丽耀人。

　　"刚才美美的梦，都被你给毁了，我还想睡，还想继续刚才那个美丽的梦。"筱璨嘟着嘴喃喃着，似乎并不欢迎这热情的阳光……

　　接着，她转身又缩进了那床暖暖的被窝，温馨极了。

　　崔奚，此刻正沐浴在这冬季最后的一抹阳光下，细细地品位着这一年来的点点滴滴。

　　"律回春晖渐，万象始更新，"崔奚斜躺在床上，清澈的眼睛里渐渐模糊，"璨，我要怎么办？我这样是不是太自私了一点。新的一年就要开始了，我们要怎么开始新的一年，又要怎样结束已经渐渐远逝的一年？"

傍晚，当最后一缕夕阳笼罩在这座小城，路上车水马龙，人如潮水般散去。陆陆续续的鞭炮声响起，筱璨趴在窗户前，眼光没有聚焦地落在路上匆忙赶路的行人。望着他们疾驰如飞的步履，不禁想笑。春节的气氛已经层层包裹了这座古老而又陈旧的小城，也层层包裹了生活在这座城的人们，筱璨的心也被这样喜庆的节日气氛熏陶得满心暖阳。于是，她笑着端详懒洋洋地依偎在这一年最后一抹阳光里的小城，暂时忘却了所有。

　　她想作诗，但是又不知道想写什么，这时，她脑海里浮现出穆旦的经典作品里的一段诗。她轻轻呓语般地深情朗诵起来：

　　夕阳西下，一阵微风吹拂着田野，
　　是多么久的原因在这里积累。
　　那移动了景物的移动我底心
　　从最古老的开端流向你，安睡。
　　那形成了树木和屹立的岩石的，
　　将使我此时的渴望永存，
　　一切在它底过程中流露的美
　　教我爱你的方法，教我变更。

　　念完这一段，筱璨荡漾在脸上的笑容渐渐凝固，最终僵化，一丝悲凉，一丝欣慰，一丝忧愁，一丝无助……种种复杂的心情交织在一起，渐渐投影在她心动的眼睛里。与以往不一样的是，她没有流泪。这首名著何尝不是她此刻心灵的写照呢？

　　我们的爱是否在这个阶段就戛然而止了呢？筱璨在心里默念着。

　　"不是！"一个熟悉的声音在空中回荡，他的声音充满了希望最后又渗透了太多的无奈，他苦涩的声音继续着：

　　再没有更近的接近，
　　所有的偶然在我们间定型；
　　只有阳光透过缤纷的枝叶

分在两片情愿的心上，相同。

等季候一到就要各自飘落，
而赐予我们的巨树永青，
它对我们的不仁的嘲弄
（和哭泣）在合一的老根里化成平静。

这同样来自穆旦那首著名的《诗八首》中的一段，那个声音是崔奚朗诵的声音。那还是一年前，他们还是同学的时候，在一次晚读课上的，两个人分段的深情朗诵。

这是否又是冥冥之中对他们爱情的一种诠释呢？是宿命吗？！

"现在时刻，下午6点整。"筱璨被守时的报时挂钟从沉思中唤醒。她深深吸了一口气，以往的3年，每年除夕的这个时候，她都会准时给崔奚打去问候的电话。与其说是拜个早年，不如说给一年里他们的爱情做最后的回味。

筱璨，坐到了电话机旁，端详着那熟悉的一个个按键，要打给他吗？可是我已经答应了崔奶奶不再影响崔奚，筱璨犹豫不决……

072

一阵急促的电话铃声，把还在犹豫的筱璨愣是吓了一跳，来不及平息便接通了电话。是筱凡的电话，今天是除夕，筱家的酒店很忙，很多客人订下了年夜饭。哥哥在电话里说，他们要到晚8点才回来吃团圆饭，要妹妹先把菜洗干净。妈妈晚上回家可以提高效率，吃完饭也好早点一起看春晚。

筱璨"嗯"的一声，打发了传话筒似的哥哥，便挂了电话，走进厨房忙碌起来。这一天，这一年，筱璨没有像以往那样给崔奚打电话。

她清楚地知道，崔奶奶只不过是说一套做一套而已。社会上这样双面的人还很多,不能一时糊涂听信别人的"顺耳的话",就忘记了她封建的本性。当然,崔奶奶只不过是强势了一点,封建了一点,也不至于跟社会上的那些小人相提并论。

忽然,筱璨一个人笑了,笑出了声,还很灿烂,她甜甜地唱起了那句曾经唱了无数遍的歌词:"日子要过,路还长……",哗……一阵水龙头流水的声音,完全淹没了筱璨蚊子般的声音。嘿嘿,她自我调节之后,心情就像窗外的景色一样,洒满阳光,尽管是残缺不全的夕阳,几乎感受不到温暖和明亮。然后,什么都不想,开开心心地洗菜、切菜,忙得不亦乐乎。

终于,熬到了晚上8点钟,一家4口人喜气洋洋地坐到了餐桌旁,享受着团圆和春节的喜庆。筱璨同样也是一扫往日的阴霾,可爱的笑容重返她那久违的脸蛋。筱妈妈看在眼里,乐在心里。看来女儿是想通了,自我调节能力有点大学生的风范。

哥哥筱凡看到妹妹的一反常态满心好奇,睨了一眼问:"今天太阳打西边出啦,笑得挺漂亮嘛。嘿嘿!"

"我心情一向就很好!"筱璨嘟着小嘴,对着哥哥翻了个大大的白眼。

"哈哈哈,瞧某些人哭得哇哇叫的时候忘记喽……"筱凡习惯了跟妹妹抬杠。

"嗳嗳嗳,越说越离谱了,今天是除夕,不说扫兴的话。"妈妈用筷子敲着盘子,勒令终止了兄妹的小拌嘴。

看你坚持到什么时候,小样,恋爱了都不让哥哥知道。筱凡虽然不再说话,内心里却得意扬扬。

……

与筱璨家不一样的是,崔奚这个时候已经坐到了电视机前面,与家人一起其乐融融地看着电视。然而,崔奚的心思却在那部沉睡的电话机上。

这么晚了,不打就不会再打了吧。他的内心非常失落,一个人走到了一楼的客厅,不由自主地抓起电话,准备拨通在心里默念了N遍的电话号码。

"不要!"一个声音在崔奚耳边回荡。

"以后,我给你打电话,我不打,你千万不要往我家打。我妈不喜欢我跟男生交朋友，更别说男朋友了。"筱璨熟悉的声音再次冲击着崔奚的耳膜。他遗憾地放下了电话。

沉默……

崔奚默默地走到院子里，坐在院内的花坛上，仰起头，凝视着那轮空洞的月亮，低吟："唉！那燃烧着的不过是成熟的年代，你底，我底。我们相隔如重山！"

接下来又是许久的沉默……

经过一阵痛苦的挣扎，崔奚再次回到客厅，镇定地抓起电话，拨通了另外一个电话号码……

073

崔奚给唐睿打了一通电话，一方面是给他拜个年，另一方面也是邀请他开学之前到他家去玩一玩。开学后，大家就要做最后的冲刺了，好好放松一下。唐睿也欣然接受了邀请，他认为聚会的人中一定少不了焦点筱璨，另外他们还共同邀请了其他几个同学前往。

这个新年，在筱璨的忧虑中，在崔奚的无奈中，在唐睿的期待中，在柯灿的彷徨中，在娇妮的愤恨中匆匆而过。

这天，天气有些阴沉，几乎感受不到阳光的温暖，风很大。唐睿跟其他几个同学准时来到崔奚家，在崔家热情地招待之后，他们几个人在崔家三楼的 KTV 厅 K 歌，几个人玩得非常尽兴。

大概 1 个小时之后，唐睿又提议到学校去打球，一呼百应，几个小伙子打了辆车来到了学校的操场。寒风呼呼，他们几个精神抖擞，打得满头大汗。球场上的那一刻，崔奚几乎忘记了所有的不愉快，尽情地享受着自己挚爱的运动。

这时，远远地筱璨也站到了操场围墙拐角的隐蔽处……

那天，崔奚给唐睿的电话中，隐约透露了他感情的变故。当时，唐睿也问过是否邀请筱璨。在崔奚支支吾吾的回答中，唐睿感觉到了不测。

随后，他就打电话给筱璨，旁敲侧击地了解了他们最近的情况。唐睿很直接地告诉筱璨，崔奚邀请他们去他家玩的事情。

从筱璨星星点点的话语中，唐睿似乎也感觉到了什么。最后，他还是建议她无论如何也应该在回校之前跟崔奚见一面，当面说清楚。于是，唐睿告诉她，那天下午他们会去学校打球。脱离了家长的视线，一切都比较安全。

当时，筱璨默认了唐睿的建议，并没有给确定的答复。

经过激烈的思想斗争，筱璨还是一个人偷偷来到了操场，远远地看着崔奚打球。其实，自己早就是他的球迷，可是这次的观望，筱璨的心情显得格外沉重。一种预感告诉她，这次是一次转折，一次痛楚的转折。

初春里斑驳的阳光显得格外的微弱，筱璨单薄的身子，在肆无忌惮的寒风侵袭下瑟瑟发抖。她蹲在了墙角边，默默地看着球场上那个熟悉的身影。她不知道自己的出现将会给他带来什么样的心情。一种直觉告诉她，他变了。

此时的唐睿远远地看到了筱璨单薄凄楚的身影，在操场外的围墙的墙角晃动着。他的心不由得一沉，一种怜惜之情油然而生。也许，他这样做有点残忍，可是长痛不如短痛。如果说，之前的种种破坏是因自己而起，那么现在的变化，也许是他们本质上的矛盾。如果有一天，筱璨愿意接受自己，那他一定会用自己的爱去温暖她那颗冰凉的心，给她一片艳阳天。

终于等到了他们疲惫的中场休息，筱璨就在这时，跑到了崔奚的面前。看到崔奚大汗淋漓的熟悉的亲切的模样，筱璨会心地笑了，她的笑容就像这寒天中的阳光，照亮了身边的每一个人，她抿着嘴，淡淡的笑浮现在她上翘的嘴角："意外吧？"

"你来做什么吗？"崔奚拧着眉毛，眼神有些凶恶，一改往常的亲热，似乎面前站着的是一个讨厌的陌生人。

唐睿几个人，站在一边被眼前的一切给吓愣住了……

074

　　一缕冰凉的微风,轻轻抚弄着崔奚额角的发丝,在他漆黑的双眸里,筱璨寻找不到一点柔情,那个倒映在那双熟悉的眸子里,是她卑微的小小的颤抖的身影。他不再是那个酷酷的潇洒的与自己最亲密的人,恍然间变成了一个面目狰狞的陌生人。

　　筱璨的眼睛里闪烁着绝望与不解,怯生生地问:"发生什么了?你怎么了?"

　　"此时此刻,我不想看见你,永远我都不想再看见你!"崔奚后退两步,试图保持着安全的距离。

　　两行滚烫的泪珠瞬间在筱璨冰凉而又僵硬的脸蛋上蔓延开来,她张了张那张精巧的樱桃小嘴问:"为什么?"

　　"是你,影响了我的学习,没有你我的生活会很好!"崔奚的情绪很激动,似乎像是主子在训斥一个做错了事的仆人。

　　筱璨没有说话,也没有再看崔奚,她只是绝望地默默转身,挪动着那双千斤重的双腿,一步一步朝着校门外走去……

　　就在这时,唐睿一个箭步跑到了崔奚的身旁,猛地一推,崔奚连连后退了好几步,丈二和尚摸不着头脑,唐睿愤怒问道:"你怎么能用这样的态度跟她说话呢?!"

　　崔奚转身,坐到了操场四周的阶梯上,用沉默取代了逃避……

　　看到筱璨如此凄楚的背影,唐睿由衷地心疼,虽然他费尽心机想破坏他们,让他们分手,自己夺得筱璨。可是,他并不希望他们之间是这样子结束,他不忍心筱璨是如此的被动、伤心、绝望!于是,他朝着不远处的那个熟悉的娇小的背影,呼唤道:"筱璨——你等等!"

　　听到唐睿的声音,筱璨先是一愣,凭她的直觉推断,呼喊她的不应该是唐睿,而应该是崔奚。可是,崔奚没有!筱璨停下了脚步,定格在原地,慢慢地转过身子,看着朝自己奔来的唐睿。

望着不远处正朝着自己慢慢靠近的那个奔跑中的男孩，筱璨的内心有一种异样的冲动！等那个并不陌生的身影到达自己面前之际，她瞬间抬起双手紧紧环绕了这个男孩的腰际……

对筱璨突如其来的举动，唐睿受宠若惊，一时间不知所措，他的双手僵硬在空中不知道该放何处，在筱璨哭出声的那一瞬间，他的双手轻轻地落在她单薄的后背，语无伦次地说："不要难过了，我想，崔奚也许有他的苦衷，你也别太往心里去……"

"他为什么要这样子对我呢？我做错了什么！呜、呜！"筱璨痛哭不止。

陷在尴尬中的唐睿，在众目睽睽之下，不知道此时此刻该如何面对，他迅速转动了双眸，善于处理突发事件的他，嘴角露出一丝解围的喜悦说："我理解你，我们都理解你，等有机会，我会问问崔奚到底发生了什么，你先不要伤心了，他们都在看着呢，坚强一点，我送你去车站吧。"

筱璨从痛苦中惊醒，她突然意识到自己的失态，双手触电般地迅速离开了唐睿的身体，不停地道歉："对不起、对不起、对不起，我……我……"

"没关系的，我们走吧。"唐睿的脸上荡漾着幸福又羞怯的笑容，眼睛里闪烁着一种淡淡的喜悦。

操场上的同学，惊愕不已地看着眼前发生的这一切，大家都忘记了自己的失态，在一片沉寂中目送着他们渐渐远行的背影……

075

这天，懒散的阳光透过稀疏的树枝，洒落在筱璨温暖的小窝，斑驳的阳光将房间照耀得更加温馨安宁。几天过去了，筱璨的心情也一扫往日的阴霾，她双眸里透露出一种喜悦，或许是对新学期的一种期盼，或许是对自己感情生活的一种解脱，抑或对人生的一种更健康的诠释吧！

筱璨套上她那双可爱的毛绒拖鞋，裹着一件长长的棉袄，拉开窗帘，打开窗户，闭上双眼，仰起头，深呼吸……

清晨，空气里夹带着豆浆、油条还有豆腐脑的香味，这样的气息是幸福的味道，是健康的味道。路上的行人都还沉浸在新年的喜庆中，楼下不断地传来鞭炮声，听到这熟悉的声音，筱璨的心情也渐渐振奋起来。她在心里默念着，又长了一岁，又是一个新年的开始，过去的就让它遗忘在过去吧，一切都是最新鲜的开始！

筱璨再次紧闭着双眼，尽情地享受着来自心灵的净化。慢慢地，她又睁开了那双清澈的大眼睛，倒映在她双眸的是，一种前所未有的自信，原来一个人的世界反而是这样的清新、健康、自然。

崔奚，这个名字突然在她的脑海里闪过。她眨巴着那双迷人的大眼睛，纤细修长的手指抓了抓凌乱的长发。这个人已经遗忘在除夕的那个零点之前了，现在的这个人是陌生的，我不再认识，他的事情也不再与我有关，我已离开！

筱璨开始整理自己的行李，明天就要回校了。大学应该是人生最美的短暂的记忆，这4年里还有太多的有意义的事情等着我，对于这一切我该告别了。筱璨，棒棒的筱璨，加油！

久违的幸福，快乐的笑容，在筱璨的脸上驻足了很久很久，在自己内心的鼓励中，筱璨的心情如同那天的阳光一样明媚灿烂。

深夜了，脑海里塞满了爸爸、妈妈的叮咛和牵挂，她无法入睡。躺在床上，望着窗外朦胧的月色，一种酸楚突然袭上心头，是否要对自己与崔奚的这段感情作一个告别呢？向来喜欢写写画画的筱璨，没有犹豫，打开台灯，拿出一张纸和笔，写下了一首诗，作为对这段感情的总结和纪念。

你，我

你心里有我的时候
我没有你……

我心里有你的时候
你没有我……

我们是慢了半拍的和弦
还是
两条相交的直线……

只是
在那个时光交错的瞬间
留下了属于你我的回忆……

最终
如昙花一现
稍纵即逝……

　　带着父母的叮嘱，带着自己对家人的不舍，带着对崔奚的祝福，带着对大学新生活的向往，筱璨踏上了回N城的列车。此时的筱璨就像一只满载而归的小舟，在星光闪烁的大海里，不断地朝着前方的灯塔前行。

　　筱璨乘坐的那辆车发动了，妈妈、爸爸不停地跟她挥手再见，玻璃后面筱璨清晰的秀丽的脸蛋，像初春里刚刚绽放的美丽的花朵。妈妈望着渐渐远去的列车，默默地点点头，欣慰地笑了。因为她知道女儿已经有了答案，她会处理好自己的感情问题。

　　当开往N城的列车，缓缓驶出滨城车站时。崔奚的心口像被堵上了一块沉沉的石头，喘不过气来，一种无形的力量捂住了他的嘴巴，他没有喊出声。默默地望着车子与自己擦肩而过，靠窗的座位上，他看见了筱璨侧着脸依偎在玻璃窗旁，忧郁的表情淡淡地望着前方，并没有在意从眼皮底下错过的崔奚酸楚的面容。

　　这时，车站外的一家理发店里，传出了那首悲泣离合的经典老歌《离别的车站》，一句句歌词几乎是他此刻心情的写照。他沉静在这首歌中，凄楚的歌声不断撞击着自己的那颗已经碎了的心："当你走上离别的车站，我终于不停地呼唤呼唤，眼看你的车子越走越远，我的心一片凌乱凌乱，千言万语还来不及说，我的泪早已泛滥泛滥，从此我迷上了那个车站，多少次在那儿痴痴地看，离别的一幕总会重演……何时列车能够把你带回，我在这儿痴痴地盼，你身在何方我不管不管，请为我保重千万千万……"

不知道是歌声触碰了他记忆的冰点，还是这样离别的场景刺痛了他的心灵。崔奚有种潸然泪下的冲动，泪水渐渐模糊了他的视线，列车也早已淡出了视线。望着远处已经看不见的点，他定格在原地，怎么都迈不开步伐，朝着筱璨远去的方向，默默念着："璨，对不起，希望我这样做，你有一天可以理解！也许，我是愚蠢的！可是，如果我们有缘，我们一定还会有相见的那一天，等我！"

076

窗外，偶尔传来鞭炮的声音，N城依旧沉浸在新年的喜悦之中。听到这熟悉的振奋人心的声响，筱璨心里开始浮现出家里的一幕幕场景，想家了，想爸爸、妈妈还有哥哥了。虽然，这个寒假过得并不是非常开心，但是，家的温馨依旧是一成不变思念的归宿。

新年里重返学校的第一个夜晚，筱璨没有一点睡意，睁着大大的眼睛，望着窗外皎洁的月亮悬挂在光秃秃的树梢上。她轻轻地叹了口气，生怕吵醒了也许已经入睡的姐妹们，她轻轻翻动了一下身子，保持着上下铺的平衡，尽量不要让床铺有一点点的摇晃。她们都是长途奔波，不想打扰她们优美的梦境。

夜已经很深了，今晚也许彻底地失眠了。筱璨并没有因为失眠而有一点的抱怨，相反她很喜欢在这样梦幻的夜色里沉思。总结过去，规划未来，思考漫长的人生。

都说清冷的月宫里住着漂亮的嫦娥和一只洁白可人的小兔子，筱璨的脑海里突然闪过这个遥远的神话。她在思索着，嫦娥该有多美呢？那只小兔子又有多可爱呢？偌大的宫殿里就住着她们俩是否太寂寞了呢？筱璨眼睛一眨不眨地望着遥远的月亮，月亮上的阴影好像是一棵树，那棵树上似乎有一只不安的猴子上蹿下跳。

唉！

要是嫦娥能出来站在窗口跟我做一次心灵的沟通，该多好！筱璨异想天开地想象着……

一阵微凉的轻风夹杂着浓郁的火药的气息，轻轻叩击着窗户的玻璃，不一会儿窗户打开了……

一个如梦如幻的穿着白色纱衣、貌美如花的女子，悬浮在窗外的半空中，看不清她的鞋子，因为她的脚被腾起的白雾抑或云朵包裹着，她的怀里抱着一只极其稀罕的兔子。

筱璨被眼前的这幅画面惊呆了，这是梦吗？这就是嫦娥吗？那就是玉兔吗？传说中的神话，在现实中上演了吗？

筱璨抑制不住自己激动的心情，刚想开口说话，便被这位仙女打住了。

她优雅地看着仰卧着的筱璨，笑容可掬地缓缓说道："筱璨，你的心思，你的过去，甚至你的命运，你的未来，我都清楚。你是一个好女孩，也是一个坚强的女孩，上苍会优待你的。上苍对凡间的每个人都是公平的，他给了你美丽的容颜，殷实的家境，聪慧的脑袋，疼爱你的父母，爱慕你的仰慕者，不凡的人格，超人的能力，唯一没有给你的是你的归宿。不要感慨太多，发挥你的长处，珍惜这短暂的人生！"

说罢，仙女旋即转身欲想离去。

筱璨大喊一声："仙女姐姐，请留步！"

仙女，依旧笑意盈盈地面对着这个美丽的凡间女孩说："还有什么问题吗？"

"嫦娥姐姐，可以告诉我，刚才您说的，上苍没有给我归宿是什么意思吗？"筱璨惊愕不已，忧心忡忡。

"天机不可泄露，记住我的话，再见。"仙女带着她甜美的笑容，消失在明月的边缘。

筱璨，不由得紧张起来，脑海里不断回旋着那句咒语一样的语言。

"不！"筱璨掀开被角，想下床，凑到窗前再次唤回仙女。

筱璨眼睛睁得大大的，大口喘着粗气，额头上渗出细小的汗珠，原来是一场梦！

"是梦！是梦！是梦！梦都是相反的！"筱璨默默地在心里不停地安

抚着自己受到惊吓的心情,"日有所思,夜有所梦!原来如此啊!"

原来,是她望着月亮望久了,不知不觉也就进入了梦乡,所以才会梦到刚才的那个神话故事般的奇异的梦。

筱璨,眨巴着眼睛,不知道是该为刚才荒唐的梦境而笑一下,还是要为梦里仙女的预言而不安?

……

第八章　摁不下爱情快进键的新学期

077

不知不觉地，新学期也开始一段时间了。筱璨的大学生活也比以往丰富了很多，这不，这天她们宿舍几个人应邀去了柯灿的学校，跟他的舍友开个联谊 Party。

第一次去见这个有名的帅哥公子哥们，室友阿霓和小西显得异常兴奋，打扮得花枝招展。筱璨看到她们俩那妩媚的样，有点想笑却笑不出来，撇过头朝着她们笑了笑说："喂！你们这是干么去呀？搞得跟相亲似的！"

"啊！有吗？有吗？！阿霓。"小西抖抖那挑眼的红格子苏格兰裙子，低头又看了看擦得光亮的黑色圆头靴子，碰了碰旁边的阿霓问道。

"哈哈哈，哈哈哈！难得跟筱璨出去一回，难得去一回贵族学校，难得有一次近距离接触富家公子，我们能掉以轻心吗？肥水不流外人田嘛，我还指望给我妈钓个金龟婿回家呢！"

"够了，够了，待会儿见到他们，你们给我正经点，别让人家以为咱就是个花痴宿舍！"筱璨在她们身上，一人拧了一下，一本正经地打好了预防针。

这时候，柯灿的宿舍也忙得是热火朝天……

"蹉人，快，快来看看，我这件外套如何呀？"三亚在卫生间的镜子前面摸了半天的头发后，开始折腾身上的衣服了。

柯灿这个形象造型师忙得不可开交。

"柯老弟，帮老哥看看这发型酷吧？"牛哥冲到卫生间把三亚拎了出来，拽着柯灿，把镜子塞得满满的，身高本来就很高大的牛哥，再加上一个柯灿,镜子也只能照着半个人。牛哥不得不弯下腰低着头将就照了照。

"得、得、得，我看你们今天一个个都要喧宾夺主了，这个联谊会的目的是什么呢？唉。"柯灿欲哭无泪。本想借助联谊，让大伙好好撮合一下他跟筱璨的好事，可是现在看来他们都是各怀鬼胎啊，看来只能孤军奋战了！

"嘿，她们宿舍可是她们学校出了名的美女宿舍呀，我们哥几个能不趁热打铁嘛！哈哈。"牛哥朝三亚挤了挤眼睛。

"对、对、对，柯哥，上次看她们宿舍的合照，个个貌美如花，你说能浪费机会嘛！"三亚的眼睛五光十色的样子，一看就是一个有预谋的色鬼。

"自古英雄难过美人关呀，理解！理解！"柯灿抑扬顿挫，朝他们二人拱了拱手。

"不就是女人嘛，再漂亮也比不过你们呀！"佩佩在一旁阴阳怪气地说。

"哈哈哈，哈哈哈！"

他们对佩佩的言谈举止早就习以为常了，见怪不怪了。

"唉，佩佩，我可跟你说好了，在她们女生面前，你可得说话注意分寸，不要让人家以为我们宿舍是同性恋啊！"

"切！管她们怎么想？"佩佩一脸的不屑。

11时整，柯灿一行人准时等候在2号门。一辆白色的出租车，停在他们眼前，车上陆续下来3个气质非凡的美女，当然最突出的还是筱璨莫属。

"欢迎，欢迎美女们光临！"牛哥上前一步热情洋溢，兴奋不已，来了个喧宾夺主。果然名不虚传，个个貌美如花，牛哥心里乐开了花。

"还缺1个吧，怎么就你们3个？"三亚一脸的疑惑。

"我们宿舍就3个人呀，呵呵。"筱璨甜甜的声音，在初春的阳光下，显得格外的温馨。

"哦，原来是这样，我还以为有一个没有来呢，那不是少看了一个美人。"三亚话说了一半,脑袋便被人揍了一下。

"你小子,都在想什么呢?3个美女不够你看的吗?"牛哥一显往日的英雄气概。

而这时候,谁也没有注意到,走在最边上的佩佩竟一直嘟着嘴,看到受到优待的美女们,他显得非常不乐意……

078

食堂的三楼,空气里弥漫着香槟的气息,灯光璀璨,格调优雅,大厅里一个个雅座之间都是用隔板隔开的,周围的一圈是包间,在拐角处还有一个助唱,抱着吉他自弹自唱,效果也极好。听他们说,这个男孩是学校里有名的十佳歌手,每周他都会抽空过来捧场。

柯灿带着他们径直进了预订好的包间,这个包间的名字很特别,叫"黯然阁殿",也不知道老板取名是何寓意。坐下后,筱璨她们3人不由得暗自神伤,到底是贵族学校啊,连这食堂都这么极有品位和档次。

"呃,三楼是比较适合聚会的,一楼是快餐,二楼是小炒,三楼是包间。"柯灿似乎看出了她们的疑问,不问自答道。

"饿了吧,可以上菜了。"牛哥早已饥肠辘辘。

看似普通的一顿饭局,却是"危机四伏"。此时,来自北方的大帅哥,早已看中了出自江南的小美女小西。备受照顾的佩佩的地位已经被这3个莫名的小女子给取代,他内心里敌意四起。而三亚也对小西一见钟情,正准备好好表现一把。吃饭期间牛哥不断地给美女小西夹菜,他的用意已经不需要过多言语,出手滞后的三亚不由黯然销魂,晴转多云,少言寡语。

吃完饭后,他们又一起到学校附近的KTV订好了包间,第一次去K歌,这帮小女生显得格外的兴奋。

进了包间,牛哥第一时间凑在小西身边坐了下来,一会儿去吧台购爆米花,一会儿又去肯德基买烤翅、可乐、薯条等一堆零食、饮料过来。

他知道女孩子都喜欢吃这些玩意，尤其对小西更是殷勤得很。

这一点，筱璨跟柯灿都看在眼里，不动声色，联谊会似乎变成了相亲会，聊天的聊天，吃零食的吃零食，竟也没有人唱歌了。为了打破僵局，筱璨便做起了麦霸，一首接一首地唱，一会儿是邓丽君甜美的歌声，一会儿是蔡依林充满青春活力的快歌，一会儿又是凄婉的经典老歌。要是这是一场秀，那她当之无愧是今天的冠军。大伙儿都不由自主地沉浸在她动听的歌声里，唱完最后一句，大家紧接着噼里啪啦地发出一阵热烈的掌声。

"筱璨，不错呀，歌星的料啊！"

"我还以为是原唱呢！"

"咳，我也以为三亚那个猪头忘记消音了呢！"

"她呀，可是我们学校出了名的十佳歌手哦，今天有幸听她唱歌，可是你们的荣幸哦！"阿霓不忘补充一句。

"好啦，没有那么夸张啦，大家继续吧，下一首谁来。"筱璨被大家表扬得脸蛋红彤彤的可爱极了。

三亚却显得格外沉闷了，他一直坐在电脑前给大家点歌，做助手。他并没有像常理推断的那样，主动接近阿霓。三亚心里的梦中情人是筱璨和小西那样的江南小美女类型的，大家闺秀的性格，小鸟依人的娇小身材，让人真是怜爱不已，然而，唯一的小西却被牛哥先入为主了！他正生着闷气，憋屈得很！而这个阿霓具有北方美女的特性，身材高挑，就这一点男孩子都被她给比下去了，另外加上她大大咧咧的性格，一点女孩子该有的温柔都没有，坐在那里俨然一副贵妇人的样子，所以，男孩子们往往敬而远之。而她呢也比较欣赏那些事业有成的成熟成功的男人，在她印象里大学生小子都太嫩了。大多数大学生男生在她面前都会有一种压力。

筱璨看到小西已经完全被牛哥给笼络了，她不得不撇开柯灿，跟阿霓搭着话。愣在一边的柯灿并不会因此而受到冷落，佩佩一直黏在他的身边，不停地骚扰着他们的谈话，似乎这样的分配也很好，避免尴尬。对佩佩黏人的性格，他们3人也无数次地给他深深地上了思想教育课，可是他自己却说上帝搞错了，他天生应该是个女孩才对。

看到佩佩娇小的身材，老实巴交的样子，阿霓突然想到了一个人，她的一个高中同学长得倒是不错，就是身高太矮，只有一米五二，但是跟佩佩搭倒是很合适。想到这里，阿霓精神一振，望着佩佩并不羞涩地问："佩佩，你有女朋友吗？"

没想到佩佩不高兴了，嘟着嘴，也不吭声，只是拽了一下柯灿的衣服，往他身上挪了挪。

"呵呵，他呀，太胆小了，不敢谈恋爱呢！"柯灿打破了尴尬，解释道。

"那好啊，男生老实点没什么不好，要不，我给你介绍一个美女呀？"阿霓一脸的热情。

"我讨厌女人！"他冷冷地丢下一句话。

几个单纯的女孩被佩佩的这句话给僵住了，半天没有回过神来。

079

回到宿舍后，小西一改以往的常态，少言寡语，慢条斯理地收拾着床铺。而筱璨跟阿霓却怎么都觉得别扭，越想越不对劲，想开口但总是说不出口。向来大大咧咧的阿霓心里再也搁不住事了，一本正经地拉着张板凳坐到了筱璨的桌旁，看着神色凝重的筱璨，她也顾不上合不合适，就开了口：

"筱璨，我看他们宿舍不对劲啊！"

"你是怎么觉得的？"筱璨同样一脸的严肃，彼此心照不宣。

"嗨，还要我说吗？你没看见那个叫什么佩佩的，言行举止都很奇怪嘛！"

"我也挺纳闷的呢。我也想不明白！"

"你说，他会不会是同性恋？"

"啊？不会吧，我跟柯灿认识这么多年了，也没有人发现他的行为异常啊。可是，今天他们的行为真的有点让人毛骨悚然！"

"什么？什么？你们俩说谁是同性恋？谁是同性恋？"小西听到这个

敏感的词，立刻从自己的思维空间里蹦了出来。

"就是今天联谊的这个宿舍啊！"阿霓朝小西招招手，接着说："过来、过来，我们得好好研究研究这个问题，我们可不能跟这样的宿舍搞什么联谊。我们得搞清楚才行！"

"啊！不会吧，今天那个牛哥不是一直在给我们献殷勤吗，要是同性恋他会这样勤快吗？"小西听得目瞪口呆，不敢相信她们的判断。

"得了、得了，还向我们献殷勤呢，分明就是向你一个人献殷勤，看你们俩聊得那么投机，估计你也没有听见那个佩佩说啥！"

"佩佩？就是那个瘦小的男孩是吧？哈哈哈哈，我觉得他像个女孩一样害羞呢，他说什么啦？"小西对这个话题非常感兴趣。

"说什么也不用再跟你说了，等我问问柯灿再做判断，你们也别太担心了。"筱璨接过话。

"我看要是同性恋，那也许就是那个佩佩吧，牛哥我看还是挺正常的。"小西开始为一个男人跟姐妹们辩论了。

"看你这丫头，是不是被突如其来的爱情冲昏头脑啦，你能保证他不是个同性恋？俗话说一个巴掌拍不响，佩佩一个人是同性恋，他跟谁去同啊？我看这个事情没有水落石出之前，你不许跟牛哥进一步来往！"阿霓一摆往常大姐大的魄力，大事面前直接拿主意，立马又转过身正对着筱璨，同样用手指指着她，一脸的严肃，"还有你，你也不能跟柯灿有太深的交往。但是准许你去摸底。万一他们是同性恋，那么我们的颜面还往哪儿搁啊"！

"遵命，阿霓大姐！"小西拱手示意服从命令，同时那张小嘴也噘得可以挂油瓶了。

谁都看得出，她已经跟那个牛哥对上眼了。这个牛哥长得人高马大，棱角分明，肤色略黑但很健康，家财万贯，一身的名牌，举手投足之间都不乏富家公子的阔气。他的条件正符合自小有些拜金的小西心目中的白马王子的形象。

而牛哥心目中的白雪公主也正是小西这样的水灵、娇小、温柔、甜美的江南女子。

因此，这对有缘人便不谋而合了……

080

  男人聚集时谈论的话题永远都离不开女人，送走了美女们，这几个男人内心里感慨万千，回到宿舍讨论个没完。

  但是，在这个男生宿舍里的气氛有些尴尬，火药味也渐渐有些重。

  "柯老弟，嘿嘿，没想到这个小西还真不错啊！正是我心目中的梦中情人哦！快，把她的手机号码给我弄过来！"牛哥蹬掉鞋子，歪躺到床上。

  "我知道了，你喜欢小西。可是，我并不知道她喜不喜欢你呀，这个号码哪能随便给呀。"柯灿的嘴角露出诡异的笑。

  "是啊，柯哥说得对，谁知道她喜不喜欢你啊！说不准她喜欢的是我呢，对不，柯哥。"三亚一脸的酸味。

  "不对啊，三亚，你是不是也喜欢小西呀？"柯灿来了个追根问底，弄他个措手不及。

  "我、我、我，可没说喜欢她呀，"依旧是童子之身的三亚有些害羞，接着说，"可、可、可我也没有说不喜欢她"。

  "嗨，三亚，你小子说的是真的假的啊？真跟我叫上板了呀？"牛哥将信将疑的样子，不置可否。

  "我堂堂三亚什么时候说过假话了。看今天所有的机会都给你一个人笼络过去了，连个针缝都不给我留啊！牛哥，牛，还真牛！"三亚一吐为快。

  "好啦，先不要争，听我说一句！"柯灿把这场唇舌之争给停了下来，喝了口可乐，接着说："爱情的事强求不得，三亚你说的不行，牛哥你说的也不行。我看要不这样，你们俩公平竞争，小西看上谁就谁，你们谁也别怨谁，尊重人家的选择。晚上我给你们都把号码要来。你们自己聊，行不？"

  "行，也是个办法，公平竞争嘛。"牛哥琢磨着点了点头。

  "同意，就这么办，要是她看上你了，以后你还是我牛哥，她就是我牛嫂！现在没有定局之前咱们公平竞争。"三亚拍了拍牛哥的肩膀。

  "不就是个女人嘛，瞧你们俩争得面红耳赤的至于吗！"佩佩在镜子面前摆弄风姿，一脸的不屑。

"你啊，瞧你今天在她们面前那个样子，说多少回了？在宿舍我们可以不说你了，但是你也不能让人家以为我们都什么人了！"

"我还是对女人感兴趣，以后我们都找女朋友了，你也找一个，不要什么事都黏着我们了，会让人误会的。"

"对、对、对，牛哥跟柯哥说得对，我说你呀，这名得改改，像女孩子似的，这名字对你的成长不好的。"

"我拜托！我只是不希望你们都有了女朋友以后，就没有时间理我了。那我不是很孤单了吗？我们是哥们，是哥们我知道，很好很铁的哥们！你们都想哪里去了？"佩佩极力为自己争辩。

"我们知道，你其实就是害怕孤单，可是兄弟，天下没有不散的宴席。"

"是啊，我们有女朋友了，哪有时间这样跟你说大道理呢。"

"我说你呀，都是成年人了，都是大学生了，怎么还跟小学生过家家一样的幼稚呢！我怎么总觉得你很喜欢吃醋呢！"

佩佩的一席话，惹起众怒，气氛越来越僵，越说越尴尬了。一时间他无言以对，便不再吭声。他们3人也意识到失态，一场口水之争戛然而止。

081

一个周末的早晨，天气格外的晴朗。筱璨受姐妹之托，独自一人前往赴约。她必须弄清楚关于那个佩佩的事情。

肯德基的餐厅在清晨显得有些冷落，光顾的人寥寥无几，这倒也不难挑个好座位。筱璨刚进门就看见了坐在落地窗前的柯灿，也许是早晨约会的缘故吧，柯灿显得特别的干净，精神也很好，远远地就能把眼光吸引到他的身上。这就是大帅哥的魅力吧。

"早啊，坐。"柯灿露出了他那阳光般的灿烂笑容，绅士般地伸手示意她坐到他的对面。

"早，谢谢！"筱璨同样回报他迷人的笑容。

"今天约你，你很爽快哦。这些都是为你点的。"柯灿拿起糖包，加进了咖啡杯，搅拌均匀后，递到了筱璨的面前。似乎他已经习惯了这样的动作，尽管筱璨很不好意思他的代劳。

"今天我有重要事情跟你谈。"筱璨的表情严肃了下来。

柯灿在心里不禁打了个寒战，心想难不成是又要不再理自己了吗？看来她是连朋友都不愿意跟自己做了，想着想着柯灿的表情也冷了下来，做好了充足的心理准备。

"我问你，你必须认真且诚实地回答我！以你的人格做担保。"筱璨直勾勾地望着柯灿，似乎要看破他的内心世界。

"好，你问。"柯灿睁大了那双含情脉脉的大眼睛。

"佩佩，呃，佩佩这里有问题吗？"筱璨用她纤细的手指，轻轻点了点自己的脑袋。

"哈哈哈，就是这个问题吗？吓我一跳，他呀，要是有问题，能读大学？筱璨你还是那么可爱！"柯灿紧绷的心一下子放松了下来。

"那么，这里有问题吗？"筱璨又轻轻指了指自己的心口。

"筱璨，直说吧，我不明白你到底想问什么。"柯灿觉得有点悬乎。

"哎呀，你也真够笨的！我直接问你吧，他是不是同性恋，你们是不是都是同性恋？"筱璨好不容易说出了那个最不想说出的单词，态度显得不太耐烦。

"嘘！小声点，小声点！让人听到怎么想啊？"柯灿慌忙360度环顾周围，有没有引来人们的异样的眼光。

"直接跟你说了吧，这件事已经关系到小西了，要不是她我也懒得关心你们宿舍的事情，不过话又说回来，我也不希望你心灵有扭曲，毕竟是这么久的老同学了。"

"小西？"柯灿有些惊讶。

"她啊，跟你们宿舍的那个牛哥有点情投意合，所以我要搞清楚你们宿舍是不是同性恋。"筱璨提到那个刺耳的单词总是藐视的眼神，深深刺进柯灿的心里，令他尴尬不已。

"我们宿舍当然不是你们所认为的同性恋了，我跟牛哥还有三亚，都很 Man 的好不好。"柯灿显得有些委屈。

"可是，物以类聚，人以群分呀，看一个人先从他身边的朋友看起。"筱璨的口气咄咄逼人。

"话是这么说，可是我们也不能因此而藐视弱势群体呀，不应该因为他们的异样就排挤人家阿，我们更多的是需要帮助他们，帮助他们融入到正常人、健康人的群体来才对。"柯灿清澈的双眸闪烁着正义善良的光芒。

"比如说吧，就拿你们宿舍的那个佩佩为例吧，你给我分析分析。"筱璨的语气平静了很多，她隐约感觉到什么。

082

"其实，我们刚开学的时候，大家就都感觉到他的异常，当时我们心里很别扭，对他也比较排斥，他总是格格不入。有一次，牛哥就跟他吵起来了，甚至要动手，牛哥是北方人，受不了一个大男人婆婆妈妈的娘娘腔。我跟三亚硬是把他们给拉开了。毕竟是一个宿舍的室友，还要共度4年的时光，没有必要矛盾扩大化。后来我们4个人就坐下来事情一分为二地摊在台面上说了，我们也跟佩佩说这样的行为容易让人产生误会，以后还是要成熟一点。那次，佩佩告诉我们他的身世。"柯灿停下来看了看筱璨。

"然后呢？"筱璨眨巴着水灵灵的双眸，她的眼神里折射出一点理解，耐人寻味的模样，乖巧极了。

"他从小父母双亡，他自己都不知道自己父母的模样。是他年迈的爷爷奶奶把他拉扯大，从小家里条件贫寒，他就一直穿人家送的衣服，大多数都是女孩子的衣服，身边的伙伴也都是女孩。所以他是在女孩堆里长大的。因为他特殊的身世，所以从小他就沉默寡言，自然就成了假姑娘真小子。他说，他特别害怕孤独，生活没有安全感的他，需要保护，需要一种安全感。所以，我们大家都很怜惜他，把他当作没有长大的小孩，我们希望大学4年的时间，把他改变成一个独当一面的男子汉，只是要给他时间，给他理解和关心。"柯灿的声音低沉，一丝丝无奈和酸楚在话语间流露。

听完佩佩的故事，筱璨沉默了，柯灿也沉默了。他们都沉浸在这样一个现实的悲剧里，这样的故事也许小说里才会有，怎么就会在身边。

"我懂了。怎么有这么可怜的事情。太可怜了！"筱璨的眼睛里有泪光闪烁，无意识地吃了一根薯条，接着缓缓说道，"以后，我们一起帮助他成长吧。"

"嗯！"一丝欣慰的笑容挂在柯灿的嘴角。

此时，他们四目相对，眼神的交流，告诉彼此的善良……

"我们换个话题吧，"柯灿突然想起了早晨三亚和牛哥的叮嘱，"牛哥跟三亚都看上小西了。"

"呵呵，小西向来都是焦点，这个可难办了。"筱璨淡淡地笑着说，似乎一点都不惊讶。

"尊重小西的意思吧，你回去问问她，等她同意就把她的号码给我。我好交差。"

回到学校后，筱璨跟小西还有阿霓重复了一下佩佩的故事，善良的姑娘们都为之伤感了很久。终于可以理解为什么柯灿对他像对待小孩子一样，顾及他的感受。从小的环境造就了一个人的性格，看来要改变他需要潜移默化，相信他生活在三个独立又很男人的男生中，也会耳闻目睹慢慢有所改变。

从心理学的角度看，他其实还是想改变的。因为他排斥女孩，为什么呢？正是因为他自己很多地方跟女孩相似，他潜意识里想改变，意识到自己不好的习惯，因此讨厌自己，讨厌女生。这样看来，他的内心并不是同性恋，只是一种精神的匮乏。

083

当小西和阿霓听到牛哥和三亚同时看上小西的消息时，她们只是淡淡地一笑而过，并没有掀起多大的波澜。窈窕淑女，君子好逑。她们几个经常会遇上这样的尴尬，便见怪不怪了。

"小西，你考虑一下，然后我也好交差呀，记住一点，千万不要勉强。"筱璨清澈的双眸里充满了智慧与善良。

"先入为主吧，牛哥不错，家境不错。"小西的眼睛里浮现出一丝丝金光。

"嗯？家境好？你该不会看中他的家产了吧？"筱璨欲哭无泪，但也不是很惊讶的表情。

"虽说那个三亚长得很帅，可是光帅有什么用呢？21世纪啦，女孩子还是要现实点！"小西的口气有点轻飘飘。

"小西啊，要是你因为对牛哥比较来电，那你选择他，我也支持你，要是你的第一标准是金钱的话，我劝你三思，毕竟在金钱的基础上建立起来的爱情，是空中楼阁。"筱璨的眉宇间已经掀起一个深深的八字。她不得不为小西的拜金主义而担心。

"嗳，筱璨啊，天下就剩你这么个傻瓜女人了。没有金钱的婚姻还不更是纸上谈兵？理论上说拜金主义是不太合适，要推崇什么纯真的爱情。可是你看看啊，但凡那些幸福的人，有几个不是把豪宅、轿车当作人生目标的？奋斗的最终结果是什么？还不是为了挣更多的钱，然后好好享受生活？只不过说小西选择的是比别人快了一步的生活而已，也没什么不可取的。就非得把自己熬成了黄脸婆了，再去享受生活？！"能说会道的阿霓噼里啪啦地一堆话冷不防地砸下来。

"阿霓说得对，说得好！筱璨，你说说看为什么会有正负两面的理解呢？你看看故作清高的人是什么人呐？还不是底子不好的女人给自己傍不上大款，而找的一个合适理由罢了。你仔细想想，如果一个女孩子没有出众的外表，她会得到爱情的幸福吗？就算是骑着自行车的幸福，有吗？我看也未必吧，你看看那些一个个现在还是穷光蛋的小子，还不是一个个心怀鬼胎，等发达了，还不是实现找个美女的梦想？男人们有几个一尘不染？所以啊，我们要好好利用老天给我们的优待，享受生活就是啦！"小西的一堆谬论也让筱璨不知如何辩驳。

"话又说回来了，就说柯灿吧，条件不错吧，但要是你长得很一般，他会对你这么痴情吗？会吗！"阿霓犀利的眼光射向了一脸无助的筱璨。

筱璨没有说话，只是轻轻摇了摇头。

"你再看看啊，大四的师姐们，哪个的幸福不是跟外貌成正比的？所以周末她们打扮得是一个比一个妖艳！为什么呢？"小西站在窗口，指着宿舍楼大门口的师姐们。

"天生丽质固然好，如果没有天生丽质，那就必须比性感比暴露了！"阿霓望着楼下一个穿着暴露的女生感慨道。

"咱可不能浪费了这么好的条件，不然也太憋屈了。"

"同意！"

"耶！"

阿霓和小西对于金钱与爱情的看法不谋而合，心照不宣的五指合一。

"好啦好啦，都快被你们带坏了！"筱璨仍旧保持着清醒和自己单纯的爱情观。

084

第一次模拟考试结束了，明天可以放假休息一天。紧张的学习可以暂时缓解一下，崔奚一个人在傍晚的时候，踏着夕阳不知不觉地又走到了滨城的山脚。

那片枯黄的草地，那些光秃秃的树枝，如今已容光焕发，披上了一件轻薄的绿纱，生机勃勃。轻轻的流水声，在传递着春的气息。冬天过去了，春天来了。

崔奚闭上了双眼，深呼吸，他闻到了那久别的来自筱璨的气息。他非常想念此时的筱璨，不知道她是否能够理解自己的莽撞。这个误会会有澄清的一天，但愿就在专升本考试结束之时。崔奚随手捡起手边的一块石片，朝着面前的河流，一个抛物线划到水面。顿时，水面上溅起漂亮的浪花；一会儿过后，水面又恢复了往常的平静。

崔奚专注地望着眼前大自然的一切，似乎意会到什么。这个新年就这样过去了，在吵吵闹闹，在轰轰烈烈，在唠唠叨叨，在感慨和叹息，在烦躁和无奈中，一划而过。什么都没有改变，除了时间在不断累积之外，似乎没有更多的收获。奶奶的施压，期待她的理解，那可能是下辈子的事情。

在现实中乱了分寸的崔奚，这才想到了那个不算办法的办法，只有这样筱璨才可能保持她的冷静和智慧。只要按捺住自己的心情，一心用功复习，不再落榜才可能逃离奶奶的高压和唠叨。事情总是要一个一个地解决，眼下迫切需要面对的是专升本考试，也许等专升本考试之后，跟筱璨的问题也就不算是问题了。崔奚在心里抱有一丝丝的幻想。

抱着这一份期待和希望，崔奚心情格外开朗地离开了滨城的山脚，乘上回家的班车。

滨城的山脚刚刚送走了一个唤回希望的大男孩，又迎来了一个迷茫的大男孩。

绿色盈盈的青山下，一个满身沮丧的帅气的男孩，在草地慢慢坐下，轮廓分明的脸上没有半点生机。他时而仰头眺望远方，时而低头摆弄眼前小草的嫩芽儿，时而窃窃私语，时而长吁短叹。

这时，沉寂了一个冬季的林子里，依稀可以听到鸟叫的声音。燕子回来了，春天来了。春去春来又一年过去了。草儿枯了又绿了，年复一年，山还是那座山，可是人已不是当年！

这个伤感的小伙正是唐睿，今天的他显得格外颓废，回校以后一直没有恢复过来。

那是一个平常的夜晚，他无心地听到了妈妈在电话里的谈话，也无意间得到了一个一直他所不知的不可思议的秘密。

从小，他就没有了爸爸，问起妈妈的时候，她总是支支吾吾说不清楚，再接着就是没完没了地掉眼泪，幼小的心灵从此种下一个敏感的单词：爸爸。于是，他再也没有问起关于爸爸的事情。可是，关于爸爸的事情已经困扰了他十几年，一直有一个梦想，就是等考上大学了一定要问问关于自己的爸爸是怎么离去的。

然而，却在这样一个毫无准备的不合适的时候，意外地得知了爸爸的一切甚至和自己的将来。听到妈妈强忍着哭泣的声音，断断续续地叙述，他知道了一切。听到这个消息，他如同晴天霹雳一般瘫坐在自己卧室的沙发上，久久不语。

那天以后，他就变了，变得沉默，变得颓废。他不知道自己的努力到底还要不要继续，因为他什么都不会得到！伤心的时候，他不知不觉地也走到了这片带给他希望的山脚静坐。望着眼前熟悉但又从来没有仔细端详过的景色，他的心不由得沉了下去再也起不来。眼前的一切是那么的美好，以至于他久久不愿离开。一种幻觉告诉他，这一切正如奔驰的列车，正在弃他而去！

此时，他像一个迷路的小孩，在无人的青山下，号啕大哭！

……

085

这是大一的第二学期，筱璨的生活因为牛哥和小西的关系，也变得生动而多彩。他们时常一起去爬山、一起去聚会、一起去KTV，似乎是水到渠成，筱璨和柯灿之间的关系，逐渐也演变成所有人眼中的金童玉女。

对于他们的关系，筱璨不愿跟任何人多做解释，清者自清，浊者自浊，只要他们彼此之间心知肚明也就足矣。而柯灿对他们目前的状况来说，也是不敢奢求太多，至少他可以常常看到筱璨，他的生命里有很多的时间可以与她一起度过。

时间在指缝之间渐渐流逝，转眼间就到了初夏时分，暑假指日可待，期末考试也被提上日程。不久的将来真的是有太多太多期待的结果出现。是惊喜连连还是祸不单行呢？无非是这两种结果，筱璨的心里忐忑不安。

有些事情似乎是老天爷在故作安排，谁都想不到明天会发生什么。

这个周末，宿舍里只剩下筱璨一个人，她漫无目的地苦苦思索。

面前的书桌上静静躺着一本半新的日记本，窗外的微风轻轻扫过她飘逸的长发，几缕微卷的发丝似乎在抚摸着承载了所有记忆的日记本。她纤细白皙的手指按照同样的方式在本子的封面上徘徊，她不敢打开，不敢回忆。

她静静地闭上眼睛，一只手轻轻支撑着沉沉的脑袋，过去的那一点一滴像决了堤的江水不断地涌现到眼前。崔奚，这个熟悉、亲切而又沉重的名字，也许她这辈子都无法再抹去……不知道这么久他一切是否都还好。

"嘀……"

手机的短信铃声，打断了筱璨的思绪。她无意识地打开短信，瞬间她瞪大了眼睛，短信的内容让她非常的意外和吃惊。

"我是柯灿的女朋友，最近你把我们校园闹得沸沸扬扬，我实在忍无可忍，不得已才找你。希望以后你不要再出现，本来我跟柯灿的感情很好，我也是他的女人了，毕业后我们就会结婚。他告诉我，你失恋了作为普通的同学，他只是安慰你，而不是追求你。希望你能搞清楚！这么久过去了，你也不要再打搅到我们的生活！"

本来就心烦意乱的筱璨，看到这样莫名的信息，真是气不打一处来。原来男人都不是好东西！他竟然把自己的伤痛轻易地告诉了另一个女人。一向自尊心很强的筱璨真的很损面子。生气！生气？到底该生谁的气？是柯灿的这个女朋友吗？可是他怎么从未跟自己提起谈女朋友的事情，还有意无意地跟自己表白！仔细想想，也许真如她所说，他只是作为一个普通的同学在安慰她而已。的确半年就快过去了，她的伤口已经在愈合，不需要任何人的安慰和鼓励了吧。

如果她说的都是真的，那么自己也确实伤了他们的和气，接下来还是一个人扛过去吧，还柯灿一个自由身。筱璨想回复信息，每次打到一半都被她又删除了，说什么呢？还是什么都不要说，离柯灿远一点就是了，多一事不如少一事，自己本来也就是一个人，这样反而很清静，回到原始的生活轨迹也未必就是坏事。这样一番思索，筱璨的心情开阔了很多。

086

娇妮迟迟没有等到筱璨的回信，她急不可待，不知道她看到了内容没有。自己那么露骨的信息内容，她竟然可以如此冷静，对这个陌生而深不可测的女孩，娇妮略微退缩了，六神无主。

一天、两天、三天……一周过去了，一切都跟往常一样的平静，自始至终都没有等到她的回信。娇妮的脑子一热，又给筱璨发出了一条短信。

"我们现在已经同居了，请你给个明确态度。"娇妮越说越离谱，此时的她已经不是一点的糊涂，什么低级趣味的话，她都可以随意说出口。而她等到的依旧是来自筱璨的沉默。越是安静，娇妮越是不安。

筱璨看到这样的短信也只是一笑了之，没有放在心上，也没有跟任何人提起。她只是偶尔会疑惑一下，为什么自己认识多年的柯灿，怎么会找这样的女人做女朋友？而她，这样素质和修养的她，是怎么考上大学的？

其实，筱璨的疑问不无道理。他们只是知道她很有钱以外，都还不了解这个叫娇妮的女生。

娇妮从小出生在一个贫困的山区，家里很穷，她的爸爸那时候只是一个矿里的工人，后来一个偶然的机会跟一个熟人合伙做煤矿生意而一夜暴富。后来，他们搬迁到大都市，全家过上了锦衣玉食的生活，她还多了一个可爱弟弟。

从小，吃尽苦头的她，人生观和世界观形成之后就没有能改变，打心眼里还是严重的小农思想，也许是遭受了太多的白眼，暴富之后的她认为，只要有钱就可以买到一切。比如她的高中、她的大学，等等，这些都是爸爸用金钱给她买来的。现在她甚至认为自己的爱情同样可以买到，只要有钱她甚至可以高于任何人。因为这一点，她压根不把筱璨这个情敌放在眼底，就连踩在脚底也不愿多看一眼。

的确，比起金钱，还算富裕的筱家远远都比不上娇妮的家。然而，一个人的修养、学识和优雅是金钱所不能买到的。短短的一年的大学生活，筱璨的追求者就不计其数，而娇妮却寥寥无几！这一点似乎也能说明一点问题。

收到这两条短信，筱璨的心情也足足郁闷了很多天。她的不快乐倒不是因为柯灿谈女朋友，而是自己竟然被这样的女人所嫉恨，真是太掉价了点。筱璨一直沉默着，不想事情闹大，不然大伙还不笑死，怎么这样下三滥的女人都与你为敌了！

而被自己拒绝的那些追求者他们本身也都有很多的追求者，那些女孩的条件真的很让人羡慕，被她们视为情敌，自己也够挣面子了，潜意识里还会带动自己不断进步提高。真是山外有山，人外有人啊！

在学校里，听到这些熟悉的名字时，总是会不由自主地默默关心一下，比如说：有的她大二就过六级了，有的她大四毕业就落实了上市公司，有的她考上研究生了，有的她英语专业八级过了，等等。因为她们都是高年级的师姐，作为师妹加情敌，无论如何都不能滞后吧。

在这样一个健康积极知识氛围浓郁的环境下，筱璨也在不断地进步提高，不仅仅是外表的优势，这学期，她进入了学生会，当选了副班长和诗社副社长等职务。

筱璨变得活跃进步，唯一不变的是大学不谈恋爱的原则！

087

又是一个周末到了，柯灿打来了电话，邀请筱璨宿舍一起到珍珠泉去吃自助烧烤。

电话刚好是筱璨接的，筱璨很平静地问："有哪些人呢？"

"还是我们8个人呀。"柯灿有些纳闷，怎么今天会这么问，还会有谁呢！

"哦，那你女朋友呢？不带她吗？"筱璨对他的隐瞒显得有些生气。

"什么？女朋友？我什么时候谈女朋友了？"柯灿的眉头紧锁，丈二和尚摸不着头脑。

"好啦，柯灿，我们都是这么多年的老同学了，还想骗我呀。她什么都告诉我了，只是下次你要提醒她不要把你们的隐私也都告诉我哦。"筱璨一脸灿烂，不需要任何不开心的理由。

"喂！筱璨，你可不能随便污蔑我啊！我是什么人，你可以问问牛哥还有三亚他们！发生什么了，你可以说详细一点吗？"柯灿在电话的那头已经急得满头大汗。

"好啦,我不需要问任何人。你女朋友说了,不希望我再出现,所以我还是不参加这次的活动了。我这里诗社也有活动,我已经答应社长了。所以抱歉了,不过小西会去的哦。"

"我马上来找你,等我一起吃饭。我想好好跟你谈谈,请先别误会,更不要先下结论,好吗?"

柯灿很准时地出现在筱璨眼前,晚饭过后,他们一起到学校的小花园散步。筱璨也想借这个机会跟柯灿说清楚,他们之间只是同学。

初夏夜晚的风,吹在脸上、身上很舒心,也很浪漫,只不过身边站的不是自己的心上人。筱璨并不喜欢跟一个除了崔奚以外的男生"约会"。正好这次这个荒唐的"短信事件",刚好是她一个很好的理由和借口,借此彻底厘清他们之间的关系也未必是坏事。

"筱璨,你今天电话里说的,我很不明白,能清楚地告诉我,发生了什么吗?"朦胧中柯灿的双眸深邃而痴情地闪烁。

筱璨微笑着望着柯灿的表情,暗自叹息,如此帅气的男孩,有几个女孩能够抵挡住爱你的火焰,可以理解她的不择手段,她抿了抿嘴说:"柯灿,你让我说,我说不出口,手机在这里你自己看吧。就是这个号码给我发的。"

"哇!"柯灿看完后气愤不已。说罢,他拿出了自己的手机,拨通了那个恶心的号码,想与她当面对质。不料,他的手机显示出了去电号码的名字,娇妮。"娇妮?娇妮!怎么会是娇妮?!"他迅速掐断了电话。

"怎么了?"

"这个人我认识,是我们班的同学。我真没想到会是她!太可恶了。我这就去找她说清楚!"柯灿转身消失在夜色里。

看到他的背影一点一点地消失,筱璨的心里说不出的难受,朝着他远去的方向,她撇着樱桃小嘴,轻轻说:"柯灿,你何必这么在意呢。我当然相信你说的,就算是恶作剧,我的心里还是没有办法接受你。因为我还没有忘记崔奚,如果不是他,我一定会选择你!可是,别再因为我而伤害你自己了,有很多的人都愿意来好好地爱你。"

两行滚烫的泪水顺着她光滑的脸颊流落……

零下十度 —— 165

088

　　回学校已是晚上9点多，刚进宿舍，柯灿立即用宿舍电话拨通了娇妮宿舍的电话。三亚和牛哥都在打游戏，并没有察觉到不正常的气息。

　　"我找娇妮！"柯灿的语气很严肃。

　　这句话立刻惊醒了正在游戏中厮杀的三亚，三亚警惕起来，继续玩着游戏，也侧耳专注听着他们的谈话内容。

　　"你什么意思？！发的一些什么话，你怎么讲得出口？要不是看在同学一场的份儿上，我不会轻易饶你的！难听的话我也不说了，你自己去想！请你自重！另外，我以我的人格担保，我跟你是绝对不可能超越同学这层关系的！好自为之吧！"柯灿上来噼里啪啦的一通训斥，娇妮始终没有插进话来，正要开口，柯灿已经"啪"地挂了电话。

　　挂了电话，柯灿抽出一支烟，一屁股坐到床上，使劲地抽。一句话不说，一脸的愤怒。

　　"怎么啦？这是，怎么会给娇妮打电话了？你们怎么回事？"三亚立刻退出了游戏，坐到了柯灿的旁边，满脸的疑问。

　　"怎么了？怎么了？跟牛哥说，牛哥给你做主！"牛哥摆出他那招牌似的英雄气概，也坐在柯灿的旁边。

　　"没有想到娇妮会使这种手段，发一些低级趣味的短信给筱璨，破坏我们！他妈的太可恶了！"柯灿不解心中的愤怒，把烟头摔在地上，用力地用皮鞋拧，不断地拧，似乎那个烟头就是可恶的娇妮。

　　"什么低级趣味的短信？兄弟说明白些，又不是外人，跟哥还藏藏掖掖的啊。"牛哥越听越糊涂。

　　"她要筱璨消失，说我跟她已经同居了，她已经是我的女人了，还说什么我跟筱璨在一起是因为她失恋了，我们只是同学关系在安慰她而不是追求她！这种话怎么说了也不害臊！"柯灿一下躺倒在床上，气得火心直冒，补充一句说，"送给我，我都没眼看她，侮辱我的人格！怎么不去死？这辈子都不想看见这么不要脸的女人！"

"没搞错吧！这种话也说得出来？！"牛哥跟三亚四目相对，异口同声。

"那，那刚才她在电话里怎么说？"

"没她说话的份，那么恶心的女人听到声音我就想吐，恶心！所以没等她开口我就挂了电话！"

"算了，别往心里去，说这种话的女人，谁会信她？还不是往自己脸上抹屎！自取灭亡！自取灭亡！筱璨这么好的女孩不会跟她一般见识的！"牛哥安慰道。

"就是啊，柯哥，别气了，就为这种下三滥的女人的几句话气坏了身子不划算。就当是疯人说疯话好了，没有人会在意的。今后就当是陌路人好了。井水不犯河水，再说还有我们呢，我们会给你作证的！严重点说，她这是违法行为，是污蔑！是要受到法律处罚的！看在同学一场的份儿上，先给她一个警告，如果再有下次，那就把她告上法庭，还你清白！这可不是开玩笑的！"三亚一本正经的样子似乎比律师还要专业。

"好哥们！好哥们！真是我的好哥们！"柯灿听完他们的话，感动不已，立马坐起来，左右各一个，搂住牛哥跟三亚的肩膀激动地说……

089

娇妮的宿舍出奇地安静，只有她一个人在，她们几个都去食堂吃夜宵还没有回来。此时此刻，只有羞愧和绝望，没有任何人能够体会她的心情，也没有人可以在这个时候安慰她一下。

家庭优越的她，有一个能干的爸爸，可是为什么教育出来的子女是这样的水准，她除了掉一地的金子以外真的是一无所有。

她依旧紧握着电话，听着那头不断传来的"嘟、嘟"的声音，感到撕心裂肺地痛。听到自己如此心爱的男人如此绝情的话，她简直生不如死地难受。此刻，她也感受到了自己的低贱，她为自己的冲动行为而后悔，一想到明天上课就要面对柯灿，再想想他对自己的厌恶，恨不得挖个地洞钻进去，再也不要出来见人。

娇妮能够意识到自己的错误，可见她的内心并不是一个十恶不赦的坏女人，也只是不同的价值观唆使了她的冲动。无论是筱璨还是柯灿，只要她真心悔悟，诚恳道歉，都会原谅她的，毕竟是年轻，是爱，更是冲动惹的祸。

可是，钻进死胡同的她，绝望了，彻底绝望了！一瞬间，她的精神有些恍惚，只身一人冲出了宿舍，投进灯红酒绿的夜色里……

蓝提她们吃完夜宵回到宿舍时，灯是亮着的，电话掉在半空，没有挂好，娇妮的身上物品都还在，被子已经放下。大家都以为她就在隔壁宿舍，一会儿应该会回来。

一个小时过去了，已经过了熄灯的时间，娇妮依旧没有回来。蓝提脑海里闪过一丝不祥的预感，她立刻抓起手机拨通了娇妮的电话。

好想好好爱你
这一句话只能藏成秘密
……
好想好好爱你
却没有权利　再把你抱紧
从今以后　如果你能快乐
就别管我想你……

娇妮的手机静静地躺在床上，悲情地响着周蕙的那首《好想好好爱你》的彩铃。这首歌一直是娇妮的心声，蓝提知道，她们也都知道。

"对不起，您所拨打的电话无人接听，请稍后再拨！"蓝提的手机听筒里传来了很不愿意听到的提示，此时娇妮的手机也戛然而止。

宿舍死一样的沉寂，大家都沉默了，谁也不敢开口推测，只是默默地在心里祈祷着娇妮的平安归来。此时，一种从未有过的不祥深深笼罩下来，大家彻夜未眠，一直期待着那个最熟悉的敲门声……

已经是第二天了，天色已亮，宿舍管理员也早早地打开了宿舍的大门。

蓝提她们套上衣服，顾不得洗脸刷牙，分头找遍学校的各个角落。最后，她们仍旧一无所获。

最后一点希望闪过蓝提的脑海，幸许她已经在教室给我们占位置呢。于是她们一口气冲进了教室……

冷冷清清的教室里，只坐了几个老面孔，他们都是来得最早占座的。并没有那个期盼中熟悉的身影，蓝提她们失望地坐到了老座位上，旁边给娇妮留好了座位，期待她自己到教室来。

8点整。

同学们也陆续到达了教室，柯灿宿舍几个人也准时踏进了教室。因为昨晚的事情，他们都特意用眼睛的余光扫到了蓝提她们几个。没有看到娇妮，他们都放松了下来，心想，一定是自己觉得丢人不敢出现了。然而，他们也做好了被蓝提训斥的心理准备……

090

令人费解的是，整整两节课，蓝提都没有找过他们。跟以往不一样的是，蓝提宿舍的几个女生都是一脸的疲惫和焦虑，也出奇地安静。柯灿看到这样的情形也不敢上去多问，害怕问出了麻烦。总之，还是跟她们保持距离的好，要不指不定以后会惹出什么麻烦来。

整整一天一夜，娇妮都没有回来。蓝提隐约感到娇妮凶多吉少，她立刻做出决定，跟辅导员汇报了这件事。整座女生宿舍楼都因娇妮的失踪而忧心忡忡，毕竟相处久了大家都有深厚的感情。平时娇妮跟大家的关系也还不错。

同学们再见娇妮，已经是在市郊的殡仪馆……

蓝提、柯灿、牛哥、三亚，他们也都在人群中。此时告别厅里哭声一片，娇妮的妈妈几度昏死过去，她年幼的弟弟踮着脚趾，拍打着水晶棺，望着平静"睡着了"的姐姐，扯着嗓子不停地叫喊着："姐姐，你快醒醒，我们回家，姐姐，你快醒醒，我们回家！你答应我回家陪我放风筝的啊，姐姐，我好好听话，再不惹你生气了，姐姐你起来看看我呀！姐姐……"

娇妮年幼的弟弟，稚嫩的声音在每个人的耳边不停地回旋，在场的所有同学都默默地陪着这个悲痛的家庭不停地掉眼泪。

没有人会注意到人群中的柯灿，他的拳头紧紧握着，硬是哽咽着，却怎么都控制不住自己的泪水。此时的他，懊悔不已，不管怎么样，娇妮的死都与自己脱离不了关系，要不是自己说出那么重的话，她就不会半夜冲出学校，更不会发生这个意外。她还那么年轻，本该有美好的未来，可是意外终止了她美丽的生命，一个人静悄悄地走了，还没有等到那个她爱的人，就这样绝望地带着伤痛离开了。

娇妮的死，柯灿一时间真的不能接受，更不能原谅自己。

那天，娇妮疯狂地跑到大街上，不知所措，视力不太好的她，卸除了隐形眼镜之后，几乎是夜盲。蹒跚地在马路上前行，却找不着要去的方向。

此时，一辆汽车在娇妮的身后不停地按喇叭，前方又有一束刺眼的灯光，一时间，她下意识地向左边闪躲，而在左边车道上正准备超车而疾驰的轿车，一下子把娇妮撞倒在地。还没有等到120过来，娇妮就已经离去……

由于她深夜出来没有带任何证件，警方没有办法第一时间联系到她的家人，直到第二天学校报案，才确认了身份。

娇妮走后，柯灿和牛哥他们都尽量不提起她的名字，大家都刻意隐藏着内心的悔恨和悲伤。他们心里很自责，总觉得那天自己的话无形中对娇妮是一种诅咒。如果不是他们无心的话，也许娇妮就不会发生这样的事情。如果能够重新换回娇妮的生命，要他们做什么都可以。

可是，很多事情都是命中注定，宿命。她已经走了，活着的人还需要好好地面对自己的生活，道理大家都懂，可是柯灿他们几个总是被一种阴影笼罩，对于自己的恋爱都不敢轻易触碰。

经过一段时间的思考，慎重地商量，牛哥跟柯灿还有三亚一致决定，他们要赎罪！大学毕业前，他们都不可以再恋爱，以此来作为对自己的惩罚！

第九章　与你和解已然零下十度

091

　　风和日丽的初夏的傍晚，筱璨捧着一束鲜花，长途奔波到娇妮的墓碑前。

　　已经是夏天了，可是傍晚的风吹在身上依旧有些刺骨的寒冷，也许是因为在这样一个悲凄的环境里。胆子向来很小的筱璨，今天没有了往日的惊恐。她一脸的镇定和严肃，一身黑衣加一副黑框眼镜，俨然一副庄严的模样。

　　风吹散了她漂亮的发型，凌乱地披散在肩头，许久，她那娇嫩而性感的唇没有动一下。只见她长长的睫毛忽闪忽闪，眨巴了几下之后，一颗晶莹的泪珠悄无声息地顺着她精致的脸庞滑落，默默地滴在地上的鲜花上。一只鸟儿迅速地从低空中，在筱璨的头顶飞过，留下一阵轻微的旋风。

　　沉思中的筱璨并没有发现这只鸟儿，她慢慢地蹲下身子，坐在了地上，双手环抱着拱起的双腿，正视着墓碑上，陌生的散发着灿烂笑容的年轻女孩，刺眼的名字深深地刻在了碑上。此刻的筱璨仿佛与娇妮相视而坐，静静地谈话。

　　她始终不敢相信，这里面埋着的竟然是一个不久之前给自己发过短信的女孩，恍如隔世的遥远。

　　筱璨微微抿了抿有些干的嘴唇，轻轻地开始说话："娇妮，我可以这样叫你吗？"

她咽了口水继续说:"我就是筱璨,也许你对我已经很熟悉,可是我对你却很陌生,第一次正面接触你,不想却在这样的情景!这是我不愿意看到的!"

她深吸一口气:"知道你出事的消息,我们都很难过。我很后悔,如果不是那天我把你的短信给柯灿看了,他就不会知道这件事情,他更不会以那样的口气训斥你,你就不会出去,更不会出事。都是我的错!"

"我为什么不能跟你把话说清楚!其实,我跟柯灿仅仅是同学关系,你的担心多虑了,本来我可以直接告诉你,可是我不愿意,你的短信确实让我生气,是有点过分!我知道,现在跟你说什么都晚了,可是我还是想过来当面亲口告诉你,我不是你的情敌,更不是你的第三者,我像你一样深爱着一个男孩,但是他并不是柯灿,是你误会了,真的是你误会了。"筱璨从口袋里掏出一张面纸,擦了擦鼻子。

"你知道吗,如果你换一种方式,不要用这样激烈的方法,也许会是一个完美的结局。虽然我不能理解你使出这样的招数,但是我能感受到你对柯灿浓浓的爱。爱一个人没有错,可是你错在了错误的时间、错误的方式。对不起,也许现在我不该这样说你,可是我也是恨你的行为,导致这样的结局,我很伤心,尽管我还不认识你。"

"你知道吗,我们的生命都只有一次!你本该还有美好的人生等待你去走完,可是你却这样夭折了,你美丽的生命正在绽放,就已草草地枯萎!其实,我们每个人都有内心的痛苦,我也一样,备受着感情的煎熬,可是你为什么不能坚强地面对,你可以选择哭泣,可以选择摔东西,可以选择骂人,你就不应该深夜一个人冲到大马路上!可是你偏偏就选择了这样的发泄方式!"筱璨已经泣不成声。

仿佛里面埋的不是一个陌生人而是她自己的亲人!是的,此刻的她,深深体会到爱一个人的痛苦和折磨,她似乎感受到里面埋着的是另外一个自己,在感情的道路上,她也已经疲惫不堪甚至抓狂!但是她仍旧一个人默默地扛了下来,也许只有这个叫作娇妮的女孩才能体会到她的心情吧。因为她们同样是爱情里可悲的女孩!

天色渐渐暗沉,一阵风吹来,墓碑前的鲜花摇摆不定,似乎是娇妮在诉说着抱歉和抚慰,她也为自己的莽撞行为感到愧疚,也为筱璨的爱情而痛心。筱璨似乎也领略到来自天堂的娇妮的表白，她缓缓地站起来，深深地鞠躬，说："今天我说得太多了，如果有不对的地方请你包涵，我们之间只是一场误会，希望你在九泉之下能够安息。如果有下辈子，请你做一个坚强的女孩！"

092

7月如约而至，距离专升本考试不到一周的时间。寒窗苦读十几载，收获季节已经近在咫尺。崔奚信心百倍地期待着专升本考试的到来，半年终于熬过去了，学业爱情双丰收的季节即将来临，崔奚越想越兴奋。备考中的他精神抖擞，轻装上阵。

这天，同样是在傍晚时分，唐睿再次一个人静静地端坐在滨城的山脚。此时的滨城已经是绿色一片，茂密的树木林立在山头，到处充满了生命的气息。

望着眼前生机勃勃的一片绿色，唐睿的脸上却没有半点表情，每一根神经都僵硬，他似乎平静极了。其实，他现在的内心却是心潮起伏，百感交集！他奋力激发出每一颗记忆的细胞，他要深深地刻骨地把眼前的一切印在自己的大脑里，让它与自己融为一体。

微风轻拂着草地，小草在风的摆弄中，摇曳着婀娜的身姿，不小心地触碰到唐睿裸露的脚踝，痒痒的。唐睿的视线转移到脚下的小草，倔强的草儿依旧肆无忌惮地摆弄着身姿，仿佛在说："看，我年轻的生命多么美丽呀！"

唐睿轻轻地用他纤细修长而性感的手指，碰了碰这棵可爱的小草，它依旧活跃地欢呼雀跃。他夹住了草尖，轻轻地，并不费一点点力气，它便不再动弹。他连根拔起平放在草地上，草儿彻底停止了跳动。微风吹来，略微浮动草根的细小的根茎，此时它不再婀娜，一种悲凉油然而生。它的生命已经终止，等待着它的是瞬间的枯黄、腐烂，最后化为泥土，直至进入土壤的深处……

他轻轻地用手指扒开一小块土地，把刚才拔下的小草放了进去，最后盖上一层薄薄的土。眼泪轻轻地滴在这块松动的土壤。

"你安息吧，脆弱的草儿！请你原谅我扼杀了你年轻的生命！"唐睿的嘴唇轻轻动了一下。

他在做什么？！

这棵小草其实就是唐睿的写照，他年轻，可是却也逃脱不了命运的魔爪，虽然他有足够的年轻的资本，可是他却没有长存的生命。他如刚刚吐露芬芳的花蕊，含苞欲放之际就即将被迫凋零，枯萎！

那天，无意间听到妈妈在电话里的谈话内容，他隐约知道自己遗传了爸爸那种奇怪且无法医治的渐冻症疾病，他的生命在成年之后很快就会凋零，他即将失去普通人所有的天伦之乐。妈妈所说的症状，他已经开始出现。

一直他都不敢正面清楚地问妈妈，因为他怕，怕妈妈会伤心会难过。年轻的时候悲痛地送走了爸爸，现在又要以同样的方式送走自己的儿子，她的命运是如此的可悲可泣！

此时的唐妈妈并不知道唐睿已经大概知道了这件事情，她本想等到专升本考试结束再告诉他，她害怕儿子承受不了打击而落榜。能为儿子做的已经不多了，他也许没有做丈夫做爸爸甚至做爷爷的命运和福气，可是他可以做一名大学生，可以体会高等学府的渊博。

他已经知道自己永远不可能给筱璨幸福了，可是，当初无知幼稚的自己却处心积虑地破坏别人能给她的幸福。因此，现在他看到的只是一个悲伤的筱璨。

他自责！他悔悟！他痛惜！他……此时，除了掉下懊恼而又绝望的泪水，却已无能为力！……

093

滨城山的花开得正艳，阳光灿烂的一天，他们在花丛中追逐，崔奚的手里捧着一捧娇艳欲滴的山花。筱璨披着那头如丝般的长长的头发，欢笑着、奔跑着，看不清她那如花般娇嫩的脸蛋，只见花丛中颤动的发丝，清纯而浪漫。

崔奚停下了追逐的脚步，静静地望着渐渐远去的颤动着的长发。

"崔奚！崔奚！崔奚！"当筱璨发现崔奚没有紧跟在身后时，惊吓不已，声音越来越高地在寂静的山坡里呼唤。远处不断传来自己的回声，没有人应答。

此时，天突然阴沉了下来，漫无边际的乌云遮住了整个天空，电闪雷鸣，闪电交加，暴雨如注……

慌乱之中，筱璨躲进了一块凸起的石头下面，正好帮娇小的她挡住了狂风暴雨。望着烟雨朦胧的山脉，望着刚刚还昂首挺胸的傲慢的花朵，此时，也不得不在暴雨面前垂下了美丽的脸蛋。

不知过了多久，雷声渐渐小了，雨滴也不那么暴躁而温顺了很多，筱璨深情地唱起了曾经自己很迷恋的一首歌，也是崔奚很爱听的一首经典老歌：

仿佛如同一场梦
我们如此短暂的相逢
你像一阵春风轻轻柔柔吹入我心中
而今何处是你往日的笑容
记忆中那样熟悉的笑容
你可知道我爱你想你怨你念你
深情永不变
难道你不曾回头想想
昨日的誓言
就算你留恋开放在水中
娇艳的水仙
别忘了山谷里寂寞的角落里
野百合也有春天
仿佛如同一场梦

我们如此短暂的相逢
你像一阵春风轻轻柔柔吹入我心中
而今何处是你往日的笑容
记忆中那样熟悉的笑容
你可知道我爱你想你怨你念你
深情永不变
难道你不曾回头想想
昨日的誓言
就算你留恋开放在水中
娇艳的水仙
别忘了山谷里寂寞的角落里
野百合也有春天
你可知道我爱你想你怨你念你
深情永不变
难道你不曾回头想想
昨日的誓言
就算你留恋开放在水中
娇艳的水仙
别忘了山谷里寂寞的角落里
野百合也有春天。

这是孟庭苇的《野百合也有春天》，筱璨唱完了整首歌，然后不停地重复着："别忘了山谷里寂寞的角落里，野百合也有春天，你可知道我爱你想你怨你念你，深情永不变，难道你不曾回头想想，昨日的誓言。"这段歌词仿佛就是筱璨此刻内心的真实写照。

很久以前，听同学们讲起，这座山里时常会发生一些悲凄的真实故事，因此很多人也只敢在山脚坐坐，而不敢上山玩耍，尽管山上的景色犹如仙境。想到这些，筱璨不禁毛骨悚然，泪水刷刷地不断往下流，她就像一只无助的孤零零的小鸟。

"崔奚！崔奚！崔奚！"筱璨几乎扯破了嗓子，依旧是无人应答，"别忘了山谷里寂寞的角落里，野百合也有春天，你可知道我爱你想你怨你念你，深情永不变，难道你不曾回头想想，昨日的誓言。"筱璨不停地呼唤，不停地唱着同样的歌词……

094

筱璨的嗓子渐渐地哑了，再也唱不出声来。此时的天色渐渐地暗了，筱璨丝毫没有想离开的意思，她知道崔奚没有找到她也一定还在找，这个暂时的栖身之地还算安全，不如就在此守株待兔吧。

安抚了自己焦急的心情之后，筱璨不再绝望，而是尝试着放松心情眺望眼前的美景。与视线平齐的不远处有一座与自己对望的山，山脚那里也有一块同样凸起的石头，两两相望，别有一番意境。筱璨慢慢站起了身，仔细欣赏着自己这个意外的发现。

一阵急速的风吹来，吹乱了筱璨飘逸的长发，丝丝发丝打在脸上有些生生的疼，也许是刚下过雨的原因，山上的温度有些低，整个身体冰凉。

此时，也正在焦急地寻找筱璨的崔奚，很巧合地在筱璨对面的山脚的那块凸起的石头下面四处张望。他也在不断地呼唤，也同样是扯破了嗓子，可是不知道为什么，他们却听不见彼此的声音。恰好刚才的那阵狂风，吹散了崔奚眼前的雾气，他清晰地看见了筱璨那头瀑布般的长发，他惊喜不已，狂舞着手臂，向对面的筱璨示意。

功夫不负有心人，或者是心有灵犀一点通吧，筱璨也看见了挥舞着手臂的崔奚。激动的她不知道怎么表达自己兴奋的心情，她依旧是浅浅地露出了她那招牌似的迷人的微笑。端详着对面的那个熟悉但又模糊的身影淡淡地笑着……

也许是距离的原因，崔奚并不知道筱璨已经看见了自己，他依旧奋力挥舞着手臂，看到她依旧在原地一动不动，便奋不顾身地向前狂奔。

对面的筱璨似乎意识到崔奚要做什么，顿时，脸色煞白："不要啊、崔奚！山崖！"

可是，为时已晚，崔奚掉进了山崖……

"啊！"滨城的山脉不断地传来筱璨几乎断气的尖叫声！她知道一切意味着什么！

是命吗？是宿命吗？是否应了那句话，"成也萧何，败也萧何！"

如果……如果……如果……

筱璨再也假想不出任何的结果，只是瘫坐在冰冷的地上，任凭地上的水浸透了自己的衣裳……

"璨！璨！璨！快醒醒。怎么在这里睡觉，到房间去睡。"筱妈妈轻轻地推了推沙发上沉睡的筱璨。

"嗯，嗯！妈，我怎么在这里？"睁开惺忪的睡眼，筱璨眨巴着眼睛，不知所措。

"傻孩子，还问我，到房间去睡吧。"筱妈妈试图把筱璨从沙发上拉起来。

"妈，我是在家里吗？"筱璨半眯着眼睛，眼皮格外沉重。

"还没醒呐，刚才做恶梦了吧。"筱妈妈坐在了女儿的身边。

"哦，是梦，原来是梦，太好了，太好了。"筱璨轻声念叨着。

"还在说梦话吧。对了，你有个同学打电话到家里来，说让你参加同学聚会，"筱妈妈边说边从茶几里翻出了字条，"一个叫崔奚的男孩，地址和电话还有时间都记好了。"筱妈妈把字条递给了筱璨。

"嗯，我知道了，我去睡会儿了，晚上我想吃糖醋排骨啊，妈。"筱璨收起字条，平静地吩咐妈妈后，便钻进了房间。

躺在自己熟悉而又温馨的床上，筱璨不再睡意蒙眬，那双炯炯有神的大眼睛，显得比以往还要大。她在回想着刚才那个梦，那个惊心动魄的梦，她再也睡不着了……

095

同学聚会的这天，筱璨没有按照纸条上的地址前去参加，在她看来现在也许已经不需要再见他，因为她早就跟崔奶奶承诺过，如今的见面已经没有意义了。

两天后……

筱璨生病了，因为天气炎热，晚上睡觉的时候穿了很少的衣服又开了空调，第二天就再也爬不起来，筱妈妈不得不在家里陪着女儿。

"叮咚、叮咚、叮咚！"

"瞧，你这个哥哥，总是这么粗心？这不又回来取手机了吧。"筱妈妈给筱璨敷好一块冰凉的毛巾后，起身去客厅开门。

"呃，阿姨你好，请问筱璨在家吗？"一个模样帅气的男孩站在筱妈妈的面前。

同学聚会上，筱璨的缺席让崔奚很是牵挂。度日如年的他终于登门拜访，为了避免尴尬，他特意邀请唐睿一同前来。

"你是？"筱妈妈看到眼前这个男孩愣是惊出一身冷汗，神情严肃而又有些惊喜和紧张地问。

"天哪，这不是他吗？这是真的吗，天下有如此巧合的事情吗？太像了，太像了，举手投足之间简直是一个模子刻出来的。"筱妈妈在心里嘀咕着，内心里早就是忐忑不安，冥冥之中有一种不好的预感，顿时狂风暴雨般侵袭而来。

她细细的眉毛渐渐地向眉心靠拢，依旧妩媚的嘴唇微微地张开，瞬间又轻轻地合上，她轻轻地摸了摸自己的额头，确定一下是不是自己也生病了，糊涂了。

"呃，阿姨，我们是她的同学，过来找她有点事情。"唐睿看到眼前的气氛有些尴尬，赶紧解释道，浅浅的两个小酒窝显得英俊极了。

这么一个儒雅的男孩子，筱妈妈打心眼里喜欢。可是旁边的这位，跟那个他存在什么样的关联呢？筱妈妈克制住自己的情绪，带着满肚子的非常热情，邀请他们进了门。

"妈，找我的吗？"筱璨在房间隐约听到客厅里的说话声，慢慢地也起了身，向客厅走来。

"筱璨，是我们，我跟崔奚来看你了。"唐睿淡淡地笑着说，他的眼神变得那么清澈而单纯。

零下十度 —— 179 ——

"呵呵，是你呀唐睿，坐吧。"筱璨强忍着头痛，依旧保持着灿烂甜美的笑容。

也许是因为生病的原因，她的脸色更加苍白，有些凌乱而蓬松的头发披散着，清纯而柔美，还是那么的美丽。看得两位懵懂的男孩又爱又心疼。

"筱璨，你长得好像阿姨哦，你妈妈年轻的时候一定跟你一样漂亮吧？"崔奚上扬着嘴角，抑制不住看到筱璨的喜悦心情，同时不忘讨好未来的丈母娘。

"这孩子真会说话。你家里就你一个吗？今年多大了？"筱妈妈笑嘻嘻地问了一连串的问题，她太想知道这个孩子的身世了。

"我家里就我一个，我今年20岁。"崔奚依旧笑意盈盈，并没有感到一丝的尴尬。

"你爸爸做什么工作的？"筱妈妈穷追不舍地继续问。

"哎呀，妈，你做什么呀？查户口似的！别问了。你去忙你的吧，我们要谈事情。"筱璨拉了一下妈妈的衣服，很生气地说。

"哦，呵呵，那你们先聊着，我出去买点水果回来。"筱妈妈依旧保持着优雅的风度，出了门。她跟筱璨的笑都是同样的灿烂和温暖，让人的心情如沐春风般的舒畅。

"筱璨，没关系的，家长都是这样的，还不是为了你好，不要生阿姨的气，我没什么的。"崔奚有些淘气地笑，心里胡思乱想地想着筱妈妈是不是对自己也很满意哦。

"呵呵，你妈妈对崔奚好像很感兴趣哦，怎么样，对未来的女婿应该还是很满意吧？"唐睿在一旁开着玩笑，他也看出来筱妈妈对崔奚格外关注。

"好啦、好啦，不要越扯越远了，说说别的吧。"筱璨的脸不知不觉地也红了。

096

等筱妈妈买好水果回来,他们已经走了。筱璨跟他们另约了时间和地点,在家里妈妈总是会问东问西让人有些尴尬。

"璨,你同学都走了?"筱妈妈的脸色有些遗憾,瞬间调整之后,坐到筱璨的床前试探地接着问,"你知不知道他爸爸是做什么的?叫什么?他家里有哪些人?"

"哎呀,妈,你做什么呀?问这么多干么呀?我们只是谈恋爱而已,还没有到谈婚论嫁的时候呢!"筱璨又气又羞地把被子蒙在头上。

"什么?谈恋爱?你跟他已经谈恋爱了?!"筱妈妈一改刚才的热情,把筱璨的被子硬是扯了下来。

筱璨被妈妈的反常言行吓得不知所措,委屈的泪水在眼眶里打转,瑟瑟地说:"你不是也喜欢他吗?"

"我什么时候说喜欢他了?我还以为你们是同学关系!你们谈多久了?到什么程度了?"筱妈妈的表情焦急而冷漠。

"妈,你怎么了啊?我从来没有见你这样过!"筱璨的眼泪再也忍不住,吧嗒吧嗒地直掉。

"我现在可跟你说清楚了,在没有搞清楚他的家庭情况之前,你不可以见他,现在起必须断绝往来!"筱妈妈看到女儿的泪水并没有心软,依旧严厉下达着命令。

此时,筱妈妈的心里一片混乱,一种直觉告诉她,这个叫崔奚的男孩很可能就是他的儿子。如果真的是这样,那么自己的女儿就绝对不能跟他谈恋爱。可是糊涂的孩子们已经爱上了。这可如何是好?!她的心像被汹涌的潮水一次次地冲击着,她无法接受这样的现实,可是没有确定之前却又什么都不能说!看到女儿委屈的泪水,她已经心疼不已。为爱流泪的悲剧,她再也不要发生在自己女儿的身上。可是孩子们是无辜的,他们不应该承担上一辈的错误而遭受任何惩罚!

"好孩子，不哭，妈妈以后会跟你解释的。相信妈妈也是为了你好。今天你还在生病，好好睡一觉，等病好了，好好听妈妈说说。"筱妈妈捧着女儿滚烫的脸，贴在自己的脸上，心疼地陪着女儿不停地掉眼泪。她知道，此时女儿的心一定受伤了。

097

回到自己的房间后，筱妈妈默默地躺在床上，眼睛眨都不眨地望着天花板……

"呵呵呵……呵呵呵……有车的感觉真好呀……呼呼呼……呼呼呼……风车转呀转呀转呀……"一个年轻漂亮的女孩，坐在单车的后面，爽朗地笑着、欢呼着。

她把头静静地依靠在男孩的后背上，一只手环着他结实而性感的腰，一只手高举着他刚刚为她做好的纸风车，坐在刚刚买的一辆自行车的后座上，幸福极了。

春风吹拂着他额角的发丝，清澈的眼睛里荡漾着对未来的畅想和此刻的幸福。他抿着嘴角，用力地不断蹬着脚踏板，单车在田间的小道上疾驰而去，纸风车也兴奋地发出呼呼呼的声音。他笑了，她也笑了，寂静的田野里回荡着他们幸福的笑声……

那是一个寒冷冬天的清晨。

朝霞划破空寂的云层，透过斑驳的树枝，星星点点洒下丝丝缕缕微弱的晨曦，落在懒洋洋的路面上，让人感觉不到一丝温暖。

女孩打开窗户，探出头望了望宿舍大门口，那个熟悉的身影，在雾气里颤动着，隐隐约约地看见他的双手揣在怀里，缩头缩脑地时不时朝窗户这里张望着。看到男孩呆呆的傻傻的模样，女孩抿嘴偷偷笑了，迅速关上窗，窜出门跑到他的跟前。

"傻样，这么冷的天，就不要早起去买馒头了，我不饿，睡一觉就到中午了,午饭多吃点就可以了。"女孩心疼地点了点男孩的头,心里暖暖的。

"不吃早饭对胃不好，你的体质本来就不算好，还不好好注意身体。我没事，早上早点起来，顺道锻炼身体，"男孩咧着嘴，咯咯地笑，从怀里掏出一个大馒头，递到女孩的手上，憨厚地笑，"趁热吃，还热着呢！"

女孩没有说话，撇着眼睛抿着嘴笑，咬了一口："好吃！"

"好吃，就全吃光，不许浪费哦。"男孩眯着眼睛笑，眼神里流露出欣慰和怜爱的光芒，顺手理了理女孩额角凌乱的头发。

这个故事里的女孩就是筱璨的妈妈，当年的那段刻骨铭心的初恋，时隔20年想起来还是那么的甜蜜温馨。可是，如今却不知故事里的男主角，此时此刻在世界的哪个角落。

崔奚的出现，让筱妈妈意外不已，在得知他与女儿的恋爱之后又惊恐万分。因为他像极了她的初恋，她甚至怀疑他就是他的儿子，如果真是这样，那么，他跟女儿的恋爱岂不是天下大乱！想到此，筱妈妈再也无法平静。她必须知道崔奚爸爸的名字。

5天后，筱璨的感冒已经痊愈了，脸色和心情看起来都还不错。筱妈妈心想，现在可以好好跟女儿沟通一下了，还是把顾虑直接告诉她吧。

"璨，过来，坐到妈妈身边来，妈妈有话跟你说。"筱妈妈的笑容格外的温暖，一扫那日的阴霾，似乎又回到了从前那个温柔的岁月。

筱璨没有说话，忐忑不安地坐了下来，她知道妈妈要跟她谈论崔奚的事情。

"宝贝，别害怕，妈妈想跟你说一段故事，从来没有跟任何人说起的故事。"筱妈妈的笑容渐渐僵硬，双眸里的光芒渐渐暗淡，想起那段往事，她的心情仍旧隐隐地疼痛，尽管20多年的时间过去了。

听妈妈讲完这段深藏了20多年的情感故事后，筱璨已经是泪流满面，筱妈妈此时已经完全沉浸在那个青涩的年代里，已经感觉不到女儿的哭泣和自己泪流不止的伤痛。等她把目光聚集到女儿的身上时，她一下子搂住了女儿，带着哭腔说："孩子，妈妈希望你幸福，所以妈妈要干涉你的恋爱甚至婚姻，看一个人不能只看他本人，他的家庭他的家长，我们不得不考虑啊。你现在还小，还太小，需要妈妈的保护啊。"

"妈妈，我知道了。可是你为什么这么多年从来没有提起过这段往事呢？妈妈，以后我会好好爱你，我们都会好好爱你。"筱璨紧紧地搂着妈妈，她的心因为妈妈悲痛的过去而深深地疼。忽然她觉得为什么妈妈的故事跟崔奚的爸爸故事那么像呢。她似乎就是崔爸爸故事里的那个芳草啊。可是妈妈的名字并不叫芳草啊，筱璨越想越觉得哪里不对劲，却又想不出哪里不对劲。

098

自从那天在筱璨家看见她后，唐睿平静的心再一次掀起波澜，面对自己心爱的女孩却不能爱的痛苦，那是一种比死了都难受的滋味。

回到家后一直心神不定，他从小与妈妈相依为命，习惯了把妈妈当作朋友一样敞开心扉聊天。而这件事他一直埋在心里，想等专升本考试结束后告诉妈妈，想听听她的意见。可是那次无意间得知自己的病情后，他感觉自己从高高的悬崖掉进了无底的深渊，爱上一个人对他来说已经是一种奢侈。

这段时间以来，他一直在思索，人为什么而活？为谁而活？痛定思痛，他认为人应该活在当下，活在现在，不要留有遗憾，就算是离开也要微笑着离开，在心爱的人的面前幸福地离开。他决定还是要把这个秘密告诉妈妈。

跟往常一样，吃过晚饭，唐妈妈关在房间里，捧着唐爸爸的照片跟他讲述今天发生的一些事情。在唐睿的记忆里，妈妈就是这样过来的，每天与爸爸聊天是必做的功课，一天不落。爸爸永远是那么年轻帅气迷人地微笑着，不同的是他面前的妈妈已经一天天地老去，不再是那个年轻貌美的女子，妈妈的体态微微地发福，俨然是一个中年妇女的模样。他们每天的谈话都离不开唐睿，从某种意义上来说，唐睿正是爸爸生命的延续，是妈妈唯一的精神支柱。

这天，妈妈在房间里跟爸爸说了好久好久都没有出来，不知道妈妈在说些什么。唐睿在沙发上也无心关注电视里的画面，从小看到妈妈辛苦地一个人把自己带大，想到从前的一些画面，这个大男孩不禁眼眶湿润了。小时候，其他小朋友生病去医院都是爸爸、妈妈一起陪同，可是他的身边永远只有妈妈，和她辛劳的影子。

如果有一天，他真的能跟筱璨结婚，那么，妈妈的现在就会是筱璨的将来。不、不、不，他不要，不要这样！他不能那么残忍地断送自己心爱之人美好的前程。不能，永远不能娶筱璨，只要看着她幸福就够了，不要说出来，不要说出来！他要把这个秘密深藏在心里，包括妈妈都不跟她说。

不知道是心思太重，还是病情的加重，唐睿有些发晕，视线模糊，昏昏沉沉地倒在了沙发上。

等他再次醒来时，自己已经躺在医院的病床上，床榻旁站着红着双眼的妈妈，神情凝重的崔奚，满脸泪水的筱璨……还有……唐睿感觉自己的眼皮很沉，嘴唇也很重，还没有来得及看清楚每一个人，还没有来得及跟大家问候一声，便又昏昏地睡去，留下关心他的人们，不停地掉眼泪。

迷迷糊糊的梦境里，唐睿看见了爸爸，一直未曾见面的爸爸。爸爸是那么的年轻帅气，自己就像极了爸爸。爸爸告诉他，爱一个人可以有另外一种方式，不一定得到她就是爱她最好的表达。爱她，就是看着她幸福快乐地生活。有时候，爱情需要释怀、单纯、真诚……

再次醒来时，已是深夜。自己依旧躺在重症监护室里，妈妈趴在床边已经睡着了。他们也都已经走了，此时的唐睿不知是因为那个梦，因为爸爸的那番话而格外清醒，还是因为病情得到了暂时的控制。他的思维如醍醐灌顶般清透，他不再畏惧、不再彷徨，面对生命、面对爱情，他是一种豁达，淡定的笑容渐渐在这个俊俏大男孩的脸庞晕染开来……

099

寂静的病房里的深夜，病床上唐睿的思维越来越活跃。他清楚地知道自己的病情，趁着现在清醒，他赶紧叫醒了妈妈，把想交代的事情赶紧说清楚，否则等他再度昏迷也许就再也醒不过来了。

"妈……妈……"唐睿侧卧在床上，轻轻摇晃着妈妈的手臂。

"唐睿……唐睿……"唐妈妈立刻从沉睡中惊醒过来，她以为发生了什么状况，惊吓不已。

"妈，我没事，别紧张，我现在感觉很好，想跟你说说话。"唐睿坚强地笑了。

"孩子，你受苦了。你已经昏迷了一天一夜了。昨晚医生给你用了药，说半夜你就可以醒过来，已经脱离了危险。我就让你的同学都回家睡觉了。我也不知道怎么睡着了，你醒过来就好，醒过来就好。"唐妈妈的眼眶又一次湿润了，激动的泪水顺着脸颊流落，一丝伤痛轻轻扫过她的心口，她知道儿子随时都可能睡过去，再也醒不来。

"妈，让你担心了。你要注意身体，不要总是生活在过去，朝前看。"唐睿心疼地抓起妈妈的手，哽咽着："妈，你找个伴吧。这么多年了，你为了我放弃了一次次的幸福。我不想看到妈妈孤单寂寞。"

"妈妈不找，妈妈有你就够了。你要陪伴妈妈一辈子，为妈妈养老送终。"唐妈妈再也抑制不住悲伤的心情，号啕大哭，紧紧地把儿子搂在怀里。

"妈……妈……妈，你别伤心了。人总是会离开这个世界的，只要能开开心心地离开、了无遗憾地离开，那也不枉做一回人啊。"唐睿强忍着悲痛，笑了，灿烂地笑了。经过半年的思考，他对死亡已经看得很淡然了。在他看来死亡只是另外一种存在的形态。

"妈不许你说这些不吉利的话。"唐妈妈捂住了儿子的嘴巴。

"妈，我们面对现实好不好？趁我现在还清醒，我想跟你好好说说话。"唐睿的双眸闪烁着生死离别的不舍。

"嗯，妈妈听你的。"唐妈妈双手捂住自己泪流不止的脸。

"妈，你找个伴吧。不然我在天堂也不会安心。我不在了，不要太牵挂我，我在天堂会幸福地看着你的。不要总是一个人待着，出去走走，也别总舍不得吃，要把身体保重好……"唐睿像个小大人一样，一件件交代好。

唐妈妈此时再也说不出一句话，只是一个劲地哭。她知道儿子就要离开自己了，永远地离开了。

"妈，你去帮我找纸和笔来，我想给筱璨写一封信，以后你给她。"唐睿的神情显示出从未有过的轻松和淡定。

唐睿认真地写下了一封信，包装好交给了妈妈，交代妈妈等将来他离开以后再交给筱璨，信的内容妈妈也不可以看。唐妈妈流着泪接受了儿子的请求，把那封信平平整整地压在手提包里。这是儿子最后的愿望，她如视珍宝一样。

第二天，筱璨和崔奚一大早就赶到了医院，他们给唐睿带来了鲜花和水果。

病房里不断传来他们年轻爽朗的笑声，床头筱璨买的那束鲜花正散发着芳香，弥散在整个病房，蔓延到医院的走廊。

如果这一刻能够永远静止……

100

生病的这些日子，也许是唐睿最后最快乐的时光。因为每天筱璨都会整天陪着他、照顾他、跟他说话、讲故事、谈理想等。这些日子他的心情一直沐浴在从未有过的幸福当中，每当筱璨回去的时候，他也总是奢望上苍能够赐予他力量，让他战胜病魔可以永远地看着筱璨灿烂的笑容。

七月里的阳光格外刺眼，天还刚亮，骄阳就已按捺不住急躁的心情，早早地蹦出了云层，悬挂在滨城的半空。病房里的窗帘抵挡不住火热的光线，直直地照在唐睿的脸上，刺得他的眼睛有些难受。这个病区的旁边紧靠着一条大马路，清晨的嘈杂声不断地透过玻璃，同样吵醒了病床上的唐睿。空气里弥漫着豆浆、油条还有鲜花的味道，唐睿深吸了一口气。对，这是生活的味道，也是生命的味道，更是以前从未珍惜过的味道。

轻轻的敲门声响起，筱璨如约而至，每天她都会带来不同的花朵，今天的百合花捧在她的手心里显得格外清纯、温馨和安宁。筱璨的嘴角上扬，浅浅地笑，看到已经睡醒的唐睿，轻声问："这么早就醒了啊，是不是我吵醒你了？"

　　唐睿同样回报她一个浅浅的笑，没有回答，只是轻轻摇了摇头，然后一如既往地端详着筱璨，不再说话。他累了，他的身体一天不如一天，如今的他已经不能畅所欲言，唯一听他话的就是他的双眼，一种无奈的绝望的眼神，倒映在筱璨的眼帘。她读懂了唐睿，他渴望着生命。

　　生病以来，他与筱璨之间已经有了一种微妙的关系，不需要太多的言语，一个眼神，一个小小的举止，都能够清晰地传递彼此内心的心声。筱璨已经隐隐感觉到唐睿对自己的情感，然而她对病床上的这个大男孩，却是痛心地怜爱，她觉得他太可怜了，或许更多的也是源自于本来对他的一种莫名的好感。正因为如此，她才天天坚持过来陪他。她要陪他走过最后的日子，让他了无遗憾地离去。

　　"崔奚呢？"唐睿的声音有些微弱。

　　"应该也快来了吧，想他了吗？"筱璨趴在床头，笑容里包裹不住酸楚。她的鼻子有些发酸，一种直觉告诉她，唐睿的时间不多了。最后，他终于要说些什么了。

　　"嗯。崔奚是我们班最优秀的男生，你要好好把握。他会给你幸福。你要幸福！"唐睿不由自主地抓住了筱璨的手，生动的双眸有些湿。

　　吱呀——病房的门推开了。崔奚一个箭步走到唐睿的床前，他似乎也意识到什么。

　　唐睿同样抓住了崔奚的一只手，一字一顿地说："崔奚，筱璨是我见过的最优秀的女孩。你们是完美的一对。好好待她，给她幸福。"接着，唐睿把他们的手放到了一起。4只手紧紧地握在了一起。筱璨和崔奚强忍着眼泪，哽咽着点头答应了。唐睿又一次浅浅地笑，他的笑容里散发出欣慰、幸福、轻松、淡定的气息。他们都百感交集，此时无声胜有声。

　　唐妈妈这时也买好了早点回来，一进门就嗅到了异样的气息。她丢下早点，同样是一个箭步扑了上来，颤抖着声音问："孩子，你怎么了？妈去叫医生。"筱璨拦住了满脸泪水的唐妈妈，迅速跑到护士台去叫医生过来。

　　"妈——找个伴吧。那样我才会——安心啊，妈……"强忍着悲痛的唐睿看到自己日渐苍老的母亲，还是忍不住掉眼泪，他舍不得离去，然而，这就是宿命，谁都留不住他了。

"妈听你的，妈听你的，医生就来了。孩子，挺住！挺住啊……"唐妈妈泣不成声地抱紧儿子。

"妈——保重。"唐睿轻轻地闭上了双眼，嘴角浅浅的笑容定格在他年轻俊俏的脸庞上……

101

一个下着雨的早晨，筱璨丝毫没有了睡意，嗅到了楼下巷子里油条的香味。于是，她早早起了床，下楼去买油条了。走到楼梯口，正巧遇到了邮递员正在往自己家的邮箱塞邮件。筱璨非常好奇，那个邮箱很久没有打开过，钥匙孔里都依稀可见日积月累的灰尘了，会是谁寄的呢？给谁的呢？怀着这样的好奇，筱璨打开了邮箱，信封上并没有注明邮寄地址，但是从邮戳来看是本市寄来的，给自己的。信封上的笔迹有些眼熟。

筱璨迫不及待地回到了自己的房间，也早就忘记了买油条的事情。

当她打开那封信，惊呆了！

信纸里面夹着一张照片，正是自己曾经邮寄给崔奚的那张已经丢失了的照片。再看看那封信，她简直不敢相信自己的眼睛，她无法将这件事情与这封信联系在一起。然而，这是事实。筱璨没有勇气去看那封信，而是抬头望着窗外，久久不愿回过神来……

此时，窗外的雨似乎比刚才大了一点，雨点从斑驳的枝叶里滴落到地面上，然后渗透到泥土里，渐渐的雨丝中模模糊糊地出现了唐睿那张灿烂的年轻的英俊的笑脸，逐渐变得清晰起来。她又想起了那个夜晚，唐睿在黑夜里带着自己去找崔奚的情景，一股酸酸的气流窜到了眼睛，经不住那股刺激的酸痛，眼睛湿了，一颗颗泪珠滑落，滴到桌面上的信纸上……

信的开头是这样写的：

筱璨：

当你看到这封信的时候，我正在天堂的窗户遥望着你。我已看不清你的容颜，但是我能感受到你的悲伤，请不要为我掉眼泪。

看完第一段，筱璨的心情比刚才更加沉重而悲伤！此时，百感交集，责备、愤怒似乎都抵不上唐睿的离去。眼泪变本加厉地染湿了整张纸。她默默地擦干信纸上的泪水，她要珍藏这封来自天堂的信。

接着往下看：

当你看到这张照片的时候，你也已经什么都明白了。不敢奢望你的原谅，但是请你理解我爱你的心情！可是，我还是错了，是我伤害了你们。可是，老天却不给我赎罪的机会！如果有来世，我一定要站在你的面前，请求你的原谅！

虽然，我已听不见你的声音，但是我仍希望能够得到你的原谅，好吗？

我走了，带着对你的牵挂和愧疚，不甘心地走了。以后的日子里我希望你能快乐、幸福，走出从前忧郁的日子吧！这是我最后唯一的愿望，请你为我一定要做到！

从第一次看到你的那一瞬间，我就毫无理由地爱上了你。我曾经为你写下一首诗，一直都没有机会送给你。然而，最后这首诗就像是我人生的写照，宿命一样的悲凉。现在我将它送给你：

《天使的翅膀》

拨散空际里，浮浮沉沉的白云
我在天堂的云端，张望；
拉开屋檐下，随风飘动的纱帘
你在人间的窗前，遥望。

前世里，你曾是我的公主；
而今生，我愿做你的王子。

我折断翅膀,变成平凡的男孩

坠落到人间,留守在你的身旁。

我已为你,放弃了整个天堂

只想给你,可以依靠的胸膛……

可是,现在老天又将我带回了天堂,我无法给你可以依靠的胸膛……

再见了,筱璨,保重!

爱你一生一世的唐睿。

102

当筱璨一口气看完整封信的时候,她猛然发现手边的面巾纸,已经一包用完了。

深夜了,筱璨仍然不想睡去,她依偎在窗口,静静地看着窗外星星点点的灯火。一种灵感油然而生,她挥笔写下了一首诗,表达她此刻的心情:

《零下十度》

零下的深夜

我,

依偎在凌乱的墙角

轻轻擦拭玻璃的

雾气。

望着窗外模糊的

冰凌，
凝视了整个黑夜。

直到刺碎
我轻薄的心门
挥散出最后的
热气。

凝固在我的眼角
变成了冰冷的
泪珠！

　　唐睿的离去，现在的信件，曾经的照片……这些画面一点一点在她的眼前浮现。她脆弱的心在燥热的夏天，急剧凝固，往事就像冰凌一样刺痛着她的心灵。
　　不知道该用何种方式能让自己入睡？！
　　好不容易熬到了天亮……
　　筱璨手捧着一束洁白的百合花，穿了一件黑色的短袖衬衫在腰部扎了个小结，里面配了件白色打底衫，配上一条紧身小脚黑色牛仔裤，一双黑色的平底皮鞋，撑一把黑色小伞，站在了唐睿的墓碑前。
　　静静地，她站在雨里很久很久。耳边只听到雨水轻吻着雨伞的声音，一阵轻风袭来，吹乱了她的长发，细细的发丝，朦胧地遮住了半张脸，依稀可见她那张可人的脸庞。
　　不知又过了多久，她缓缓地放下了那捧新鲜的百合。在她抬头的时候，她的前额不小心磕碰到了唐睿冰冷的墓碑，有些微微地发热，痛了。而同时，她近距离看到了墓碑上唐睿英俊的笑脸。不由自主地，筱璨冲着他笑，淡淡地温馨地笑："傻瓜，你还笑得这么开心！信我看到了，放心吧，我不会责备你的。相信崔奚也会原谅你的。谁让你是他的好哥们、我的好朋友呢？我不会为你掉眼泪了，听你的，我会快乐地，幸福地好好生活。你也要一路走好！"

一口气，筱璨对着那张照片说了好多话。也就在看到唐睿笑脸的一瞬间，她忽然明白了，有些离别不该只有眼泪。

在料理完唐睿的后事以后，唐妈妈以这样的邮寄方式把儿子拜托她的信，寄给了筱璨。

也就是在这一天，筱璨恍然间明白了很多。有些爱是一种释怀，一种豁达。像唐睿对自己的爱何尝不是！有时候爱一个人未必就必须要拥有这个人，爱也是一种放手！

她知道，如今她更应该带着唐睿对自己浓浓的爱，好好地爱崔奚，好好地幸福地把握这一生，不辜负唐睿对自己的期望！如果自己过得不幸福，那么在遥远天堂的唐睿又如何能安心，何况她与崔奚之间是那么单纯地刻骨铭心地相爱着。

那么，他们的父母会支持这段苦涩的恋情吗？筱璨心里疑问重重，她不确定，那天妈妈的非正常反应说明了什么呢？现在，崔奚的奶奶还会以何种方式来拒绝自己呢？带着这样的疑问，筱璨回到了家里。

家里静悄悄的没有人在。筱璨换好拖鞋，从冰箱里取出一瓶可乐大口地喝了半瓶。

这时，急促的电话铃声打破了屋内的沉寂……

103

筱璨并没有在第一时间去接电话，一种莫名的感伤深深包裹着她疼痛的心灵，瞬间万种可能迅雷般闪烁而过。是谁？是谁呢？来不及继续寻找答案，筱璨那双修长的手微微颤抖地抓起听筒，放在耳边。从进门起，一种紧张的气息就已经紧紧跟随着她，家里并没有一个人，或许说是某种磁场正在吸引着她。

"喂——请问筱璨在家吗？"一个熟悉的声音，像温暖的阳光般灿烂，透过话筒清晰地传递过来。

"嗯。我是，是崔奚吧？"有些紧张的心慢慢地放松了下来。

"呵呵,听出我的声音啦。明天有空吗?请你喝茶。"崔奂的声音充满了激动和兴奋。

"啊?你怎么了呀?怎么突然请我喝茶?"筱璨疑惑地皱起了眉毛。由于暑假在家,每天的行程安排都必须是家人知晓的,更何况现在他们的关系尚不能见光,因此他能大胆地请她喝茶,真是不可思议。

"呵呵!意外吧?"崔奂爽朗地笑了,接着又悄悄说,"是我爸。"

"啊!什么?你爸爸请我们喝茶?!"筱璨吃惊地张大了嘴巴,久久回不过神来。

"我已经跟家人公开了我们的关系。我爸爸第一个表示支持,所以很想见见你呀。"崔奂激动地一口气说明了事实。

"呃!可是、可是,我妈妈还没有同意。我不知道能不能出来呢。"筱璨那双生动的双眸迅速转动着,争取想出一个很好的办法:"要不这样吧,地址我定,就在大润发超市旁边的小不点咖啡屋怎么样?我可以跟妈妈说我去逛超市。"

就在这时,筱妈妈已经进了门,客厅里女儿跟对方的谈话,被听得一清二楚。然而,有些激动的筱璨并没有在意开门的声音。筱妈妈轻轻退了出去,又轻轻关上了门,直到她挂了电话才再次进屋。

"妈,你回来啦?好巧啊。"筱璨露出了久违的俏皮笑容。她庆幸妈妈正好在她挂了电话之后才回来。

"巧,什么巧?你在做什么啊?"筱妈妈装作不在意的表情,按部就班地换了拖鞋,放好包包,就进卫生间洗脸。

"啊,没有、没有,我也是刚进门。呵呵!"筱璨说完,转身进了房间。

筱妈妈并不想现在就揭穿她,她知道事情已经到了该亮相的时候了,于是她决定第二天偷偷跟踪女儿,先看看情况再说。一直都想找机会进一步了解崔爸爸的情况,她必须确定她的直觉是否正确,崔爸爸是不是他?!

第二天,她怀着极其矛盾的心情,尾随女儿到了小不点咖啡屋。非常巧合的是,他们的座位刚好在窗口,她可以清晰地看见他们每一个人。这一点让筱妈妈激动不已。此时,她说不出自己的感受,屏住了呼吸,只能将这一切交给上苍去裁决。

筱妈妈迅速从包包里面掏出了近视眼镜，眼睛瞪得大大的，她把视线紧紧锁定在崔爸爸的身上，随着视线她慢慢向他靠近。

首先映入眼帘的是那双手，是他的手吗？此时，筱妈妈的心七上八下，不停地默念道："不要紧张，不要紧张。"同样是一双白皙修长的手，端起咖啡的姿势是那么的绅士，眼前的这个动作似曾相识。

顿时，筱妈妈的眼睛像是被电到一样，生疼生疼的，她惊讶地紧紧咬住了嘴唇。因为她不知道该怎么抑制，此刻这种复杂的心情。他的右手关节处一个熟悉而刺眼的伤疤勾起了筱妈妈心灵深处细碎的画面。

"难道是他！真的是他吗？为什么他的手上也有伤疤？！"

……

104

来不及多想，筱妈妈恍惚中，随着玻璃里面那个熟悉男人的身影，不知不觉地站到了他们面前。

"妈！"筱璨看到突然站在自己面前的妈妈，愣是吓了一跳，眨巴着眼睛，小心地问："妈，你怎么来啦？"

筱妈妈没有意识到女儿说什么，眼睛一直直勾勾地盯在她对面的那个男人的脸上，满脸疑惑的神情中，夹带着一丝紧张与惊喜，一种复杂的表情在筱妈妈漂亮但略微衰老的脸上荡漾开来。

崔奚马上意识到筱妈妈的反应，站起来笑着解释道："阿姨，这是我爸爸，您请坐，一起吃饭吧。"

"你是？"崔爸爸的笑容早就僵在了脸上，嘴唇明显哆嗦着，半晌之后说，"芳草？"好不容易挤出了那两个藏在心里20多年的字。

"明志？"

"果然是你，果然是你啊！"崔爸爸难掩激动的心情，示意她坐下。

筱璨跟崔奚看到眼前的这一幕，半天回不过神来，下意识地说了句："你们认识呀？"

渐渐地，他们心里都开始打鼓，"芳草？""明志？"这不是父母初恋中出现的名字吗？！难道他们就是当初的恋人？！天啦，这也太复杂了吧。筱璨跟崔奚用眼神交流着自己的疑问与不解……

夏夜的风，吹在身上，清新舒爽，郊外的那座情缘桥依旧屹立在缠绵湖的上方。

这是当年芳草与明志经常约会的地方。他们独爱这座桥，不单单是因为它有一个寓意很好的名字。

这是一座石拱桥，两侧的护栏在岁月的穿梭下已经显露出无尽的沧桑。护栏上雕刻的古代美女西施的画像，也已模糊不清，似乎暗示着他们那段已经模糊了的爱情。

曾经的那对俊男美女，如今已经是体态微胖的中年人了。当年的画面断断续续在他们的眼前浮现，彼此掩饰一笑而过，一切都那么遥远了。

然而，这次的重逢似乎没有太多的话了。也许是随着年龄的增长，他们都已经变得理智了，对于当年的往事不敢多提，只怕岁月抵挡不住那段纯真的情。

"老天真会捉弄人，没有想到这辈子我还能见到你。"崔爸爸先开了口，平淡的语气里掩饰不了澎湃的心情。

"是呀，我并没有离开过这里。一晃20多年过去了。"

"没有想到筱璨是你的女儿，第一眼看见她我就想到了你。我很奇怪怎么就那么像你。现在明白了，她就是你的女儿。"崔爸爸依旧淡淡地笑着。

芳草没有说话，同样是淡淡地笑了。

"这两个孩子就像当年的我们，现在我们做父母了。我们祝福他们好吗？"明志欣慰而又期待地侧头望着芳草。

"呃，不、不、不，明志，这不可能。"芳草丝毫没有准备好，下意识地说着。

"芳草，你还在记恨我妈妈吗？不要为了我们这一代的恩怨，可苦了现在的孩子们啊！"明志万分焦急，他无法理解芳草坚决而冷漠的态度。

"明志，这件事情我藏在心里20多年了。我本想烂在肚子里直到带进黄土，可是没有想到这两个孩子却——"芳草抽泣着说。

"发生什么了？芳草，你慢慢说。"明志的眉头紧紧地皱起。

"他们，他们是姐弟啊！"芳草捂住脸蹲在地上痛哭起来。

"什么？姐弟？！"明志如晴天霹雳般的一阵眩晕。

恰恰是他们当初的那段激情，点燃了眼前这段无法逃避的悲剧。

这个事实摆在他们的面前时，他们的内心会是怎样的煎熬？

这对两个无辜的孩子来说太不公平了。难道老天爷就这样如此心狠地拉开他们之后，再来拆散他们的儿女吗？！

此时，缠绵湖里的水流急促，波涛澎湃的浪花，完全淹没了芳草哭泣的声音，不断地冲击着沧桑而衰老的情缘桥，似乎欲将其摧垮……

105

筱璨一个人坐在寂静的客厅里，天色已经有些黑了，沉思中的她并没有意识到要去开灯。她的世界里现在已经是黑暗一片，即使点亮上百盏灯，也怕照不亮一方心灵的角落。

她在恐惧着、等待着那个狂风暴雨的到来。尽管她现在还不确定到底发生了什么，但是一种不祥的预感深深笼罩着这个曾经温暖的家。

一种并不清晰的思绪，时不时地漂浮在她凌乱的脑海。

妈妈就是曾经那个悲情故事里的芳草！

那么，顶多也就是重逢旧情而已，只要妈妈一个人能够处理好，也没什么事情，可是为什么我的心里却总是忐忑不安呢？！

……

崔奚也早已回到了家，确定了爸爸还没有回家之后，他有些窃喜。他深信筱妈妈就是爸爸当年的初恋情人——芳草，看到他们四目相望的神情，他就明白了一切。

他清楚地知道爸爸的心里至今还有一个芳草。那个年代的他们在婚姻方面没有太多的自主权，不得不认命现实而忍痛割爱，那么现在他跟筱璨某种意义上便是他们爱情的延续，多好的结局啊。相信他们一定会对我们的未来鼎力相助的！崔奚越想越美，心情几乎飘了起来……

一阵刺耳的钥匙转动声，惊醒了沉思中的筱璨，她直起了腰板，从未有过的恐慌飘然而至。

"啪！"妈妈打开了房间的灯，看到了窝在沙发上的筱璨。

"妈，你回来啦？"

"一个人在家怎么也不开灯，这么黑你就不害怕吗？"筱妈妈的语气很平静。

"不怕，不，我怕，妈。"筱璨期望的眼神深深打量着妈妈的每一个面部表情。

"我知道你想问什么，事到如今，妈妈不能再隐瞒你了。本来这件事情我是想一辈子烂在肚子里。可是老天不放我，不放了我们，也不放了我们的孩子。一定是妈妈上辈子做了什么伤天害理的事了，这辈子还了还不够，还要我的孩子继续帮我还。"筱妈妈的眼睛渐渐湿润，沮丧得说话的力气都没有了。毫无意识地说出这么多文字，却不知道自己想表达什么！

"妈，到底发生了什么？你快告诉我吧。我的心脏都快跳出来啦。"筱璨焦急地摇晃着妈妈的手臂。

"孩子，听妈的，从今以后跟崔奭断绝一切来往，这件事情到此为止吧。"筱妈妈心疼地捧着女儿的脸，心疼地恳求。

"为什么要这样？妈妈,现在已经是21世纪初了,为什么还要这样做？妈妈！"委屈的泪水迅速吞噬了筱璨那双生动的大眼睛。

"因为、因为，他是你的弟弟！"筱妈妈一把抱住了自己的女儿，她不能确定听到这个消息之后的筱璨会做出什么反应，下意识地抱住她，只让她安静地待在自己的怀里。

沉默了一分钟。

又沉默了一分钟。

继续沉默……

筱妈妈不停地抽泣着，看到女儿如此冷静的反应，她突然意识到什么，再次迅速捧着女儿的脸，不停地呼唤："璨，璨，璨，你就说句话吧。有什么问题就问妈妈吧，千万别这样憋着啊，别吓唬妈妈啊。璨！"

筱璨紧绷的脸上，没有半点表情，眼神空洞地锁在客厅的某个角落里一动不动，整个人僵在那里，经不起妈妈的轻微晃动。一向脆弱的她，却没有再掉一滴眼泪。也许人在受到强烈刺激之后往往会失去自我，表现反常。

"不！不！不是的！不是的！"筱璨突然撕心裂肺地叫喊，吓坏了筱妈妈，她紧紧捂住自己的耳朵，不停地重复着一个字，"不！不！不！"寂静的客厅里不断回荡着筱璨的叫喊。

"璨，我的乖孩子，冷静一点，听妈妈说，不要激动，不要激动啊！"筱妈妈紧紧搂住自己的女儿，泣不成声。此时的她恨不得结束自己的生命去换取女儿的幸福，可就是结束了自己的生命也不能改变这样的宿命啊。

"我要怎么做呢？要怎么做呢？"她不停地反问自己，却依旧在五雷轰顶中无法脱身。

她懊悔，懊悔当初为什么不去死，如果她死了，那就不会有筱璨，那就不会有今天女儿的痛苦，也不会有对自己老公的背叛。

可是，一切都已经成为现实，要怎么办？

"孩子，好孩子，听妈妈的话，冷静一点、清醒一点。爸爸就快回来了，不要让他知道。妈妈现在好痛苦、好后悔、好害怕，还没有跟你爸爸坦白的勇气。20多年了，这20多年来，每次看到你们身上似曾相识的举动，我就好愧疚，是我对不起你爸爸啊。"

"妈！"筱璨的情绪异常激动，"我一直都很敬重你，听到你曾经的爱情故事，我替你悲哀，生在了那样一个年代里，不是你能够选择的。看到你现在的生活，我又替你高兴。你有一双可爱又懂事的儿女，有一个疼爱你的丈夫。爸爸他20多年如一日地伺候你，把你当公主一样供着，店里的事情也不要你操心太多，为的就是希望你开心、轻松地生活。可是，你却让两个别人的孩子叫了他20多年的爸爸。妈，你好自私啊！你的爱情伤了你，让你痛了，你也要我们一起陪你痛吗？妈，我痛，我替哥哥痛，我更替爸爸痛。好痛，我心好痛啊！"

"璨，冷静一点好吗？妈妈错了，妈妈错了，可是妈妈不是故意的啊。"筱妈妈懊悔无助地悲伤不已。

如此悲痛的气氛中，两个身心俱伤的女人并没有听到钥匙转动的声音，门打开了。

是爸爸,筱爸爸跟哥哥突然站在了门口。愤怒,悲哀,无助,绝望,伤痛,一种复杂的表情在父子俩的脸上蔓延……

106

"爸！"筱璨惊讶地看着爸爸，不知所措。

筱爸爸一句话也没有说，涨红了脸默默地回到房间轻轻关上了门。

"我跟爸爸在门外已经站了一会儿了，听到你们的争吵声，不该知道的，我们也都听到了。"筱凡紧锁着眉头，神情严重地说。

筱妈妈被眼前的这一切给彻底吓蒙了，呆在那里，沉默着。

"哥，你拿个主意吧，接下来我们该怎么办？"

"怎么办，我们能打回妈妈的肚子里去吗？现在责怪谁又有什么用。爸爸是受伤最深的人，我们现在要做的就是让爸爸把伤害降到最低。"筱凡从客厅的茶几上，拿了爸爸常用的烟灰缸，进了爸爸的房间。

"爸，你抽烟吧，我知道这个时候我们说什么都比不上抽几支烟好。"筱凡坐到了爸爸身旁。

筱爸爸没有说话，只是默默地接过烟，一口一口地抽着烟，大口大口地吐着烟圈，似乎要把心中所有的怨气统统地吐出来。

坐在爸爸身边的筱凡也没有再说话，只是静静地看着爸爸，然后再在房间的角落里随意找个物体观望着。

这个时候，他的脑海一片混乱，一遍遍地问着："眼前的这个慈祥的中年男人，不是自己的爸爸吗？可是这20多年来，他就是我的爸爸，我跟妹妹的爸爸啊。不要改变这个事实，我不要改变！不管怎么样在我的心里，只有这个爸爸。可是爸爸他会接受我们吗？还会一如既往地对我们好吗？！天啦！为什么这个秘密不继续下去，真相的大白对我们所有受牵连的人来说，又有什么好处呢？！老天爷，你这样的处理方式对我们是不是太残忍了点。爸爸替别的男人养了 20 年的孩子，妹妹她又跟自己的弟弟恋爱了，妈妈隐瞒了爸爸 20 多年了，我还不知道自己的爸爸是一个什么样的人。每一件事情怎么都那么残忍，那么不可思议啊！"

"爸、哥，你们喝茶。"筱璨端着茶杯进了房间，同时也打断了筱凡刚才乱七八糟的思绪。

筱爸爸跟刚才一样，默默地接过茶杯，仍旧没有讲话。

20 多年来表面的相安无事原来都是一场梦而已，人生如梦，梦难寻。我深爱着的妻子竟然隐瞒了我 20 多年。我当宝贝疼爱的孩子们，竟然还是别人留下的孽债。我一无所有了，妻离子散了。筱爸爸的内心汹涌澎湃。

"哥，你陪爸爸，我出去陪妈妈。"筱璨声音低沉，轻轻关上了房门。

我是一个不合格的母亲，一个不合格的妻子。我闯祸了，可是却没有半点回旋的余地。事到如今，我还是带着孩子们走吧。筱妈妈想到这里心如刀割，吧嗒吧嗒地泪流不止。

"妈，别哭了，要是哭可以解决问题，那我们全家一起抱头痛哭祈求老天的原谅。可是，我们就是哭破了喉咙又有什么用呢？"筱璨已经冷静了下来，把面纸递给了妈妈。

"我对不起你爸爸，也对不起你们。妈妈已经想好了，我现在就拟《离婚协议书》，我已经没有脸面对你爸爸了。"筱妈妈抽泣着，拿出了纸和笔。

"妈！"筱璨欲言又止，她知道对于男人的尊严，已经没有比离婚更好的办法了。

107

"老爸，老爸回来喽。"崔奘期待中的爸爸终于回来了，他正巴望着爸爸给他带来好消息，龇牙咧嘴地望着爸爸。

"臭小子。"爸爸又爱又恨地似笑非笑，他不想在家人面前把事实真相说出来："你过来。"爸爸又恢复了往常的严肃。

刚才激动的心情慢慢地有些紧张和不安，崔奘跟随在爸爸身后。

"爸，发生什么事情了吗？"崔奚轻声问，然后轻轻关上了门，他提防着厨房里的妈妈和奶奶。

"儿子，筱璨是个优秀的好姑娘，爸爸知道。可是爸爸认为你们的缘分似乎还不够。你那么喜欢她，爸爸也没有女儿，爸爸认她做个干女儿，你看如何？"

"干女儿？爸，亏你想得出来。是不是她妈妈不同意，是不是她不喜欢我？你就实话告诉我吧。还有，是不是因为你跟她妈妈是旧情人的关系，为了避免尴尬就不允许我们交往呢？"崔奚的话咄咄逼人，让没有准备好的崔爸爸吹胡子瞪眼睛，不知所云。

"你这小兔崽子，这让我怎么跟你说呢？"崔爸爸焦急的神情，让生气中的崔奚又有些好笑。

"我不告诉妈妈今天的事情好吗？你就同意吧。"崔奚眼睛一眨，冒出个主意来。

"胡扯、胡扯，我同意，那不乱伦了吗！"崔爸爸板着面孔，深深地吸了一口烟。话音刚落，他就意识到说错了什么，紧张地斜着眼睛等待着儿子异常的反应。

"什么？乱伦？"崔奚不可思议地瞪大了眼睛。眼睛里写满了骗人的字样。

"奚，跟爸爸出来吃饭，爷俩在房间叫喊什么呢？"崔妈妈在客厅收拾饭桌。

"嗳，马上出来。"崔奚随口应付道。

"儿子，我们明天出去找个没有人的地方，好好跟你说这个事情，先不要表现出来。我还不想让你妈妈和奶奶知道。"崔爸爸拍了拍崔奚的肩膀，意味深长地说。

第二天早上，崔奚带着爸爸不知不觉地走到了滨城山脚。

"爸,这里的风景美吧？"崔奚仰着脸蛋,深情地沐浴在滨城的朝阳下。

"不错，心旷神怡。"

"这是我常常来凭吊的地方。"

"儿子，我看出来了，这个地方对你有不同寻常的记忆。"

"那么，就在这里你把所有的真相都不含糊地告诉我吧。"

"儿子，爸爸今天之所以带你出来聊天，我站的不是爸爸的立场，你也不是儿子的立场。而是两个不同时代20岁的年轻男人的对话。你懂吗？"

浓郁的树荫下，星星点点的阳光洒落，一对父子坐在树荫下，他们的背影深沉，清清的小溪流淌，淡淡的轻风扫过，树叶相互搀扶，沙沙地窃窃私语着。

"爸爸20岁那年，在跟你妈妈结婚之前，在筱璨妈妈结婚前3天的一个夜晚，我跟芳草共度了一个夜晚，发生了不该发生的事情。这么多年过去了，我以为她婚后跟她老公回了北方。直到昨天在咖啡屋见到她。我才明白了一切，她一直就跟我们同住一个城市，而且筱璨跟她哥哥筱凡，很可能是我们的孩子。如果不是因为你跟筱璨的事情，她也许会把这个秘密埋藏一辈子。"崔爸爸十分沉重地诉说着。

……

108

几天后，筱璨跟崔奚相约在滨城的山脚。

这次的见面，他们明显地尴尬和不自在，看对方的眼睛都不知道怎么看，手脚放哪儿都别扭，连称呼都不知道怎么开口好。

面对这样的改变，筱璨几乎有些崩溃，她的世界彻底天翻地覆了，她的末日就要来临了。

"放松一点，好吗？就当这件事不存在。"崔奚盘坐在草地上不敢看她，朝着远方没有目标地看着。

"我没有办法让自己轻松，我也没有办法当作这件事不存在。"筱璨同样盘坐在草地上，低着头一直看着自己的脚趾。

"世界太小了。"

"滨城太小了，我想提前回学校去了。"

"你是在逃避吗？可是这也是大人的事情，我不要把压力都留给自己。毕竟我们还年轻，不能承受这一切。"

"嗯。我们还年轻，不要把太多的时间浪费在个人情感上，我们都应该为了将来，好好努力拼搏，事业才是最重要的。"说到这里，筱璨的眼神里充满了绝望，她想用事业来麻痹自己的情感。

傍晚，筱璨就回家了。

家里一切依旧。冷落的客厅，落满灰尘的厨房。家里很久都没有开锅了。

爸爸带上妈妈拟的《离婚协议书》走了，不知道去了哪里。妈妈每天行尸走肉般跟随哥哥打理着酒店。

筱凡是男孩子，他的承受能力比他们都好，这时候也只有他最坚强、最冷静。

筱璨在每个房间里，都逗留了一会儿，仔仔细细地打量着家里的一切。筱璨翻出了家里的影集，一张张照片都是一份沉沉的记忆，照片上的他们脸上都洋溢着幸福。慈祥的爸爸，漂亮的妈妈，可爱的哥哥和自己。曾经如此甜蜜的一家人就要彼此分离了吗？想到这里，筱璨的鼻子酸了，眼睛疼了，泪水决堤了。

筱璨想爸爸，可是此时的爸爸会在哪里？一种直觉告诉她，爸爸很快就会回来，他的心里还是爱着自己和哥哥。可是，这个曾经温暖的小家，可能再也听不见欢笑了。

她没有半点笑容，苍白的脸上看不到一丝血色。最近她几乎没有吃下什么东西，今天也是鼓足了勇气见崔奚最后一次面。

不知道泪流了多久，也不知道是几点钟了，房间里已经黑得伸手不见五指。家里还是冷冷清清的，只有自己。此时，她想起了唐睿，那个灿烂的笑脸正在跟自己亲切地微笑。如果他还在，那么这个时候他一定会紧紧地守在自己的身旁，听自己的诉说。可是，他走了，走了，他只能在天堂的窗口遥望着我。

她现在满脑子的也想逃离，她要离开，离开这个伤心的地方，带走所有伤痛的记忆。她迅速打开了灯，在衣橱里翻着，终于翻出了那条有些泛黄的白色蕾丝公主裙。这是念初二时，爸爸送给自己的第一条公主裙，那年她得了全年级第一名的好成绩，爸爸奖励她。筱璨从小对蕾丝情有独钟，爸爸看出了女儿的心思后，特意送给她的惊喜。至今回想起来，那种幸福还在房间里蔓延着。

筱璨含着泪，换上了这件有些紧也有些短的蕾丝裙，尽管有些小，但是穿在她的身上，还是那么高贵又可爱。默默地她给自己梳了漂亮的发型，在书桌上工整地留下离家出走的一封信。然而，受到重大打击的她觉得心跳在加速，头部也发热了。她刚把行李箱拉到客厅，突然头晕目眩，一下倒在客厅的地板上不省人事。

109

当筱爸爸打开家门的一刹那，便看到筱璨倒在客厅里，他一下吓呆了，女儿竟躺在地板上没有知觉。他撕心裂肺地呼唤着女儿的名字，来不及多想迅速拨打了120，也通知了筱璨的妈妈。

120的急救车迅速把筱璨送到了医院，这时候筱妈妈、筱凡，还有崔奚和崔爸爸也都到齐了。这个节骨眼上筱爸爸也没有心情去生气，他知道所有人都只是想挽救筱璨的生命，然而这时候这个做了20多年父亲的也许是爱莫能助，甚至都抵不上那个消失了20多年的生父。

"你们的孩子是受到大刺激，血压升高出现轻度脑溢血，还好及时送医。现在要做手术，请家属赶紧过来，病人需要输血，都过来验血，我们必须第一时间抽取合适的血型。"一个护士朝着他们大声说。

"哦，嗯，走我们都过去。"筱凡应声道。

筱凡和崔奚第一个伸出手，筱爸爸和崔爸爸也都抽取了血样，大家虽然极力反对贫血的筱妈妈抽血，但她还是坚持要给女儿输血。

"病人的血型是什么？"一个医生边忙碌着边问身旁的护士。

"是A型。"

"到血库调400毫升先给病人输上，等家属的血型结果出来赶紧再给病人输。"

等待验血结果的过程，所有人都是煎熬难耐，一方面是希望大家的血筱璨能够用得上，另一方面也给他们之间的关系作进一步的检验。

"恭喜了，你们的血都可以输给病人用，谁先来？"化验室的护士，拿着针筒走了过来。

"抽我的吧。"

"我先来。"

"还是抽我的吧。"

一片混乱，护士的眼睛都被他们一只只白花花的手臂绕花了，微笑着说："你们都别着急，病人这时候输的是血库的血，够用一会儿的。还是孩子的爸爸先来吧，筱达请坐到这边来。"

"哎。"筱爸爸有些不知所措，憋着一肚子的疑问，伸出手臂，眼睛眨都不眨地望着护士娴熟的步骤，生怕她再改变主意说，搞错了，应该是抽崔明志的。然而整个过程都很顺利，抽完200毫升就交给了抢救的医生。

"崔奚你的血型是B型，病人是A型，看来你爱莫能助了。你们3个都是O型可以用，抽你的吧小伙子。"护士说完就走到筱凡的面前。

听到这里大家都有些糊涂了，似乎大家都误会了一个事实。这样看来筱璨不是崔奚的姐姐啊，筱妈妈是O型血，筱爸爸是AB型血，筱凡是O型血，崔爸爸是O型血，筱璨是A型血，崔奚是B型血。从血型上来分析，筱璨是筱爸爸跟筱妈妈的孩子，筱凡应该是筱妈妈跟崔爸爸所生，但是筱凡跟筱璨却是一对双胞胎，这个结果真的让人越来越糊涂。

他们每个人心里都在这样推测着，大家都没有在这个时候提出自己的疑问，所有的心思都是为抢救筱璨。

110

筱璨经过5个月的治疗，并在大家的细心照料下，身体也逐渐恢复了，心情也好多了。哥哥筱凡每天在医院里陪着她，给她带来好多好多搞笑的笑话，筱璨每天都能笑得像牡丹一样美丽。

这天一个阳光明媚的下午，筱爸爸跟筱妈妈到商场给女儿挑选几件漂亮的衣服，等接她出院的时候穿。在商场里逛了几圈，他们却没有更多的心思在选衣服上，还是心里都憋着一个同样的疑问。

"筱达，那天验血的事情，我心里一直有个疑问，从血型上看，筱璨是你的孩子，没错啊。看来是我搞错了，所以引起那么大的误会。要不是孩子出事，我们还是不知道。"筱妈妈先开了口。

"是啊，我也纳闷呢，可是筱凡跟我没有血缘关系，但是他们是同胞兄妹啊。是不是医院弄错了啊？"筱爸爸提出了心里的疑问，现在跟妻子讨论这样的问题，他坦然了很多。这个时候的他已经想明白了很多事情，不管孩子是谁的，但这20多年的父子之情是不会改变的，尤其是看到女儿如此依赖自己，他更是欣慰了很多。

"筱达，我有个想法，我们给孩子做个亲子鉴定吧。"筱妈妈鼓足勇气提出了一个大胆建议。

"做什么鉴定啊？孩子们需要我，20多年了，我是他们的父亲，这就是事实啊。不做了，不做了！"筱爸爸摇了摇头说。

听到筱达的话，筱妈妈半天没有说出话来，她知道他是个好人，他不做鉴定是想难得糊涂一回，他不想破坏原来的幸福。可是事到如今，即使是伤疤好，那痛依稀还在。可是这样含糊不清是对他的不公平，不能这样委屈做了20多年丈夫和父亲的他。想到这里，不争气的泪水爬满了整个眼眶，鼻子涩涩地轻声抽泣。

筱爸爸感觉到筱妈妈的反应，侧过头轻轻拍了拍妻子的肩膀说："如雅，你还是这样的多愁善感。都过去了，我不怪你。别多想了，我们给孩子买衣服吧。"

"筱达，我知道你是个好人，这辈子嫁给你，是我的福气。可是我不能这样对你，我们去做鉴定弄清楚事实真相好吗？如果筱璨是我们的孩子，我的心里还会好受很多，你总不会想让我就这样一辈子都不安心吧。"

在筱妈妈的耐心劝说下，他们约定在筱璨出院之前一起去做亲子鉴定。

事情发展到这里，尽管事实的真相还不清楚，但是筱爸爸的心里已经舒坦了很多，他感觉到了妻子和孩子们对自己的爱。这也许就是世界上最简单平凡的幸福吧，还有什么不能释怀的呢？

转眼到了筱璨出院的日子，穿上爸爸、妈妈给自己挑选的新衣服，筱璨像一个公主一样可爱活泼。回到久违的家中，筱璨感动了，客厅里挂满了彩色气球，自己的房间也被布置一新，这个家温馨极了漂亮极了。

妈妈端上一桌女儿爱吃的好菜，爸爸和哥哥从房间端出点满蜡烛的蛋糕。

"妹妹，重生快乐！"哥哥筱凡笑意盈盈忙得不亦乐乎。

"欢迎女儿回家！"筱爸爸举起女儿在客厅里转圈。

这个家终于回到了从前的温馨和甜蜜，晚餐在热情洋溢的氛围中开始了。

111

在家人精心布置和准备之下，筱璨感受到了久别的幸福。可是往事也会像幽灵一样，一次次缠绕着自己，让她分不清自己身处何地，悲痛的感觉又再次会袭上心头。

"爸爸，我觉得我好难受，我好像没有办法回到过去了，最近发生的事情，我没有办法忘记也没有办法改变事实。我心里还是时不时的好痛苦。我好累。"筱璨忽然放下筷子，垂下头，摆弄着手指，眼泪吧嗒吧嗒地直掉。

"我们现在还是幸福的一家人呀，傻妹妹，都过去了。我们的生活还是像过去那样的啊。"筱凡抽出几张面巾纸，蹲在妹妹身旁。

此时的筱妈妈跟筱爸爸四目相对，却不知道如何开口。

"哥，你别糊弄我了，我的生活不一样了，不一样了！"筱璨拼命地摇着头。

"孩子，爸爸和妈妈现在有一个消息还没有跟你们宣布。"筱爸爸低沉的声音，在小小的客厅里回旋，显得格外沉重。

"在你出院之前，我们一起去做了DNA鉴定，包括你的，还有崔奚的爸爸。现在结果已经出来了。"说到这里，筱爸爸点燃了一根烟。

筱璨和筱凡紧张地望着爸爸，等待着爸爸的宣判。

"结果是，筱璨是我跟你妈妈的女儿。筱凡是你妈妈跟崔奚爸爸的孩子。"说完筱爸爸吐出一圈圈浓浓的烟雾，这些烟圈象征着近日来他心里积压的尘雾，现在终于一吐为快了。

沉默……

继续沉默……

片刻之后筱凡终于抛出了疑问："爸，医生搞错了吧，你想啊，我跟妹妹可是一对龙凤胎，怎么会有两个爸爸呢？"

"这个问题，我们也很想不通，后来问了相关的专家，是有这种可能的。"筱爸爸仰着头，继续吐着烟圈，不敢看儿子的眼睛。他害怕自己会掉眼泪。

可是，这时筱凡已经泪流满面。此时的他感觉自己就是一个多余的人，他无法面对这样的现实。

"爸，这个有科学依据吗？我们可是从来没有听说过这样奇怪的事情。到底是怎么解释的，你跟我们说明白一些好吗？"

"如雅，你跟孩子们说吧，我去洗把脸。"筱爸爸起身去了卫生间。

筱妈妈一直沉默地低着头，不停地用手按着太阳穴，她头痛欲裂，可是她知道该面对的还是要面对，逃不掉的。她喝了一口啤酒，慎重地说："专家说，一个女人如果在72小时之内，先后跟两个男人发生关系，那么就很可能生出同母异父的双胞胎，以前报纸上也刊发过这样的报道，就是概率很低很低。"

听到妈妈的"宣判"，筱凡一下子瘫坐在地上，低声哭了起来，"爸爸不要我了，爸爸不要我了"。

这时，筱爸爸从卫生间冲出来，把儿子一把给拉了起来，生气地说："傻孩子，爸爸怎么不要你呢，都做了20多年的父子了，人生有几个20年啊。以后好好在爸爸身边，不许说不懂事的话。"

"爸爸。"筱凡像童年时候那样，一下子抱住爸爸，伏在爸爸的肩上哭了。

"哥，我们还是一家人。"筱璨从哥哥身后也抱住了他。

"筱达谢谢你，下辈子让我们早点相识。"筱妈妈搂住了筱爸爸的脖子，泪水灌进了他的衣领，黏黏的但却是温暖的。

112

  这个暑假对于筱璨来说，过得太曲折了，就像是一场场戏让人牵肠挂肚又杂乱无章，无可奈何。唐睿的离去，与崔奚的姐弟恋，自己的重生，再到同母异父的双胞胎哥哥，这每一件都是一个不小的打击。可是每件事的过程都是那样的痛彻心扉，一辈子都是无法磨灭的记忆。有些事情可以用遗忘去代替，而有些事情只能是逃避。

  现在的筱璨已经不是过去那个多愁善感的女孩了，过去的那个她已经重生了，爸爸、妈妈、哥哥，都是重生的，他们的家也是重生的。偶尔回想起过去的点点滴滴，仿佛发生在上辈子那么遥远，静静地回味那段青涩的初恋，心还是会痛。可是，与以往不同的是，她释怀了。

  有些爱情是不能拥有，只能回忆的。有些伤痛是可以品尝，不能愈合的。有些故事是缺失的唯美，而不是完整的遗憾。

  重生的筱璨不再是一个水泡的女孩，而是淡淡的百合，纯白而忧伤，正因为这样才更美丽更迷人。

  崔爸爸知道了这样的结果，心里欣慰了很多，他的愧疚也因此而少了一半。芳草不同意他与筱凡的相认，因为她不想去伤害崔奚的妈妈。她是一个好母亲、好妻子、好媳妇，这样对她不公平。她不想把伤害扩大化。最终，崔爸爸也同意了芳草的要求，也许这样的结果才是最合适的。

  然而，在筱璨和崔奚的感情问题上，他们都是随孩子们的发展。只要他们是幸福的，他们什么都可以承受。

  崔爸爸告诉崔奚这个结果时，他兴奋得跳了起来，他从失望的深渊一下子蹦到了希望的山顶。他以为这样和筱璨又可以回到从前，甚至比从前更好了，因为多了父母的支持。

  他第一时间给筱璨打去了电话，约她出来，最近发生了太多事情，他们要一起整理一下思绪。然而，筱璨却拒绝了，因为她在自己还没有厘清之前，她不想看见崔奚，她怕他会打乱她的一切思维。最后，她让他等，等她的电话，等她清醒一些才可以。

一天……
两天……
三天……

直到崔奚收拾行囊准备去远方求学之时，都没有等来筱璨的电话。他知道他应该等，静静地等。因此，他每天都在煎熬。很遗憾的是，崔奚要去外省的一所著名的本科院校报到了。因为志愿填写的是服从，所以被调剂了过去。省内的分数线太高，如果不是服从，那只能念一所普通的本科了。权衡之下，崔爸爸还是决定送儿子去省外，将来毕业后有一个好的出路。就这样他一直坚守的与筱璨同城的愿望破灭了。但是他心里发誓，这并不会影响他对筱璨的爱。

离筱璨返校的日子也没几天了。一天晚饭后，筱璨决定跟爸爸、妈妈谈谈心。这么多天过去了，她想柯灿很多很多，从前的、现在的，甚至将来的，她都面面俱到想了很多，终于厘清了所有的思绪，也是时候跟父母交流自己的想法了。

113

"爸爸、妈妈，我想了很多天了。我现在有一个想法，想得到你们的支持。但是，对于你们来说可能有点难。"筱璨抿了抿嘴，一丝悲伤扫过她那双清澈的双眸，一缕发丝垂落，显得她还是有些疲惫。

"只要是你合理的要求，我们都支持你。说吧，孩子。"筱爸爸一如既往的和蔼可亲。

"我建议我们全家搬回北方去生活。我跟哥哥已经上大学了，也不能天天在家陪你们，等毕业后我们到北方找工作，那样我们一家人还是每天都在一起。这个地方，留给妈妈，留给我，还有你跟哥哥的伤痛太多了。我不想再回到这里，只有离开我才能彻底释怀，只有离开这里受到牵连的人才能正常地生活，只有离开这里我们才能彻底地重生，只有离开这里我才能忘记过去的那个我。"筱璨淡淡地说出了自己的想法，她的眼神飘忽不定，模样着实让人心疼不已。

片刻的沉默之后，哥哥筱凡首先发话了："我支持妹妹的想法。我也想换个环境。"

"对，筱璨说得有道理，该走了，是该走了，孩子们都已经上大学了。"筱妈妈的语气沉重而坚定。

"如雅，你终于同意了，你终于想明白了，其实当年结婚后我就想带你回去。每次看到你游离的眼神，不舍的表情，我就知道该走的时候还没有到，这里的缘分还没有结束。我同意回北方。"筱爸爸抓起筱妈妈的手，在手心来回轻轻地搓，他接着说："当初结婚落户，你什么都听我的，只跟我提了一个小小的要求，把你原来的'芳草'改个名字，这个名字让我取。年轻的时候你看起来就是温文尔雅，举手投足之间都流露出一种不凡的气质，我一下子就想到了'如雅'二字，太适合你不过了。有一天，你告诉我，改名字是为了让崔明志找不到你，因为你离他太近了。现在你想走了，看来缘分尽了，心愿也了啦，我们一家人可以轻装上阵了……"

"你呀，这么大年纪了，记性还这么好。你说得都对，当年就是这样。"筱妈妈笑了，笑得轻松、淡雅。

"走之前跟崔奚打个招呼吧，毕竟你们之间也有一段刻骨铭心的爱情。"筱凡有些不忍心地说。

"璨，你跟妈妈说实话，你真的想好了吗？如果你想跟崔奚在一起，我跟爸爸都会支持你的。"筱妈妈突然意识到什么，抚摸着女儿的头发，关切地问。

"孩子，爸爸、妈妈一样支持你，可千万不要委屈了自己，知道吗？我们都支持你！"筱爸爸也坐到了筱璨的另一边。

"哎呀，爸、妈，你们这么紧张做什么呀？我已经不是过去的那个我啦。我知道现在我跟崔奚之间是一路绿灯通到家，没有任何阻碍了。可是爱情就是这样的，曾经期盼的结局可以到来的时候，往往又会滋生其他的遗憾和想法，我都想清楚了。我跟崔奚见面好好聊一聊。我们会很好地处理我们之间的关系的。但是这并不影响我们搬家呀。"

……

通过这次的家庭小会议，筱妈妈心里清楚女儿一定是做好新的打算了，也许她有自己的道理。但是，内心里不免为女儿苦涩的初恋而心痛，她不明白，现在的年轻人是怎么了，当初父母都反对的时候，他们要偷偷摸摸如胶似漆，可是现在父母都同意了，却又有了新的想法。唉，也许是经历太多了吧。她还那么小，怎么能承受这一次次的变故呢。

114

一个阴雨绵绵的下午，筱璨、崔奚相约在老地方滨城山脚见面了。

"最近，发生了好多事情。我感觉像做梦一样的朦胧，当我清醒过来时发现，你还是你，我还是我。我们依旧可以像过去一样。"淡淡的笑容挂在崔奚的嘴角。

"……"

"我爸爸十分喜欢你，我们可以相恋在阳光下了。"

"……"

"你怎么了？为什么不说话了？"崔奚有些担心地问。

粉色的小伞映衬着筱璨粉嫩的脸蛋，雨丝在伞的边缘漫舞般盘旋而落，寂静得可以听见雨丝敲打伞膜的声音，夏日雨天里微凉的风轻轻摆弄着她披肩的碎发，她轻轻眨动着那双令人沉醉的双眸，长长的睫毛有节奏地闪烁着，小小的嘴唇紧紧地闭着，依旧没有回答。

并不是她不想说，而是她此时真的不知道该怎么说，从何说起。本来她最近也像梦游一样没有把握，可是现在面对崔奚不改的热情，她真的又不忍心伤害他。然而，这段爱情对于她来说，已经感觉不到幸福，而是尴尬和不安。

她晕了，彻底地晕掉了，要不要继续，要不要放手？无论是怎么样的结局她都无法呼吸。"崔奚,我无法形容此刻我的心情,我只觉得头好晕、好晕。我一点都感觉不到幸福。"

"为什么呢？现在我专升本考上重点大学了，家人也同意了。为什么你反而不幸福了呢？"崔奚的表情失望而痛苦，眉头紧紧地在帅气的脸上纠结在一起，眼眶里的泪水闪烁着。

"……"

他感受到一种从未有过的距离，眼前的她近在咫尺，可是她似乎又是遥不可及。一种直觉告诉他，他们的前途一片渺茫，看不到半点希望，尽管他还是在极力地挽回着。

"可以告诉我，你的痛苦吗？"

"这个夏天发生了太多的故事，我一时间还不能回到原点来。你知道，当我知道我们是同母异父的姐弟时的感受吗？不，我的行为你们都应该体会到，那一刻我绝望了。现在的我已经不是原来的那个我了，我重生了，世界上的一切对我来说都是新鲜的。每次想起过去，我觉得好累，真的好累。"筱璨轻轻叹了口气，过了一会儿接着说："有时候，我找不到幸福的方向，爱你，我曾经爱你，很爱你，可是我爱得太辛苦太委屈了。当我从死亡线上挣扎过来时，我才发现死去的那个我是那么的渺小和可悲。我害怕，我更后怕。为什么别人的爱情总是甜蜜幸福的，而我却是迷茫的，见不得阳光的，痛苦的？我曾经一遍遍思考过这个问题。现在我明白了，那是我在不适合的时间爱上了一个不适合的人。"

"……"

"……"

"崔奚，爱情不应该是这样的。我们都错了。"筱璨在沉默片刻之后，轻轻扭过头，痛苦地望着崔奚说。

"我知道，这些年让你受委屈了。可是从现在起，我可以付出我的一切去弥补你。请你不要这么快就把我们的爱判'死刑'好吗？"崔奚无意识地转动着手上的雨伞，仰着头看着旋转的雨伞，上面的雨水此刻在崔奚的作用力下，甩成一圈水环，美丽极了，突然，"啊"的一声，崔奚用力抛出了伞。

雨水毫无顾忌地散落在崔奚的头上、衣服上，他仰着头，痛苦狰狞的表情着实让人心疼，眼角流下分不清是雨水还是泪水。筱璨哭了、急了，捡起地上的伞给他撑上，此刻他们都说不出一句话，只为这段沧桑的青涩恋情而哭泣，却不知道应该去责备谁！

"等我工作以后，我可以把我所有的薪水都给你，我可以每天接送你上下班；我可以拼命地赚钱给你买任何你想要的东西，我可以什么都听你的；我可以不抽烟不喝酒，我可以每天给你打洗脚水洗脚；我可以……只要我能做的我都可以做，只要你不要离开我。我不能接受，我真的不能接受这样的事实啊，太残忍了。如果没有了你，那我的世界里就不再有阳光！"崔奚几乎崩溃地说出了自己的底线。

"崔奚！"筱璨呐喊了，"看你都说些什么呢？我知道你好，我也知道你为了我什么都可以做。可是，我们现在都需要冷静地面对我们的感情。是的，现在我们什么阻力什么顾忌都可以放一放了。可是，我们的爱还不到可以相许一生的时候。给我们一点时间和空间，让我们都冷静地想一想。"筱璨边流着眼泪，边喊出了自己的心声。

"……"雨声里只听见崔奚依稀的哭泣。

"……"筱璨蹲在地上，看着不断滴在泥土上的泪水与雨水融为一体。

此刻，他们彼此都在内心深处呐喊着无数个不愿意。可是，有时候爱情就是让人捉摸不透。

"筱璨，请你在这几年里，不要轻易地改变主意。等我，等我有能力证明一切的时候，再给我'判刑'！"

雨中，崔奚紧紧地抱住了筱璨，他用尽全身的力气，几乎想把筱璨融入自己的身体里，他害怕一松手她就成了泡影。筱璨也紧紧地抱住了崔奚，这是她有生以来唯一深爱的男人。因为爱他，才要暂时离开他，她要弄明白自己的爱情。

这次的滨城的约会，在多年以后将是一个什么样的结局，这是此时的他们所无法预测的。唯一铭记在心的是那段错误的时间苦涩的初恋。

第十章　回归故地有情人终成眷属

115

"崔奚、崔奚！"筱璨猛然从陈旧的记忆中苏醒过来，朝着寂静的滨城山轻声呼唤了两声。这时，一片枯黄的树叶正好飘落在她高高盘起的发髻上，正是这一点小小的重力把她拉回了现实。她环顾四周，此情此景曾几何时那么记忆犹新，那人那景依稀可见，却已恍如隔世般遥远。

记得上次的滨城约会已经是 6 年前，然而又像是昨天那样即可触及。

筱璨借此出差的机会，顺便重回故乡看一看，她想去看看崔奚，却又不敢联系，她害怕早已平静的心再起波澜。在没有想清楚之前，她还是决定先到滨城山脚坐一坐，顺便凭吊一下曾经的过往，是悲、是伤？已惘然。

正如所料，坐下来不久，自己的大脑就被沉沉的记忆层层包裹，那些往事就像是泥沼一样越陷越深，筱璨甚至不可思议地出现了幻觉，她感受到了那熟悉的来自崔奚的味道，也许是潜意识里对他的思念，也许是条件反射，筱璨竟然真实地喊出了崔奚那两个曾经熟悉的字眼。

四周的寂静让筱璨清醒如初，她朝着远处轻轻地对自己说："筱璨，都已经过去了，冷静、冷静。"

6 年了，筱璨已从一个清纯的女大学生蜕变成一个干练的职场白领。

修身的长袖小西装，紧身的黑色一步裙，黑色透明的丝袜，高高的细跟鞋，这一身职场装扮衬托得筱璨格外高贵典雅，尤其是她那盘起的精致的发髻，整个脸蛋连一根多余的头发都没有，非常干净利落。

依旧美丽的筱璨，依旧清新的滨城，那人、那景，此时成了一位正在摄影的摄影师的经典之作。

这6年的时光如白驹过隙，一晃而逝，她与崔奚自那次的滨城约见之后就没有再见面。因为学业的繁忙和遥远的距离，他们更多的也只是电话和书信来往。渐渐地他们在电话里可以谈心的内容也越来越少，慢慢地就不再通话，直到她毕业然后回北方就业。从那时起他们也就断了联系，筱璨换了手机号码，换了QQ号码，自从搬回北方之后，她连家庭住址都没有再给崔奚。冥冥之中她在做准备,她做足了离开他的一切准备。如果说这是一场预谋，那么也是一场沉重的预谋。

大二那年，柯灿因为无法再待在那个悲痛的环境中生活而出国留学去了。尽管娇妮的死是个意外车祸，但是善良的柯灿却无法因为自己对她的拒绝，而造成她绝望过后离开的过失而悔恨。从那以后他放弃了一切追求筱璨的行动，他总感觉天堂有一双眼睛泪眼婆娑地望着自己。他仅仅留下一封离别信给筱璨就登机离开了这片土地。柯灿出国后，他们自然而然地也断了音讯。

小西和牛哥都遵守了当时的约定，在毕业后的一年，双双留在了N城打拼，两年前买了房也结了婚。他们也许是这么多人中最幸福也最顺利的一对了。筱璨因为工作繁忙而没有参加他们的婚礼。

116

崔奚大学毕业后，在父母的建议下，考进了滨城市政府当公务员。

其实，在失去联系的这段时间，崔奚也试图找过筱璨，但是因为她毕业后跟同学都失去了联系，杳无音讯，他绝望过了几年时间。

滨城山的景色依旧唯美，筱璨静静地坐了3个小时，依旧没有离开的意思。她还想再坐一会儿，等天黑了再离开。与其说她沉静在回忆中，不如说她是在跟自己做挣扎。此时，她脑海里闪过6年前的一幕幕，就像是电影的画面一样断断续续浮现在她的眼前。那些人、那些事，那一张张熟悉而又陌生的面孔，崔奶奶、崔奚、柯灿、唐睿、娇妮……渐渐地他们的种种表情又融合成一个点——陈旧记忆的圆点。

在她内心的深处，每次想起崔奶奶她总有一种莫名的恐惧感，她可以理解崔奶奶对孙子的溺爱，可是她无法理解她对自己的偏执。自己不是一个不知道分寸的女孩，那个年代的恋爱是不合时宜的，可是他们并不是麻木的，他们是纯洁而健康的。即便是理性的，可是却没有人给他们这段青涩的爱恋一个健康、温暖而轻松的环境。因此，他们无果的爱并没有能健康茁壮地成长，而是夭折，在他们疲惫的内心无意识地慢慢失去。

6年了！6年来对崔奚的思念让她彻夜难眠，可是她的环境是轻松健康的，她不需要再被过去而牵绊。想起了过去，筱璨此时的内心此起彼伏，感慨万千。最终，她决定不再去找崔奚，过去的就让它过去吧，都不要再打扰到对方平静的生活。

N城的机场大厅门口，出现了一个熟悉而帅气的身影。是的，柯灿回来了，离开后的6年他第一次重回故土。这6年的时间他顺利毕业了，还在外国一家不错的企业上班，他一直有将父母接到外国的打算。可是滨城就像一个强力的磁铁，将他从遥远的海外吸引回来。是的，为了筱璨，他无法忍受这6年来的煎熬。现在他的心平静了，对于娇妮的死他释怀了也赎罪了。整整6年,忍痛割爱远走他乡。人生能有几个6年！他知道，也许筱璨早已嫁给他人，可是只要她过得幸福，只要能看一看她现在的生活，他也就安心了。当然，如果筱璨还是单身，并且愿意跟他在一起，他不敢奢望，但仍然抱有期望。

117

"崔奚，麻烦一下，借你的手帮我把彩色打印机上的照片递给我看一下。"

崔奚的同事阿康正坐在他后面的办公桌前翘着手指，等待着。

打印机在崔奚办公桌前拐角的位置，他只要探个身，稍微伸手就拿到了："小样，又利用办公时间出去采景啦，小心领导撞见。"

"这不是好不容易赶上一个好天气了嘛，正好啊滨城到处是枯黄的树叶，唯美极了。嗳，对了还有一个美女，没拍到正面，就远远地拉近焦距拍了几张。打印效果……"阿康突然意识到崔奚异样的表情，连忙中断了描述，"喂，崔奚，你怎么啦？看美女看傻了吧。"

崔奚拿着那张照片的手在微微颤抖着，他激动而紧张地说："阿康，快把这张照片打开，放到最大，我要看这个女孩的手。把所有拍到她的照片都打开，快，快点！"

阿康来不及多问，赶紧打开了这张照片的电子版。

照片上的女孩孤零零地坐在草地上，枯黄的树叶铺满地，她双手环抱着膝盖，静静地看着远方，尽管只看见她的一点侧面，但是可以判断她没有笑容。那神态、那身材，那感觉像极了筱璨，一种直觉告诉崔奚，她就是筱璨，是筱璨，是他苦苦寻找的筱璨。

这时，阿康把鼠标移到她的手腕处，一个疤痕清晰地印在崔奚的眼帘："筱璨，她是筱璨。她就是筱璨！她还在那里吗？待多久啦？"崔奚激动地摇晃着阿康的手臂。

"筱——璨——筱璨——她是。"阿康还没有来得及问清楚，崔奚已经冲出了办公室消失在他的视线外。

崔奚的单位就在滨城的附近，他以最快的速度奔跑到滨城山。就在他兴奋地用刘翔的速度奔向那个位置时，筱璨正在离他20米的平行距离，侧着头与他擦肩而过，背向而行。如果不是此时已近傍晚时分，游玩的人渐渐多了起来，他们一定会感受到彼此的气息。

是命运让他们再次分离。

崔奚看到空旷的草地上，除了依稀几对谈恋爱情侣之外，怎么都找不到那个熟悉的身影。

筱璨走了，走了，她还是走了！

崔奚几乎崩溃，朝着山脉几乎扯破嗓子："啊！"

除了引来陌生人异样的眼光外，他看不到一丝他要看的风景。

等他渐渐冷静下来，慢慢地坐到刚才筱璨坐过的草地。他可以清晰地看到被筱璨坐过了那一小块歪倒的小草。他同样可以感受筱璨的气息，他仔细环顾四周，看看有没有筱璨留下的什么。

没有。

筱璨什么都没有留下，除了留给他一肚子的思念……

崔奚不再奢望，不再幻想，他一遍遍告诉自己筱璨走了，走了。

"崔奚！"

崔奚猛地回过头，他听到了筱璨的声音。

刹那间，一切都死寂般的沉默！

没有人，就连刚才的那几对情侣这个时候都消失得无影无踪了，原来是幻觉！崔奚失望地回过头，泪水像断了线的珠子。

118

天色渐渐暗了，他完全感受不到天气的暗沉。整个脑海里都是筱璨那个单薄的背影，从照片上可以看出来，筱璨这几年事业上应该有所成就，她变得知性而成熟。唯一不变的是她脆弱的灵魂，忧伤的眼神。她并没有忘记自己，否则她就不会出现在这里。可是他想不明白既然来了，为何又不再出现。

整个大脑除了"绝望"两字就再也想不出别的词语。

"筱璨、筱璨、筱璨！你到底在哪里啊？就是要走，也要给我一个理由啊。筱璨！"崔奚一个人轻轻地自言自语。他憋得太难受了，一肚子的话都要跟筱璨说，可是她听不到。崩溃之下他已经泣不成声。

许久地低沉地哭泣之后。

他开始与筱璨对白，尽管他清楚地知道筱璨听不到，可是他要说。

"筱璨，你知道我一直在找你吗，你知道我为什么放弃省城的工作回到滨城吗？"

"……"

"因为我知道你一定会回来看一看,所以我想等,就在滨城等你的身影。可是,你却没有出现,就算出现了一下,也很快就离开了。"

"……"

"我知道那一年你受了很多委屈。可是你为什么不给我一点点补偿你的机会?"

"……"

"你知道吗,我奶奶走了,她走的时候很后悔,当年对你刻薄了,她一直想跟你说对不起,可是没有机会。她说如果有一天能遇见你,一定要告诉你,她希望你能做她的孙媳妇。"

"……"

"可是,你就是不回来了。你永远在暗处,永远躲在远远的地方。没有你的日子我过得浑浑噩噩。你知道吗,你知道吗?"

"……"

崔奚终于在这个傍晚,对着见证了一切的滨城山脉,哭诉了心中的痛苦。

"崔奚。"一个熟悉的男低音。

"你是?"崔奚还没有来得及擦干挂在脸上的泪水,惊讶地回过头。

"不认识我了吗?"柯灿取下眼镜。

"柯灿,是你?"崔奚连忙起身,慌乱擦着眼泪,尴尬地笑了,"对不起,让你见笑了"。

"你这是?"柯灿的神情一下子暗沉下来,他不知道是不是筱璨发生了什么事情,非常揪心。

"说来话长啊——"

……

崔奚慢慢地跟柯灿讲述了这6年的点点滴滴。

柯灿的眼眶也湿润了,并不是受崔奚的影响。他为崔奚和自己的痴情而心酸,也为筱璨的选择而悲凄。

"崔奚,我一直都很嫉妒你,因为筱璨的心里只有你,从来就没有装过我。在外国这么久,坦白地说我很想她,但每次我都告诉自己,她也许正在你的怀抱里撒娇,我就不想了。可是最终,我还是忍受不了那痛苦的煎熬，所以我回来了，我想看看筱璨，如果她是跟你在一起幸福地生活，那我也可以放心地走。"柯灿的语气很平和、很平静地阐述自己的想法。

"……"

"我可以理解她总是躲着我，可是我不能理解，最后她为什么要躲着你……兄弟，如果真的注定没有缘分，那么释怀吧。"柯灿哽咽着，轻轻拍了拍崔奚的肩膀。

"……"崔奚同样哽咽着没有说话。

"我要走了，这里留给我的同样只有悲伤……"柯灿没有聚焦地环顾四周。

沉默……

119

"咔嚓、咔嚓、咔嚓！"

原来是筱璨，她刚才回到宾馆取来相机，她要记录下这景色，这里的山，这里的水，这里属于他们的滨城约会地。

最后一抹夕阳，淡淡地斜挂在滨城的山头，渲染了半个滨城，让这个枯黄的画面多了一层忧伤。一片片正在坠落的树叶，一棵棵树木，整片枯黄的草地，草地上两个孤单而脆弱的背影……画面定格在筱璨的相机里。

筱璨俯身盘腿坐在草地上，一张一张放大仔细端详着心心念念这么多年的滨城的山水，这里美景如诗，仿佛置身于水墨画之中。

山野的风，吹拂着她的脸，心情唯美又惬意，慢慢放松了下来，她低着头，仔细端详着相机里的照片。

慢慢地，她的视线被画面中那两个消瘦而帅气的大男孩的背影所吸引。来不及确认照片中的人，她抬起头来，朝着男孩的身后，缓缓地走去。

近了、近了、越来越近，筱璨的内心开始紧张又不安，她害怕认错了人，又害怕认对了人。一种纠结的情感在心里升腾，这两个人抑或人生的两个选择，最痛苦的便是抉择，于那个出局的第三人而言，是一种带着遗憾的疼。

筱璨在距离他们身后10米远的大树下，停下了脚步，不必再往前了，确定了是多年不见的崔奚和柯灿。

她从未想过这样的画面和这样的结局。做了6年的心理建设，依然抵不过一次见面，再坚实的心理堤岸，终究抵不过爱如潮水。

计划了很久的旅程，只为青春一梦画上句号，甚至脑海里一遍又一遍默念着在最思念的时候，写下的那首饱含伤感的诗歌。

滨城的夕阳

枯树流离黄叶落，立立孤影难相惜，
夕阳漫过万山头，万缕云烟皆悲泣。
青春年少都有时，苦涩爱恋之滨城，
曾经沧海难为水，姻缘难续成小说。

然而，面对突如其来的重逢，是悲是喜，是走是留，又是怎样的抉择？想着想着，泪水又一次模糊了筱璨的眼，眼前仿佛是一条通往青春的时光隧道，一场场景、一片片记忆就像与驰骋的列车相向而行，又急速退后般波澜澎湃，心情久久不得平静。

"你们还有联系吗？"崔奚轻声问道。

"谁？你问的是筱璨吗？"柯灿同样没有回头，目视着前方说道。

"她在哪里啊？过得好不好？"崔奚自问自答，他知道这个问题没有答案。

一阵风划过崔奚的脸，有些黏，伸手摸了一下，原来是眼泪，男儿有泪不轻弹，这么多年来为了筱璨不知道耗尽多少抽纸。

柯灿用余光看了看崔奚，一阵揪心，为他的痴情也为自己的求而不得，更为筱璨这么多年的青春。原本可以简简单单、快快乐乐恋爱的年纪，却情路坎坷。

他多么希望，自己这么多年来的忍耐能够换来筱璨的幸福，然而她却杳无音讯，若是这次回国能够看到筱璨和崔奚在一起，那倒也是一种安心，也是一种减负。

然而他又开始自责，他觉得自己这样一走了之又何尝不是一种不负责任的态度呢，若是彼此相爱又何必等着对方去证明爱的坚定。

120

天色渐渐深沉，山间的风略带着刺，崔奚和柯灿各自若有所思、一脸严肃，木讷地看着远方，似乎想把远方看透、看够。

筱璨也坚持在原地这样，你看着远方，我看着你。筱璨的目光聚焦在柯灿的身上。她似乎给出了自己的答案。

回忆总像电影一幕幕浮现在筱璨的脑海。与崔奚的爱情轰轰烈烈，但也痛不欲生，而柯灿始终是她最坚实的后盾。她知道柯灿爱得理智、爱得豁达，爱一个人不代表占有，而是看到对方幸福快乐，在对方最需要的时候，帮助对方化解、成长。大爱精神对于一个人而言，雪中送炭胜过锦上添花。

"不知道筱璨为何要消失这么多年，如果你们能在一起，我也安心，你能给她想要的幸福。"崔奚转头看着柯灿。

柯灿抿了抿嘴，正想说些什么，被崔奚忽然起身打断了。崔奚像受到了惊吓，触电般矗立在那里，又像是着了魔法一动不动，要不是脸部微微抽动的肌肉和雕塑没有区别。

"你怎么了崔奚？"柯灿猛地起身，晃了晃崔奚的手臂。

崔奚没有说话，一行泪流了下来，缓缓转过身，一个熟悉的身影缓缓地站在他们的面前，从远处缓缓地走来。

"筱璨。"柯灿瞪大了眼睛，定了定神，没错，是筱璨。他跨出一步，正想冲上去。

"筱璨！"崔奚的声音划破安静了下来的山脉。

柯灿收回了刚刚迈出去的脚，他还是跟过去一样，理智让他控制住了自己对筱璨的情感，不能让她为难，尊重她的选择。

崔奚不由自主地向前迈着一步，若不是柯灿也在场，他一定一个箭步冲上去紧紧拥抱失而复得、伤痕累累的爱人。

一前一后的两个大男孩，一个女孩在不远处的对面，画面静止了。

"崔奚！"筱璨竭力控制着自己微微颤抖的声音回应着。

"柯灿！"一个声音在筱璨的耳边响起，像是妈妈的嘱咐，又像是自己内心最真实的呼唤。

下半辈子还有很长的路要走，内心向往平静又平凡的生活，跌宕起伏的爱恋不是她想要的归宿。于崔奚而言，这么多年来，问心无愧，爱情的结果不是婚姻，在一起的过程就是结果，这段爱情的结果已然，甚至已经是铺满黄叶的书籍，终究只是个故事。

视线又一次被泪水模糊了，6年来常常出现在梦里的画面又一次浮现在眼前。

"我头痛得厉害，走不回去了。"6年前，筱璨在地铁站给柯灿打去电话，随后就晕倒在地。

"筱璨，你在哪儿？告诉我地址，我现在赶过去。"柯灿撕心裂肺地吼着，电话那头没有了生息，只传来"嘟、嘟"的声音。

柯灿的心提到了嗓子眼，用颤抖的手再一次给筱璨打了回去，连续拨打了10次无人接听，终于电话里传来了一个声音，"您好，我是马群地铁站的工作人员，您是这位姑娘的什么人？"

"您好，我是她朋友，请问她现在怎么了？"柯灿额角的汗珠滑落。

"她晕倒在车站，一位乘客扶她下车找到了我们，现在病人急需120送去医院急救。请你马上到南方医院急诊室。"马群地铁站的工作人员清晰地说道。

"她家人一会儿过来，你把她交给我们就行了。谢谢你。"

"辛苦你们了，那我乘车了。"那位好心的乘客转身赶上了下一趟班车。

病房的床上在阳光的照耀下暖洋洋的，筱璨微微挪了挪脚，一阵温暖的柔软，慢慢地睁开了眼，她有些不敢相信自己的眼睛。

刚刚还在赶路的她，此时此刻怎么躺在了病床上，柯灿紧紧搂着筱璨的脚，眼眶微微湿润，深情地说："你终于醒了。"接着又搂了搂筱璨的脚，往自己的胸口放了放，继续说道："你是我的脚踝，无论我做什么只要不丢了你就安心。我希望你的每一天都有阳光。"

柯灿的泪水打湿了筱璨的脚，筱璨不置可否，弱弱地问："你在说什么啊，什么脚踝不脚踝啊？我怎么听不懂啊。"

"你不用知道，你只要知道我的心在这里，你在这里。"柯灿的嘴角露出温柔的笑，一副迷倒一片迷妹的坏，又指着自己的心口说道，没有告诉筱璨答案。

想到这里，筱璨已经泣不成声，停在了崔奚和柯灿的面前。她深情地看着柯灿，哽咽着说："英雄阿喀琉斯，是凡人珀琉斯和美貌仙女忒提斯的宝贝儿子。传说她的母亲忒提斯在他刚出生时就将其倒提着浸进冥河，使其能刀枪不入。但遗憾的是，因冥河水流湍急，母亲捏着他的脚后跟不敢松手，被母亲捏住的脚后跟不慎露在水外，所以脚踝是最脆弱的地方，全身留下了唯一一处'死穴'，因此埋下祸根。长大后，阿喀琉斯作战英勇无比，在去攻打特洛伊城的时候，勇力过人的阿喀琉斯单挑特洛伊主将赫克托尔，杀死他后拖尸示威。但后来，在攻克特洛伊城后，阿喀琉斯被赫克托尔弟弟帕里斯一箭偷袭，射中了脚踝——地动山摇的一瞬间，英雄轰然倒地而死。这就是至今流传在欧洲的谚语'阿喀琉斯之踵'的来历。任何一个强者都会有自己的致命伤，是这个神话告诉人们的一个道理。我是你的脚踝。"

听完这个故事，柯灿也早已泣不成声，把筱璨紧紧地揽进怀里。

崔奚的脸上最初有点失落，但还是用掌声把他俩从回忆中拉回了现实："祝福你们。今天是个好日子。"

三个人相视而笑，月亮不知不觉从白天偷偷到了黑夜，崔奚指着月亮继续说道："今天我做你们的月下老人，祝你们一定要幸福！"

天空中有一缕云缓缓飘过，最坚冷的冰也融化成了云。筱璨和柯灿与崔奚握别，手牵手走下了山，他俩在轻轻地朗诵着一位女诗人的名作《云》：

你是
蒙住媚眼的薄纱
我把你一眼望穿

你是
放荡不羁的骏马
我把你驯化成佛

你是
扑朔迷离的国度
我把你勾勒成妖

你是
纸醉金迷的篱笆
我把你雕塑成墙

转身
你化作海的影子
悼念迷离的命运

余生
你竖起长长的耳朵
听我说悠悠的心事
……

2023 年初春于上海

爱的宣言（代后记）

21世纪随着互联网的发展，"网络文学"这一名词开始渐渐进入人们的视野，进入人们的日常生活。红袖添香、天涯社区文学平台在互联网的加持下，曾成为时代的宠儿。从小抱有文学梦想的我，也顺应时代的潮流挤进网络作家的行业，开始了一段网络创作的历程。

诗歌是一切写作的起点也是终点。学生时代我的文学梦想是现代诗歌的创作，整个学生时代一直尝试着诗歌作品的创作，如何将诗歌与小说做一个有机的结合，就像如何将文学与互联网做一个有机结合一样，这是我在那个网络文学崛起背景下的思考。

散文是作者真实情感的体现，散文形散而神不散，文字优美又抒情，一个念头一闪而过，我是不是可以尝试着创作一部充满诗意的小说作品呢？除了美如繁花的文字，还有诗情画意的诗歌，《零下十度》这部网络小说由此应运而生。

处在网络文学最好的时代下，恰好我还年轻着，这部书的选题，我把目标锁定在校园，人的一生，无外乎一个"情"字。亲情、友情、爱情横贯我们的一生，所有的情字无外乎人与人的关系的建立和维护。创作网络小说的念头，从一个萌芽经过一系列的思考之后，凝结为我的文学梦想。

21世纪初，对学生来说手机是奢侈品，QQ是年轻一代主要的沟通工具，闲暇时我常常游走在朋友、同学的QQ空间里，看看他们的近况，总能看出岁月留下的痕迹，感叹之余，感慨一代代人无一例外循环着一段段岁月，花季的灿烂、雨季的忧愁、梦季的迷惘、大学的浪漫、工作后的忙碌，每一段历程都淋漓尽致。

关于爱情，有的是甜蜜浪漫的，有的是遗憾终生的；有的是百无聊赖的，有的是往事如梦，梦难寻。听到他们的感叹，我的内心总是久久不能平静，不希望他们这样的麻木，我希望每个人都能有自己的幸福与快乐。人非圣贤，无论阶层，不论男女，都曾中过爱情的"毒"。很多事情都是因情而起，惊天地泣鬼神。有的人是"相亲相爱，如胶似漆"；有的人是"哀其不幸，怒其不争"；有的人是"麻木自信，自欺欺人"。但是他们的命运不一样，有成功的也有失败的，有人享受爱情的幸福，也有人陷在爱情的旋涡里不能自拔。也许，其中有不为人知的苦衷，有客观的有主观的。每个人的故事都是不一样的，但爱情的原则和宗旨是一样的，对待爱情的态度也应该是一样的。如果我们都能正确地判断自己的爱情，成功自不必说，那么就算是暂时的失败，也不会让我们遗憾终生，取而代之的是一种豁达。

有正念的人，是这样的，看着自己心爱的人找到幸福，看着自己心爱的人，爱着那个Ta（他、她）愿意爱的人就已足够，那样的爱已经升华到自己可以不拥有，只要对方幸福快乐，何尝不是一种大爱。

负面的人，总是用低级卑鄙的手段去破坏对方的幸福，把所有的责任和抱怨归咎于对方身边的人和事，从而想趁虚而入。殊不知一切真相是自己。唯一救赎我们的人也只有自己，何必成为心灵的囚徒而痛不欲生呢？！

这两种人的境遇是一样的，他们所爱的人并不爱自己，而他们内心却都深爱着那个人。但他们的处理方法却是天壤之别。那么，处在单相思里为情所困的人，格局造就了他们的幸福感的体验。

爱情的可喜，就是彼此真心相爱。爱情的可悲，在于两个相互深爱着对方的人，却因外界的原因被迫忍痛割爱。这种爱情故事里的男人和女人，是天下最无辜或者是可悲的两个人。有什么理由可以拆散两个有情人？如果其中的一方以一种理由，解释了所谓不得已的苦衷，但是Ta却对你一再承诺我是爱你的，今生我只爱你一个，但是我不能给你婚姻。那么，不要相信Ta，那是借口，一种甩脱的借口。除非是生死离别，天上人间。

人的一生能爱的人有几个？我们的感情都是脆弱的，经不起一次次的打击与失败。当你遇上你爱的，又深爱你的人，唯有珍惜，才不负遇见。毕竟在爱情的故事里没有人会在原地等你，先行转身的那个人一定是在寒风中站了很久。如果你发现这个人不是同样爱你，那么，请你马上放弃。即便Ta是一个除了爱情之外很优秀的一个奇才，那些身外之物对你来说并不重要。

在男人们的爱情里都有这样一个坎——"婆媳关系！""婆媳关系"是中国千百年来的一个难题，夹在生命里两个最重要也最爱的女人中间，可谓苦不堪言，不论何时我们都要谦虚做人、低调做事，学会理解和照顾老年人，家不是讲理的地方还是讲情，挣了里子输了面子，得不偿失。在家庭、婚姻的关系里，我们要做的是去不断提高自身的气质与修养还有学识，你若芬芳，蝴蝶自来。

爱情是一回事，婚姻也是爱情的一回事。如果因为家庭的原因，两个相爱的人被迫分手了，即所谓的"有封建思想父母包办婚姻"的借口，在这个知性社会里更是一个荒谬绝伦的笑话了。

一段婚姻的男女主角如果是相互深爱着、珍惜着、疼爱着走进婚姻的宝殿，那是多少人的期待，又有多少人能有这样的期许！如果你拥有了，那么你就是上帝宠儿！

如果因为一时的失误，你心爱的人已经与另一个人步入了婚姻的红地毯。而那时，你追悔莫及，如果你快一点，再快一点，也许Ta就不会这么快就对自己的爱情画上句号。即便是你们并不合适，那也一定要在努力争取过之后才能下这个结论。可是有些事情并不是我们想象的那么简单。我们永远不可能左右别人，但是可以感化别人，否则就是改变自己。

如果Ta的婚姻是幸福的，那么，你唯一能做的就是祝福。经历过或者正经历着爱情的朋友们，有些爱你必须经历之后才会明白，有些人、有些爱就是用来被辜负的。那么，就把你的爱情故事深藏在心里，不要说出来。

在这个世界上，假如你不曾被别人刻骨铭心地爱过，那真是莫大的悲哀。假如你不曾刻骨铭心地爱过别人，可以说你没有全部感受到生活的魅力，你将永远无法知道人生的绚丽。

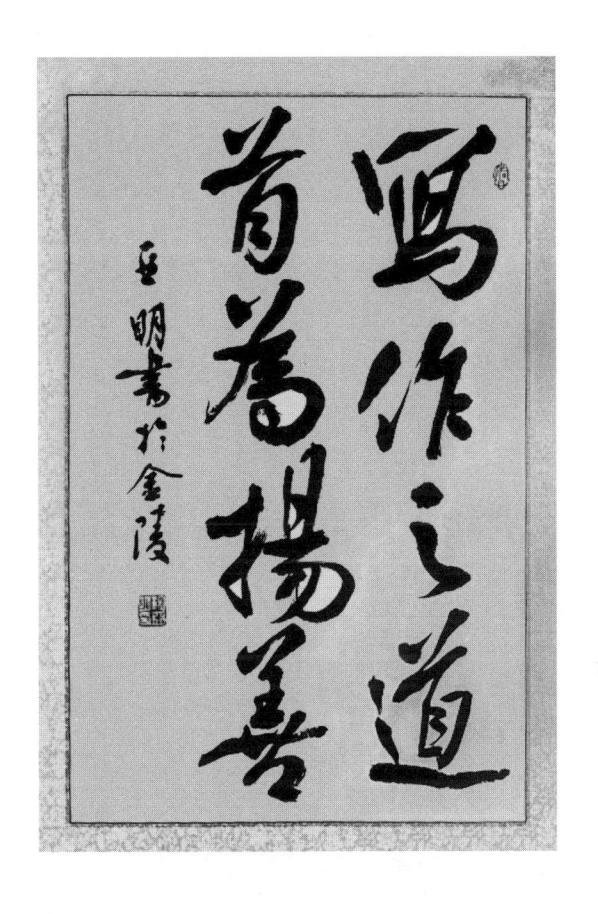

被别人刻骨铭心地爱过，又刻骨铭心地爱过别人的人，很少谈及自己的爱情。不要说出来，神圣而美丽的火花只能埋藏在心灵深处。酸、甜、苦、辣只需自己知道，不是我们吝啬，爱情的感受其实是无法沟通也不能分享的。

每个人都有追求爱的权利，爱与被爱都是一种幸福。但爱情不是一个人的意愿，而是两厢情愿，需要共同成长。无论何时我们不要中了爱情的"毒"，双方都要跟随对方的脚步，一起去看四季花开，一起去听海浪呢喃，一起漫步天涯，不负这一世的人间际遇……

作　者
2023年初春于沪上扬善阁